Catrin Jones a'i chwmni

Meleri Wyn James

GOMER

Argraffiad Cyntaf—2001

ISBN 1 84323 056 9

ⓗ Meleri Wyn James

Mae Meleri Wyn James wedi datgan ei hawl dan
Ddeddf Hawlfraint, Dyluniadau a Phatentau 1988
i gael ei chydnabod fel awdur y llyfr hwn.

Dymuna'r cyhoeddwyr gydnabod cymorth
Adrannau Cyngor Llyfrau Cymru.

Argraffwyd gan
Wasg Gomer, Llandysul, Ceredigion, Cymru

I Mam-gu, ac er cof am Dat-cu,
Y Parchedig D. J. Thomas

Diolchiadau

Hoffai'r awdur ddiolch i'r bobl ganlynol –

Bethan Mair, Gwasg Gomer; Cyngor Llyfrau Cymru;
Y Lolfa; Gwenllïan Dafydd; Lois Eckley; Keith Morris;
ac i Siôn.

CYNNWYS

IONAWR
Sioe a Hanner

Mawrth yr 2il

Cyffro mawr. Mae 'na rywun yn fy ngwylio . . .!

Mmm. Newydd sylweddoli. Mae hynna'n swno'n debyg iawn i rwbeth fydde Mam-gu yn ei ddweud. Ac mae hi, wrth gwrs, yn honco bost!

. . . Na! Sa i *yn* dychmygu'r peth! Deimlais i ddau lygad yn fy llosgi fel dau golsyn. Ro'n i yng nghanol dre, tu fas i'r siop, ac ro'n i bron â rhynnu. Ond, yn sydyn, saethodd ias fel pocer poeth lawr asgwrn fy nghefn. Drois i rownd yn syth. Erbyn i mi wneud, roedd e wedi mynd. Trois fy mhen mewn chwinciad. Ond weles i neb.

Heddiw yw'r tro cynta i mi sylwi arno fe – neu hi, wrth gwrs. Ond mae'n ddigon posib ei fod yn fy ngwylio ers ache . . .

Dim amser i ystyried a yw hyn yn ddatblygiad cyffrous neu frawychus. Diwrnod mawr fory. Diwrnod y sioe ffasiwn. Diwrnod fydd yn codi fy ngobeithion i'r cymylau neu'n eu plymio i'r entrychion . . . O. Me. God.

Mercher y 3ydd

5.30am. Diwrnod y sioe. Omegod! Croesi 'mysedd – a phob peth arall ar fy nghorff sy'n croesi.

(Yffach o ddim byd, gyda llaw, ers rhoi'r gorau i'r gwersi hunanamddiffyn.)

2.00am. Fy mhen yn corco! Gewch chi'r hanes nes mlaen pan fydda i'n teimlo'n well.

Iau y 4ydd

8.00pm. Wy 'di sobri. O'r diwedd. Wy'n gallu dal fy mhin sgrifennu a tharo gair ar bapur mewn llawysgrif gall (h.y. dim sgrifen fydde'n codi c'wilydd ar groten bum mlwydd oed). Felly, dyma hanes ddoe.

7.30am. Ddoe. Sa i *yn* alci – er gwaetha beth mae Ler yn ei ddweud. (Un bert iawn yn siarad, os ga i ddweud.) Ond am ddeg munud wedi naw y bore, ro'n i angen drinc. Un mawr. Heb donig. Na iâ. Un peth stopiodd fi. (C'wilydd mawr.) Roedd Ler a fi 'di yfed gweddillion y bŵs Dolig nos Lun/bore Mawrth. Un peth oedd ar ôl yn y cwpwrdd lysh. Potel o frandi ceirios dwy flwydd oed. Ac ro'n i'n ystyried ei hagor hi.

Yna, gofiais i. Wy'n fenyw fusnes nawr. Menyw fusnes y flwyddyn. (Dim eto, falle. Ond mae unrhyw beth yn bosib.) A wy'n hollol saff nag yw menyw fusnes – ac yn sicr ddim menyw fusnes y flwyddyn – yn dechrau ar ei diwrnod gwaith drwy dowlu llond gwydr o frandi ceirios lawr ei chorn clatsh! Mae'n rhaid bod yn broffesiynol . . . yn hyderus . . . yn feistrolgar (W! Gair da.) . . . Ogod. Wy'n cachu plancs!

8.05am. Ddoe. Cloch y drws. Postmon, feddyliais i – yn ddiniwed reit. Potel o Moët 'wrth ddyn fy mreuddwydion: Robbie Williams. (Brad Pitt 'di cael lluch ers iddo briodi.)

Agorais y drws. Dim postmon. Dim siampên.

'Hylô-ô!!! Jerry Hall sy 'ma. Beth ti moyn fi neud gynta? Www. Wy ffaelu aros i ga'l gafel ar y ffroce pert 'na i gyd! Pwy sandals ti'n meddwl ddylen i wisgo? Leim gwyrdd neu aur?'

Dyna pryd y cofiais i – am yr alwad ffôn . . .

10.30pm. Echdoe. Ro'n i'n *treial* cysgu. Ro'n i'n gobeithio y bydde o leia un person (hen a dall) yn fy nghamgymryd am un o'r modelau ffasiwn a bydde hynny ddim yn debygol i fenyw â chymylau mawr o dan ei llygaid.

Canodd y ffôn.

'Helô, garrrrriad!' Mam-gu oedd 'na. Yn gweiddi ar dop ei llais. Roedd ei sgrech yn fy atgoffa o gloc larwm ar fore Sadwrn.

'Jerry Hall sy 'ma. Y siwpermodel . . .' sgrechiodd.

Chwerthin mawr. Am ache.

'Nage, bach . . . *Mam-gu* sy 'ma. Faint o'r gloch wyt ti moyn fi 'na fory?'

Ie, wel, wy'n gwbod ei fod e'n amlwg nawr. Ond, ro'n i'n meddwl mai jocan oedd hi. Erbyn hyn, dylen i wbod yn well . . .

'Wel, os ddewch chi draw erbyn byti wyth o'r gloch, fyddwch chi hen ddigon cynnar.'

Wyth o'r gloch *y nos*, ro'n i'n feddwl. Yr un pryd â phob gwestai arall. Do'n i ddim moyn honna dan fy nhraed trwy'r dydd.

''Na ti, 'te. Wela i ti pry'nny. Wy'n mynd i 'ngwely. Cwsg y prydferth!'

Rhaid cyfadde – ro'n i'n dishgwl protest a chynigion lu i neud pethe na allai Mam-gu *fyth* mo'u gwneud . . . Dim byd. Rhyfedd iawn – o edrych nôl. Anghofiais amdani. Roedd gen i bethau pwysicach ar fy meddwl.

Pan welais i hi'n sefyll ar stepen y drws ben bore, symudodd y cwmwl a gwelais y goleuni. Wyth o'r gloch y nos, dd'wedes i. Do'n i ddim moyn honna o dan fy nhraed trwy'r dydd. Do'n i ddim moyn honna'n meddwl ei bod hi'n cael modelu. DO'N I DDIM MOYN HONNA'N MEDDWL EI BOD *HI*'N CAEL MODELU!

Dyna uchafbwynt y dydd. Aeth pethau ar ras lawr yr allt ar ôl hynny.

Wy'n lansio siop ddillad i ferched ifanc. Merched â'u bysedd ar byls y *catwalk* yn Llundain, Efrog Newydd a Milan. (Merched digon tebyg i fi, dweud y gwir!) Dyma'r math o siop ble fydd Mame a Mam-gus y byd 'ma wedi eu gwahardd. Dyna'r allwedd i lwyddiant y busnes. Yr elfen unigryw. Y rheswm ges i grant gan Busnesa (y bobol busnesau bach) a hynny er 'mod i ddim yn byw mewn carafán . . . nac ar y dôl . . . nac yn gwisgo un deg tri o glustdlysau (chwech ar fy nghlustiau, pedwar ar fy aeliau, dau yn fy nhrwyn ac un mawr yn fy nhafod fel ei bod hi'n ryfeddod 'mod i'n gallu gofyn am grant o gwbl).

Hanner awr cyn i ni ddechrau'r noson, daeth y

newyddion bod un o'r modelau'n ffaelu dod. Wedi cael cynnig shifft ddwbwl yn Tesco.

'Fydd rhaid i ti fodelu 'te, Cats,' meddai Mam.

'Fi?!' meddwn i fel petawn i heb feddwl am y peth – fel petawn i heb fod yn breuddwydio am y foment yma erioed.

'Gan mai ti sy'n trefnu, man a man i ti gymryd mantes! Nage bob dydd ma' twtsen fach fel ti yn ca'l cyfle fel hyn,' meddai Mam. Gydag awch, os y'ch chi'n gofyn i fi. 'Syniad da i ti fod ar y llwyfan 'fyd. I ti ga'l cadw llygad ar Mam-gu!'

Glaniais yn ôl ar blaned realiti.

'Mae hi'n mynd i sbwylo popeth!' hisiais. ''Nei *di* weud 'thi? . . . Plîs!'

Petai Dad 'ma, fydden i 'di gofyn iddo fe. Ail ddewis gwan oedd Mam.

'Hy! So honna'n grondo dim ar neb – ar wahân i ti. Gei di fwy o lwc yn gweud 'thi dy hunan. Ta beth, fydd e'n ymarfer da i ti. Fydd rhaid i ti fagu cro'n caled a thafod parod os wyt ti moyn llwyddo mewn busnes.'

Ac ar y gair . . . yn noeth ar wahân i *panty-girdle* o oes ein cyndadau . . .

'Beth yw hwn 'te, Cats? Maneg?'

'Ffrog.'

'Ffrog? Jiw, jiw. Ble ma'r sip, 'te?'

'Sdim sip. Ma' caead ar y gwddw. Ma'r ffrog yn mynd dros y pen . . .'

'Catrin! Ma'r mobeil yn canu!' galwodd Anti Helen. Roedd hi a Mam yn helpu'r modelau gyda'u gwisgoedd. Roedd hynny'n saffach na'u cael nhw'n potsian gyda cholur a gwallt.

'O, Cats. Sa i'n gallu dod heno,' medde llais dagreuol pen arall y ffôn.

Ler.

Ffaelu dod! Ro'n i'n berwi!

'Ma' Llywelyn a fi 'di ca'l yffach o ffrae a . . . a . . . ni . . . 'di . . .' (Hwban crio mawr) '. . . ni 'di cwpla!' (Mwy o hwban mawr.)

Yn sydyn, cipiwyd fy sylw gan dusw o sidan du, drud. Gwelwn gorff yn troi fel iâr heb ben . . . *panty-girdle* . . . dau ben-glin toeslyd . . . a phâr o sodlau leim-wyrdd. Mam-gu!

Dim ond am ennyd y trois fy mhen. Ond, yn yr ennyd honno roedd hi 'Madam' wedi gwisgo'r ffrog ddrud am ei phen – ffrog a oedd (roedd yn amlwg i unrhyw un) o leia ddeg seis yn rhy fach iddi. Rhywfodd, roedd hi wedi llwyddo i gael ei breichiau trwy'r llewys ond nawr roedd twll y gwddw yn sownd am goron ei phen. Âi'r ffrog ddim milimedr ymhellach.

Nid dyna'r gwaetha.

'Wy'n mogi!' mwmiodd Mam-gu, fel petai ganddi lond ceg o wlân cotwm.

'Ffonia i ti'n ôl,' meddwn i wrth Ler a chipio'r wobr am y ffrind gwaetha erioed.

'Wy'n mynd i farw!' sgrechiodd Mam-gu.

Roedd hyn yn argyfwng! Trwy lwc, ro'n i'n gweld y broblem. Roedd caead y ffrog yn sownd yn ei pherm. (Petai hi'n gwisgo'i wig fyddai dim problem. Gallwn godi'r cwbwl o'i phen fel caead oddi ar focs.)

'Safwch yn llonydd – w,' meddwn i, gan ymgiprys gyda'r caead a llwyddo i blycio llond llaw o flew du ar yr un pryd.

'Awww!' sgrechiodd Mam-gu a neidio o 'ngafel.

Ar yr un eiliad, camodd Mam o 'runlle i ganol yr halibalŵ.

'Fydd rhaid torri'r ffrog. Siswrn!' meddai'n awdurdodol.

'Na,' sgrechiais a gafel yn Mam-gu.

'Aer. Aer! Wy moyn aer!' gwaeddodd honno a llewygu yn y fan a'r lle. Glaniodd yn un tomen ar fy mhen.

Trwy rhyw wyrth, ro'n i'n ocê. Y ddwy ohonom. Mewn sioc, ond yn ocê. Wrth godi y digwyddodd yr anaf. Roedd hi'n ddu fel bol buwch yn y ffrog a welodd Mam-gu mo 'nhroed i. Safodd ar ei thraed gyda phwysau ei chorff ar un sawdl – a thrywanu fy nghnawd fel cyllell.

'Awwwwww!!' Sgrechiais a chodi'r meirw.

Rhoes yr iâr-heb-ben un plwc i'r ffrog ddrud. Rhwygodd y sidan fel papur tŷ bach ac wele wyneb syfrdan Mam-gu.

Yn fy mhoen, ro'n i'n poeri cenllysg a thân, 'Y fenyw dwp! Chi 'di torri 'nhro'd i!'

Fel canlyniad, gollais i fy niwrnod mawr.

Rhestr o bobol ddylai fod yn sioe ffasiwn a lansiad swyddogol siop Cat-alog (rhag eu c'wilydd):
   1. Ler. Rheswm? Hwban yn ei gwely. Unwaith eto, rhoi ffling cyn ffrind.

Rhestr o bobol ddylai fod yno (esgus teilwng):
   1. Fi! Rheswm? Yn yr ysbyty. Adran Argyfwng Brys.

2. Mam. Rheswm? Yn yr ysbyty. Dal fy llaw.
3. Dad. Ond yno yn yr ysbryd, meddai'r Parch. (Www. Arswydus.)
4. Y Parch. Rheswm? Yn ei wely. Ond, diodde o sgil-effeithiau ail ddôs o radiotherapi. Pwysicach iddo stico gwella.

Rhestr o bobol yn y gynulleidfa:
1. Llond bws o henoed Bethania. Wedi eu gwefreiddio gan berfformiad hyderus gwraig y gweinidog (gynt). (Tro nesa fydda i'n gwbod yn well na rhoi Mam-gu yng ngofal gwerthu tocynnau.)
2. Anti Helen ac Wncwl Barry. Rhes ffrynt. Wncwl Barry wedi mynnu. (Rhaid ei fod yn falch iawn ohona i!) Wedi joio mas draw, medden nhw. Joio'r dillad isa, weden i – Wncwl Barry!

Es i adre mewn tacsi heibio tŷ Ler (gyda fy nhroed mewn bandej). Ro'n i'n barod i fwrw 'mol . . . ond, wrth gwrs, ges i'm cyfle i dorri gair. Roedd Ler moyn tagu Llywelyn Owen. Nawr, wy moyn tagu Llywelyn Owen (am gael ei eni a 'ngorfodi i i wrando ar ei antics am oriau). Erbyn dau y bore ro'n i 'di cael llond bol – o alcohol a Ler! (Ffrind sâl iawn!)

Peth rhyfedd iawn. Pan o'n i wrthi'n agor drws y tŷ (am ryw reswm, anhawster mawr i gael yr allwedd yn y clo) deimlais i ias. Mae 'di oeri, feddyliais i ar y pryd. Nawr, wy ddim mor siŵr. Wy'n meddwl ei fod e 'na . . . yn fy ngwylio.

Gwener y 5ed

Yyyrggghhhh! Mae 'nhroed i yn un clais mawr, du.

Sadwrn y 6ed

'Na 'nny. Wy'n rhoi lan! Wy'n ifanc (25 oed) ac yn fywiog (os oes raid) a sa i'n meddwl ei fod e'n ormod i ofyn am un sesh fawr yr wythnos (nos Lun ddim yn cyfrif. Nos Galan yn noson draddodiadol o ddathlu unwaith y flwyddyn). Un sesh fach yr wythnos i lacio tensiynau'r wythnos a fu (Mercher ddim yn cyfrif, chwaith. Sesh sioe yn ddigwyddiad unigryw unwaith-mewn-bywyd). Ond, oooooo naaaaaa! So hi 'Madam Rhif Dau' yn meddwl y gall 'Hi' wynebu dim byd na neb yn dre. So 'Hi' 'di gallu wynebu dim byd na neb tu allan i'w phedair wal (ac eithrio fi a'r boi pizza) ers i Llywelyn Owen roi blaen ei droed iddi.

8pm. Ar fy mhen fy hun (ar wahân i fotel o win). Trist iawn.

Sul y 7fed

Mam-gu a'r Parch wedi gwahodd y teulu cyfan (h.y. fi a Mam) am ginio i ddathlu agoriad swyddogol y siop fory. Aaaarrrgh! Mae'r siop yn agor fory!

'Gobitho y byddi di'n ddigon da i agor fory,' meddai Mam yn gafael yn ei llwy a'i phlymio i ganol y pwdin. (Tarten fale 'cartre' (h.y. siop) ac Angel Delight.)

'Beth ti'n feddwl? Wy'n iawn!' meddwn i'n bigog. Dim ond un potel o win ges i neithiwr.

Roedd gen i damed bach o ben tost ben bore heddiw ond roedd hwnnw 'di diflannu, diolch i'r tabledi cryf gwella troed (methu eu cymryd hyd heddiw oherwydd gwin).

'Mae'n un peth i deimlo'n iawn pan wyt ti'n ishte ar dy ben-ôl trw'r dydd. Ond mae'n fater arall pan wyt ti'n rhoi dy bwyse i gyd ar y dro'd glwc 'na am ddeg awr.'

(Roedd hi'n troi'r pwdin â'i holl nerth. Do'n i ddim yn hoffi'r ffordd wedodd hi 'dy bwyse i gyd', chwaith.)

'Fydda i'n iawn. Pidwch ffysan,' meddwn i. Cym'rais lwyaid o darten.

'Wwwel, os fyddi di moyn help . . .' meddai Mam-gu'n eiddgar.

Tagais ar fy mhwdin. Dros fy nghrogi, meddyliais.

'Wy'n tagu! 'Newch rwbeth!' meddwn i'n saethu toes a fale o fy ngheg fel poer.

'Gweddi?' cynigiodd y Parch.

'Jin,' meddai Mam.

Ond roedd Mam-gu ar ei thraed mewn bollt.

'Heimlic Man-hwfer. Weles i fe ar *Casualty*. Mas o ffordd.'

Roedd y sioc yn ddigon. Stopiais dagu yn y man a'r lle.

9.00pm. Gwely cynnar. Pwysig iawn cael noson dda o gwsg er mwyn bod yn ffres ac yn fywiog ar gyfer y bore.

9.05pm. Ffôn. Mam-gu . . . a'r Parch. Dymuno'n dda ar gyfer fory. Reit. Gwely.

9.35pm. Ffôn! Mam. Dymuno'n dda . . . Gwely!

10.00pm. Ffôn!! Ler. Dymuno bwrw ei bol (eto fyth) am *iw-now-hw* ac anwybyddu fy niwrnod mawr i'n gyfan gwbwl. Gwely!!

11.00am. Methu cysgu. O, Mam fach. Ma' arna i ofn.

Llun yr 8fed

O.N. Nodyn i atgoffa fy hun i beidio â siarad â fy nghyd-siop-berchnogion. (Mmm gair newydd, da i'r *Geiriadur Mawr.*)

Cyd-siop-berchnogion yw'r bobol mwya diflas ar wyneb daear. Hyd yn oed os y'ch chi ar ben y byd – oherwydd eich bod, gwedwch, newydd agor siop eich hun – maen nhw siŵr dduw o'ch tynnu chi lawr i'r gwaelodion.

'Helô', meddwn i'n serchog wrth y fenyw drws nesa, yn y siop Feng Shui. Ro'n i'n rhag-weld paneidiau a chiniawau mas lu, yn rhannu ein baich am fusnes.

'Mae'n dawel bore 'ma,' meddwn i. I dorri'r garw yn fwy na dim. Sdim disgwyl haid o gwsmeriaid am naw o'r gloch fore Llun.

'Marw fel y bedd ar bore Llun,' meddai. Sylwais am y tro cynta fod ganddi wep fel ffidil.

'Gwella pnawn 'ma, siŵr o fod.' Dweud o'n i, nage gofyn.

'Dim llawer yn gwell. Diwrnod cyntaf chi, ydy e?'

'Wel, ie. Pryd fydd pethe'n prysuro, 'te?' meddwn i'n dechrau gofidio.

'Bore Mercher. Diwrnod y mart.'

Bore Mercher! Dim problem. Roedd dydd

21

Mercher, Iau, Gwener a Sadwrn i ddilyn i werthu stwff fel slecs.

'Wrth gwrs, mae llawer o siopau ar cau yn y pnawn. Oherwydd y mart,' meddai hi. Roedd y wep ddiflas 'na'n atgoffa fi o rywun.

10.00am. Wy'n *bored*! Dim pip o neb trwwwwww'r bore. (Ocê, dim ond deg o'r gloch yw hi.) Fy nhroed yn dost iawn. Rhaid eistedd lawr.

10.03am. Hmmmm. Ystyried ffonio Mam-gu. I ddweud wrthi (bragian) mor dda mae pethau'n mynd. (Ac i basio'r amser.) Dim cyfle. Hi'n fy ffonio i.

'Helô, bach. Bishi? Sa i 'di stopo 'to! Brecwast Dat-cu, golchi dillad gwely – o'dd e 'di whysu stecs nithwr. O'dd 'i byjamas e'n drewi bore 'ma, druan bach . . .'

(Ambell waith, licen i 'se Mam-gu ddim yn rhannu POB PETH gyda fi. C'wilydd mawr. Wy'n cael hi'n anodd iawn i gwtsho Dat-cu – nawr 'mod i'n gwbod am y pethau ych-a-fi.)

' . . . Shwt ma'r dro'd?'

'Bach yn dost.'

'Well i ti ishte, 'te.'

'Wy *yn* ishte.'

'Wyt ti?! Alli di byth *ishte*! Beth ambytu'r cwsmeried?'

Pwy gwsmeriaid? meddyliais.

'Paid â becso dim, garriad. Ma' Mam-gu 'ma i ti.'

Mae fy hunlle wedi ei gwireddu. Mae Mam-gu'n dod draw i gymryd awenau'r siop.

Mawrth y 9fed

10.00am. Yn fy ngwely. (Wy'n gwbod ddylen i fod yn y siop!)

Dyma fy nghosb am ddewis alcohol cyn tabledi gwella troed. Mae Mam-gu yn y siop yn . . . (Sa i moyn meddwl beth!)

Dim sefyllfa ddelfrydol o bell ffordd. Ond dim dewis.

Dewis arall:

1. Ler? Gweithio'n llawn-amser fel rep siocled. Bant o'r gwaith ar hyn o bryd oherwydd salwch (yn y pen os yw hi'n dal i baldaruo am yr hen Llywelyn Owen 'na! Enw newydd arno: Y Ll. O. Y Llo).
2. Mam? Dim amser. Mae'n brysur yn ymarfer sgiliau newydd. Mwya c'wilydd arnii. (Mwy am hynny pan fydd gen i fynedd.)

Gwell peidio meddwl am ddim. Tabledi troed, cryf, yn help mawr.

O.N. Rhaid gwneud mwy o ymdrech i gael gwared â'r syniad fod Mam-gu wedi sefyll ar fy nhroed yn fwriadol er mwyn cael y siop iddi hi ei hun!

Mercher y 10fed

Ocê. Beth yw'r peth gwaetha allai ddigwydd:

1. Mam-gu'n gwerthu *dim* yn y siop.
2. Mam-gu'n gwerthu *pob* dim yn y siop ac yn bragian fyth fythoedd ei bod hi'n fwy llwyddiannus na fi.

3. Mam-gu'n helpu ei hun i gwpwl o ffrocau a phâr o sandalau drud.
4. Mam-gu'n rhoi delwedd anghywir i'r siop (yn y ffroc a sandalau drud). Neb ifanc na chŵl yn mynd yno eto. Fyth.
5. Mam-gu'n dechrau smygu ac yn rhoi'r siop ar dân. Siop yn llosgi'n ulw . . .!

Amser i fi gael tabled arall.

Iau y 11eg

Ogod. Mam-gu wrth ei bodd. Newydd fy ffonio o'r siop. Siop yn y *Journal*! Tudalen flaen.

Mam-gu yn y *Journal*. Tudalen flaen. *Pensioner in Fashion!* (Mam-gu ddim yn siŵr am y cyfeiriad hwn ati fel '*pensioner*'. Er ei bod hi'n un, wrth gwrs.)

Yr hanes i gyd mewn du a gwyn i bawb a'r betws ei ddarllen: *Y sioe ffasiwn yn lansio'r siop ffasiwn (Enw siop – Cat-alog). Y rheolwraig yn torri ei throed. Y bensiynwraig ddewr – a thrwsiadus (mae'n debyg) – a ddaeth i'r adwy ac achub y dydd.* (Dim sôn, wrth gwrs, na fyddai 'adwy' i ddod iddo oni bai am y bensiynwraig dwp!!)

Meddwl sgrifennu llythyr at y *Journal*. Dweud wrthyn nhw'n ddiflewyn-ar-dafod am tsiecio eu ffeithiau tro nesa. Papur sgrifennu llythyr yn y drôr. Drôr yn rhy bell.

Teimlo'n sâl. Yr unig reswm roedd y *Journal* yno o gwbwl oedd achos 'mod i 'di bachu eu sylw gyda fy sgiliau PR heb-eu-hail.

Mynd i'r gwely i bwdu.

Sadwrn y 13eg

Wwww. Cwsmer.

Wehei! Wedi gwerthu rhwbeth. Dim byd mawr. Ond o'r fesen fach y tyf y goeden. (Mae'n debyg.) Fi yw'r siopwraig fwya llwyddiannus yn y byd! Hwrê!!

Cwsmer newydd ddweud 'mod i'n edrych yn iau na fy llun yn y papur! Nage fi oedd hi, ond Mam-gu, y dwpsen dwp! Bw-hw!

Llun y 15fed

Troed yn well! (Aberth fawr wedi ei gwneud. Penwythnos sych.)

Mercher y 17eg

Darganfyddiad pwysig (tebyg i Christopher Columbus yn darganfod America neu Syr Walter Raleigh yn darganfod tatws). Siop yn ased gwerthfawr – nid yn unig yn ariannol ac yn nhermau boddhad personol. Hefyd, yn ased wrth gwrdd â dynion ifanc, golygus!

Dyn ifanc, golygus (o'r math a grybwyllwyd) wedi dod i'r siop pnawn 'ma.

'Helô,' meddai a'i lygaid yn sgleinio fel y saim yn ei wallt.

Roedd ganddo lygaid tywyll a gwallt tywyll a chroen tywyll. Ro'n i'n siŵr ei fod e'n dod o Sbaen neu un arall o wledydd twym yr . . . y . . . wel, y rhan o'r byd sy'n dwymach na ni ond ddim mor dwym â chyfandiroedd Affrica neu Asia.

'*Hello. Can I help you?*' meddwn i yn Saesneg. Mwya c'wilydd!

(Ro'n i'n barod i'w helpu 'da rwbeth. Hi, hi.)

'Wy'n siaaarad Cymraeg,' meddai e. 'Tiii yw'r ferch yn y *Journal*, ondefe? Shwt maaae'r dro'd?'

'O, lot yn well, diolch,' meddwn i'n cochi fel croten ysgol.

'Sooo ti'n nabod fi wyyyt tiii?'

'Na. Sori.'

'Wy'n nabod tiii. Ni'n gymdogion. Rhif peeedwar?'

Ro'n i ffaelu credu'n lwc. Wy dal ffaelu credu'n lwc. Mae'r pishyn gorjys 'ma 'di bod yn byw ar fy stepen ddrws – jest â bod – ers tri mis a sa i hyd yn oed wedi sylwi arno fe. (Ha! Prawf pendant 'mod i *yn* gallu rhoi teulu a gwaith cyn fy mywyd carwriaethol! Nodyn brys i ddweud hyn wrth Mam.)

'Marco Rhydderch,' meddai e gan estyn ei law (Pishyn yn ŵr bonheddig hefyd!). 'Maaam yn Gymraes i'r carn a Daaad yn Eidalwr.'

'Catrin Jones,' meddwn i'n gwenu fel giât. Mam yn honco a Dad, wel, Dad 'di mynd o'r byd hwn (ond, ddim i'r nefoedd, dybiwn i). Gweddill y teulu? Gwell peidio gofyn.

Yna, daeth cwsmer arall i'r siop. (Prawf pendant nag yw lwc yn para.)

Nid yn unig hynny, ond cwsmer arall yn mynnu sylw.

'Falle welwn ni'n gilydd 'to,' meddwn i'n ymbalfalu am y cywair cywir, sy'n dangos diddordeb heb swnio'n hollol despret!

'Wy'n siŵr o 'nny, Caaatrin Jones,' meddai e.

11pm. Nodyn i dynnu enw Ler oddi ar fy rhestr cardiau Dolig. Pan wedes i wrthi am y trydan trydanol rhyngdda i a Marco, wedodd yr ast fach hyn,

'Wrth gwrs weli di fe 'to. Ma' fe'n byw drws nesa i ti! Wyt ti dala ar y tabledi cryf 'na?'

Nage 'na beth oedd e! Gymres i'r dabled ddwetha ddoe.

11.30pm. Rhaid, rhaid ei fod e'n ffansïo fi (tamed bach, ta beth). Aeth e mas o'r siop heb brynu dim! Ha! Rhy hwyr i ffonio Ler i ddweud hyn. Ond gaiff hi wbod yn y bore!

Gwener 19eg

Hmmm. So bywyd siop yn fêl i gyd. Ar ôl diwrnod hir, hir yn gweini cwsmeriaid, mae'n rhaid cyfri'r stoc. Stoc pythefnos y tro yma. (Allen i fyth lwytho sgwyddau Mam-gu â'r cyfrifoldeb 'na.)

Doedd Mam-gu ddim yn deall o gwbwl.

'Ma' 'da fi brofiad hel-aeth o gyfri stoc,' meddai'n ffroenuchel.

'Pa brofiad?' meddwn i. Mae'r fenyw wedi bod yn wraig gweinidog erioed.

'O'r dyddie pan o'n i'n gweitho yn y Co-operative.'

'Co-operative! Do'n i ddim yn gwbod bo chi 'di gweitho'n Co-op,' meddwn i wedi fy syfrdanu.

'Fi . . .' meddai'n chwyddo ei brest fel twrci adeg Dolig. 'Fi oedd y Manajer-ess! Ble ti'n meddwl wyt ti 'di ca'l y diddordeb newydd 'ma? Wrth dy Fam-gu, wrth gwrs!'

Nodyn i ychwanegu hynny at fy rhestr o ofidiau. Wy'n byw fy mywyd fel Mam-gu!

Cyfrif stoc (ar ben fy hun) yn waith unig ac anodd iawn. Cael fy nhemtio i dreial y dillad yn lle canolbwyntio ar gyfrif enillion yr wythnos. Top un ysgwydd â blodyn egsotig? . . . Un . . . dau . . . mmm, top yn hardd iawn. Seis 12 hefyd. Rhaid canolbwyntio ar gyfrif . . . ond top yn hardd. Angen mwy o fronnau i wisgo top un ysgwydd . . . falle . . . dim ond un ffordd o ffeindio mas . . .

Top twp!

Mmm. Bŵb tiwb (i fenywod â bronnau mawr, hefyd) . . . un . . . dau . . . tri! Dim ond tair menyw ifanc yn y dre â bronnau digon mawr i wisgo bŵb tiwb. Sgwn i faint fyddai operasion i fi gael bronnau mawr?!

Newyddion da. Wedi gwerthu llawer o bethau yn y bythefnos gynta. Dros fy nharged gwerthu (Mae gan bob siopwr gwerth ei halen darged gwerthu!).

Newyddion drwg. Erbyn i mi gwpla, rhy hwyr i fynd i'r dafarn. Ffaelu mynd i'r dafarn, hyd yn oed petai hi ar agor. Siop yn agor fory am naw.

Sadwrn yr 20fed

Sesh heno! Er 'mod i bellach yn un o bileri'r gymdeithas, mae hyd yn oed pobol fusnes parchus yn haeddu ambell noson fawr . . . Sgwn i ble mae Marco'n cael ei gwrw?

Sul yr 21ain

1.00am. Adre'n gynnar. Rhagor o win yn mynd i arwain at noson yn y tŷ bach. Dim eisiau noson yn y tŷ bach.

Heno, dweud hanes Marco wrth Ler. Ler yn fy atgoffa 'mod i wedi dweud hanes Marco wrthi unwaith. Fi'n atgoffa Ler ei bod hi wedi dweud hanes y Llo wrtha i ganwaith!

Ffaelu credu 'mod i ddim yn nabod Marco – o gofio bod Marco'n gymydog agos. C'wilydd o beth 'mod i ddim yn nabod y person sy'n byw drws nesa. Ler a fi'n cytuno – hyn yn adlewyrchiad trist o'n cymdeithas ni heddiw, yn yr oes sy ohoni. Profi bod Ler a fi'n gallu siarad yn gall iawn – hyd yn oed ar ôl dwy botel o win.

Dim sôn am Marco. Dim ots . . . achos, wedi cael syniad *brilliant*. Mynd i ga'l parti tŷ. Parti tŷ i ddod i nabod cymdogion. Wehei! Agor y drws ac estyn croeso i bawb.

Pwy i wahodd? Dim isie gormod o bobol rhag ofn iddyn nhw strywo'r lle!

Rhestr o ffrindiau parti:
1. Fi (Ond Ler yn fy atgoffa so fi'n cyfri. Fi sy'n rhoi'r parti! Hi, hi.)
2. Ler (Wedi maddau iddi am chwalu 'ngobeithion parthed Marco nawr ei bod hi'n helpu trefnu parti.)
3. Marco (Fel rhan o brosiect dod i nabod cymdogion.)
4. Cymdogion eraill. Gweler uchod. (Nodyn. Gobeithio bydd Lisa Lân, merch drws nesa, yn

ffaelu dod. Mae hi'n rhy bert o lawer. Gwaeth byth, mae hi'n ferch ffein iawn, hefyd.)

Rhestr o bobol sy ddim yn dod i'r parti:
1. Llywelyn Owen. (Er, bydd e 'na mewn ysbryd os caiff Ler ei ffordd. Er mawr siom, mae'n dal i siarad amdano'n barhaus.)
2. Teulu. (Wy eisiau joio fy hun am unwaith!)
3. Ler (Os bydd hi'n parhau i siarad am y Llo yn barhaus.)

Hmmm. Gormod o sgwennu nid yw'n dda. Teimlo'n dost.

Iau y 25ain

Diwrnod Santes Dwynwen gwaetha erioed.

GWAHODDIAD

Mae'ch ffrind mynwesol yn eich gwahodd i noson yn ei chwmni. Noson o lefain a chrio a hwban a holi a nadu pam, pam, pam?!
Fydd ddim angen tocyn (ar ffurf cerdyn santes Dwynwen) i gael mynediad i'r digwyddiad cyfarwydd yma.
Handi Andis yn opsiynol ond yn ddymunol.

Sadwrn y 27ain

Dim amser i sgwennu wthnos 'ma oherwydd yr HOLL baratoadau ar gyfer parti tŷ: tacluso, glanhau, addurno, siopa – bwyd *A* diod – arlwyo (er bod Marks and Spencers 'di sgwyddo'r baich mwya), ffonio pobol i ofyn iddyn nhw ddod, ffonio pobol i wneud yn siŵr eu bod nhw'n dod.

Edrych mlaen yn fawr i gynnig croeso cynnes i 'nghymdogion (fy ffrindiau newydd).

Ler yn rhoi dŵr ar y tân, 'Sa i'n gwbod pam wyt ti'n neud yr holl ffys na'n cymoni. Erbyn diwedd y nos, fydd y lle 'ma 'di strywo'n rhacs.'

'Dim os fydd pawb yn ofalus.'

Ro'n i'n dechrau poeni, ond yn benderfynol o beidio â dangos hynny.

'Cats! Wyt ti 'di bod mewn parti tŷ o'r bla'n?'

'Do, wrth gwrs. Canno'dd.'

'Fyddi di'n gwbod bod neb yn "ofalus" ar ôl ca'l 'u dannedd yn y *punch,* 'te. Wy'n cofio, un parti . . .'

Trwy lwc, ganodd cloch y drws. Y gwestai cynta! Lwcus iawn i'r gwestai i gyd. Ro'n i ar fin gohirio'r parti.

Y gwestai cynta: Marco Rhydderch. Rhaid ei fod yn edrych mlaen yn fawr i 'ngweld i. Ail westai: (cyrraedd yr un pryd â'r cynta, dweud y gwir): Lisa Lân. (Nodyn: Newydd gyrraedd mae hi ond wy ishws yn difaru ei gwahodd.)

Sul y 30ain

9.00am. Falch o adrodd, mae'r tŷ yn dal mewn un pishyn. Yn anffodus, newyddion ddim cystal am fy mhen. Pen wedi hollti'n ddau. Nurofen Plus, Plus, Plus, plîs!

3.00pm. Pen dipyn bach, bach yn well. Nurofen Plus Plus Plus ffaelu ymdopi â phen parti.

31

Noson yn llwyddiant mawr! Wy'n credu. Wedi llwyddo i ddod â chymdogion ynghyd, a bachu Marco Rhydderch (fy nghariad newydd).

Ble mae Marco, cariad newydd? So fe yn fy ngwely, erbyn ffeindio.

Hmmm. Cofio nawr. Cymdogion rhif tri wedi ffraeo â chymdogion rhif dau parthed parcio car o flaen y tŷ. Cymdogion rhif un wedi ffraeo â chymdogion rhif chwech parthed cath yn piso yn yr ardd!

Marco wedi hala trwy'r nos ben ym mhen gyda Ler! Ler yn dweud (pan fi'n cael gafel arni yn y tŷ bach) ei bod hi'n gofyn i Marco am berspectif dynol am ei pherthynas â'r Llo. Ha, ha – Marco yn gorfod gwrando ar Ler trwy'r nos! Eitha reit ag e am fy anwybyddu i.

4.00pm. Newydd gofio. Fi'n ffraeo â Ler am ddwgyd Marco o dan fy nhrwyn,

'Ti 'di meddwi!' meddai hi.

'Nagw ddim,' meddwn i'n baglu dros fy nhroed fy hun.

'Am y canfed tro, *so* Marco'n ffansïo fi. Ma fe'n ffansio TI!'

'A shwt wyt ti . . . shwt wyt ti'n gwbod 'na? Ti'n side-cic, wyt ti?!'

'Achos, Catrin, so fe 'di treial *cusanu* fi!'

Hollol amlwg bod Ler yn feddw dwll. Petai Marco 'pishyn' Rhydderch wedi 'nghusanu i, fydden i'n cofio. On' fydden i?

Llun y 29ain

Oriau mân y bore.

Y cyfiawn a gaiff eu gwobr yn y nefoedd (meddai'r Parch, sy'n iawn am unwaith). Roedd hi'n werth chweil mynd at Mam-gu a Dat-cu i gael swper (er gwaetha'r pen-maen-mawr).

Sioc fawr. Mam-gu a'r Parch wedi cael Sky! Y Parch wedi clywed bod sianeli cyfan ar Sky i Dduw ac i Iesu Grist. Y Parch yn gobeithio y bydd hi nawr yn ddydd Sul bob dydd.

Gobeithion eraill gan Mam-gu. Hi'n gobeithio gwylio *Ready, Steady, Cook* bob dydd. Wy'n amau'n gryf nad y ryseitiau sy'n denu ei diddordeb – ond y cogydd, Ainsley Harriott! Amheuon wedi'u cadarnhau wrth y bwrdd swper. Melon, lasagne wedi'i rewi ac eirin gwlanog tun a Dream Topping i bwdin! Heb weld y pryd yma ar *Ready, Steady, Cook*.

Ffefryn newydd gan Mam-gu ar Sky. *Crossing Over with John Edwards*. John Edwards yn gallu siarad â phobol sy wedi marw oherwydd 'u bod nhw'n siarad ag e. Mam-gu nawr yn credu y gallai hi siarad â phobol marw oherwydd clywed 'lleisiau' yn ei phen ers oes pys. Wy'n credu petai person marw yn siarad â fi y byddwn i'n cael harten a marw fy hun!

'Pam na sgwenni di mewn,' meddai Mam-gu, ei llygaid yn sgleinio fel plentyn bach ar fore Nadolig.

'I beth?' meddwn i. Wy'n araf iawn yn dysgu 'ngwers.

'I ti ga'l siarad â Dad, wrth gwrs.'

Wrth gwrs.

33

'Pam na sgwennwch *chi* mewn? I *chi* ga'l siarad â Dad,' meddwn i'n siarp.

'Sdim isie i fi fynd yr holl ffordd i America i neud 'nny! Wy'n siarad â Dad bob nos.'

'Beth ma' fe'n gweud 'thoch chi, 'te?'

Yn sydyn, ro'n i wedi ymlâdd ac yn bigog fel draenog.

'Wel, fi sy'n siarad gan fwya. Grondo ma' Dad.'

'A beth amdano chi, Dat-cu? Odych chi'n siarad â Dad?'

Gwenodd Dat-cu a siglo'i ben yn araf. O'r diwedd, bach o sens, meddyliais.

'Nagw, bach. Sa i'n siarad â *Dad*,' meddai e.

Roedd rhwbeth ambytu'r ffordd roedd e'n pwysleisio'r gair 'Dad'.

''Da pwy y'ch *chi*'n siarad, 'te?' gofynnais.

'Wel, 'da Duw, 'y nghariad i.'

Es i ddim i holi. Maen nhw'n hen iawn.

Ta beth, y rheswm wy ar ddihun a methu mynd nôl i gysgu. Cyffro mawr! Newydd gael fy nihuno gan freuddwyd fyw. Yn y freuddwyd, ro'n i'n teimlo dau lygad yn fy llosgi fel dau golsyn. Trois i 'mhen, ac roedd e yna, yn rhythu arna i. Nawr, wy'n gwbod pwy sy'n fy ngwylio!

CHWEFROR
Eli ar y Dolur

Sul y 4ydd

Gwyrth wedi digwydd. (Tebyg i fwydo miloedd gyda phum torth a dau bysgodyn neu droi dŵr yn win.) Mynd i weld Mam-gu a'r Parch.

Gwyrth un: Doedd y Parch ddim yn ei wely, roedd e wedi codi! (Doedd hi ddim hyd yn oed yn amser cinio.) *Gwyrth dau:* Doedd y Parch ddim ar ei eistedd, roedd e'n sefyll . . . ac yn cerdded!!

'Odych chi'n iawn?' gofynnais wedi fy syfrdanu. (Dyw hi ddim yn normal, does bosib, i ofidio am iechyd rhywun oherwydd eu bod nhw'n edrych yn well.)

'Dim yn iawn,' meddai'r Parch. 'Ond wy *yn* well.'

Gogoniant i'r Goruchaf. Mae'r Parch yn well!

'Shwt?!' Roedd y geiriau wedi slipo mas cyn i mi stopio fy hun.

'Aaa,' meddai'r Parch gan ddistewi ei lais fel sy'n briodol wrth rannu cyfrinach fawr fel cyfrinach gwella cancr. ' . . . Gweddi.'

Gweddi!

'Gofynnwch a chi a gewch?' meddwn i. Wy'n blentyn ysgol Sul, cofiwch.

Nodiodd y Parch ei ben. Roedd e'n gwbwl o ddifrif.

Wy 'di clywed am bethau tebyg i hyn. Mae'r meddwl yn bwerus iawn. Mae rhai doctoriaid (nage cwacs tebyg i'r rhai ar y teledu yn unig, ond rhai gyda llythrennau cyn eu henwau – ac ar eu hôl) yn argymell y feddyginiaeth yma:

Dychmygu'r cancr fel lwmpyn. Dychmygu pŵer y meddwl yn lleihau a lleihau'r lwmpyn nes fod y lwmpyn yn diflannu!

Mawrth y 6ed

Llawer o amser i feddwl yn y siop.

Llawer gormod o amser i feddwl yn y siop – yn arbennig pan mae'n dawel.

Pelydren – dyna'i henw! Go wir! – y Frenhines Feng Shui, drws nesa, yn dweud ei bod hi bob amser yn dawel yn ei siop hi o Ionawr i Pasg! Fawr o heulwen yn neges ewyllys da Pelydren i'w chyd-siop-berchnogion.

Meddwl am bŵer y meddwl (yng nghyswllt gwyrth gwella cancr y Parch).

Rydwyf i Dr Jones (hyfforddiant meddygol – dim) yn credu'n gryf mewn meddwl yn bositif. E.e. 'Fe alla i . . . Fe fydda i . . .'

Enghraifft berffaith: Pan o'n i'n gweithio i DD (Daniel Diflas, bos cwmni PR da-i-ddim) ac yn treial am ddyrchafiad swydd. *Beth wnes i?:* Meddwl yn bositif. *Beth oedd y canlyniad?:* Ges i'r swydd, wrth gwrs. (Erbyn meddwl, falle nad yw hon yn enghraifft gwbwl berffaith. Y person gafodd y swydd? Fy ngelyn penna yn y cwmni PR – Rhian Haf! Beth ges i? Y sac!! Ond ro'n i ar fin ymddiswyddo, ta beth.)

Mercher y 7fed

11.00am. Os yw pŵer y meddwl yn gallu gwneud gwyrthiau, sgwn i alla i ei ddefnyddio (h.y. ei gam-ddefnyddio) i ddenu mwy o gwsmeriaid i'r siop? Fy nharged yw deg cyn cinio.

Gofynnwch a chi a gewch. Yr un peth â'r Parch.

Rhaid canolbwyntio . . . Deg cyn cinio . . . Deg cyn cinio . . . Www, dyma un yn barod!

2pm. Tri! Siom fawr. Pŵer y meddwl yn dda i ddim!

Iau yr 8fed

Dal i feddwl . . .

Pŵer y meddwl heb wella Dat-cu ond yn hytrach pŵer tu allan y corff ac, yn wir, tu allan i'r byd hwn – pŵer Duw. Yn ôl y Parch.

Sgwn i ai tacteg marchnata gyfrwys yw hon ar ran y Parch, i 'mherswadio i i weddïo gyda'r nos a mynd i'r capel bob dydd Sul?

Sadwrn y 10fed

12pm. Ler wedi prynu anrheg i mi, i ddweud 'sori' am siarad (fflyrtio) â Marco trwy'r nos. Roedd hi'n treial fy helpu. Mae'n debyg. Hindro, weden i.

Ler yn wên o glust i glust wrth roi'r anrheg i mi yn y siop. Rhaid dweud, mae'n edrych dipyn yn hapusach dyddiau 'ma. Hyn yn fy ngwneud i'n hapus, hefyd.

'Ga i agor e nawr?'

Ffrindiau yn well na chariadon. Anrhegion ond yn dod wrth gariadon amser pen-blwydd, Nadolig a phan maen nhw moyn rhywbeth . . . mwy na thebyg rhyw.

'Well i ti beido,' meddai Ler yn pwffian chwerthin.

'Pam? Beth yw e?' gofynnais i, yn piffian chwerthin fy hun.

'Rhwbeth i godi dy galon. Ti'n 'i ga'l e ar un amod. So ti'n gweud wrth neb ble gest di fe.'

Gobeithio'n fawr nad cyffuriau caled sy yn y parsel. Wy'n biler y gymdeithas!

12.05pm. Anrheg yn plesio'n fawr – er ei fod heb ei agor, hyd yn hyn. Ler yn dweud i beidio â'i agor nawr – rhag ofn i gwsmer gyrraedd.

12.10pm. Anrheg yn demtasiwn mawr. Ddim am agor yr anrheg nes fy mod i adre heno. Gallu goresgyn temtasiwn oherwydd 'mod i nawr yn oedolyn synhwyrol a chall.

12.15pm. Www. Sgwn i beth yw e? Temtasiwn yn fy lladd!

12.30pm. Sgwn i a fyddai hi'n ddrwg iawn, iawn i roi arwydd 'ar gau' ar ddrws y siop? Jest am un funud fach, fach er mwyn gallu agor anrheg???

12.45pm. Anrheg twp, twp iawn! BETH YW E?!!!!!!

5.10pm. Adre. Ler yn fwnci drwg – ond yn ffrind da iawn, iawn! Mynd i dreial anrheg newydd nawr. Mmmm. Rhaid mynd i'r garej gynta i brynu batris.

5.30pm. Mae pobol yn defnyddio nhw am lot o resymau gwahanol ac nage jest i bechingalw'r wel, bechingalw. Maen nhw'n ddefnyddiol iawn, yn ôl yr hyn wy wedi ei ddarllen mewn cylchgronau parchus iawn, i wella pob math o boenau corfforol. Ysgwydd dost, gwedwch. Neu wddw stiff. Synnwn i daten petai sesiwn deg munud yn gwneud byd o les i draed perchennog siop luddedig.

Mmmm. Neis, neis iawn! Sa i'n credu bod isie i mi deimlo c'wilydd o gwbwl o fod yn berchen fibrator, wir! Maen nhw'n gwerthu pethau tebyg iawn yn Boots.

Llun y 12fed

'Lle ddiawl ti 'di bod?'

Roedd e'n atgoffa fi o Simon (hen sboner) pan oedd e'n flin 'da fi. Yn sydyn, ro'n i wedi fy nghludo yn ôl dwy flynedd, i ganol ffrae cariadon.

'Wy . . . 'di . . . bod yn y siop,' meddwn i'n betrus iawn.

Diflannodd yr wg a wele wên fawr.

'Tynnu dy go's diii o'n i! Gweud y gwir, wy'n siomeeedig. Sa i 'di gweld tiii ers y parti.'

Marco, yn siomedig, am ei fod heb fy ngweld?!! Roedd y sioc yn ormod. Do'n i – menyw ifanc 25 oed yn yr oes sy ohoni – yn ffaelu meddwl am ddim byd call i'w ddweud.

'Ble tiii 'di bod yn cuuuddio?'

'Nage cwato. Gweitho.'

'Trueni. Gronda, wy ar fy ffor mas nawr. Chwarae *squash* 'da ffrind. Wela i di eeeto?'

'Ie. Ocê,' meddwn i.

'Wrth gwrs 'nei di. Tiii'n byw drws nesa. Alli di ddim dianc wrtha' i!'

Marco Rhydderch yn ddoniol iawn. Y syniad y byddwn i moyn dianc rhag crafange Marco yn ddoniol iawn.

Squash. Mmm. Marco mewn siorts. Marco yn chwysu ac yn fyr ei wynt . . .

Ble mae'r anrheg newydd? Traed yn lluddedig iawn heno.

Mawrth y 13eg

Dihuno ar ôl hunllef. Marco wedi gofyn i mi chwarae *squash* gydag e! *Nodyn:* angen mynd ar ddeiet a chadw'n heini ar fyrder rhag ofn i'r hunllef gael ei gwireddu.

Mercher y 14eg

Roedd e 'na heddiw 'to. Mae e 'na bob dydd, gan amla. Rhyw ben. Yn yr awyr agored, bob tro. So fe'n hoff o lefydd caeëdig. Wedyn, pan fydda i adre neu yn y siop, wy ar ben fy hun. Ond pan fydda i'n picio i nôl brechdan amser cinio neu'n cau'r siop gyda'r nos, dyna pryd fydd e'n gwylio.

Bob tro wy'n troi fy mhen, wy eiliad neu ddwy'n rhy hwyr. Mae e wedi mynd . . . i guddio. Felly, sa i erioed wedi ei weld. Ond wy'n gwbod ei fod e 'na. Wy ffaelu esbonio'n iawn. Wy jest yn gwbod. Wy'n teimlo'i bresenoldeb. Am ennyd. Yna . . . mae e wedi mynd.

Iau y 15fed

Ro'n i'n rhoi'r biniau mas heno. (*Nodyn:* digon abl i roi biniau mas fy hun. Dim angen dyn.) Roedd hi'n tynnu am ganol nos ac yn dywyll ond am olau tenau o ffenest y gegin. Sylwais fod cymylau mawr gwyn yn dod o 'ngheg. Ro'n i'n crynu fel deilen. Roedd hi'n gafael ac yn oeri fesul munud. Meddyliais, ma' fe 'ma.

Beth wna i nawr? Gweud 'helô'? . . . Na. Beth petai rhywun yn fy nghlywed i? Bydden nhw'n meddwl 'mod i'n dw-lal!

Doedd dim golwg o neb yn unman. Ond, doedd dim ofn arna i o gwbwl. Wel? Pam ddylwn i fod ofn fy nhad fy hun?

Wy'n gwbod fod hyn yn swnio'n hollol honco. Dyna'r union reswm pam wy'n cadw'r gyfrinach i fy hun. Ond, dyna'r unig eglurhad posib. Mae rhywun yn fy ngwylio. Ffaith fyddai'n codi gwallt pen y rhan fwya o ddynol-ryw. Bydde'n hala rhan fwya o bobol o'u co – neu i'r swyddfa'r heddlu. Ond i mi, mae'n deimlad cynnes a braf. Wy'n teimlo'n ddiogel wrth gymuno â'r Ochr Draw. Dyma'r unig eglurhad posib. (Wy'n gwbod y bydde John '*Crossing Over*' Edward a Pelydren yn deall i'r dim.)

Sadwrn yr 17eg

Mam-gu yn tapio *Crossing Over with John Edward* i fi (yn y gobaith y bydd hynny'n fy sbarduno i sgwennu ato, er mwyn cael cymuno â'u mab annwyl – fy nhad.) Ond, dim angen sgwennu at

John Edward. Dim angen John Edward. Wy'n cymuno â Dad bob dydd.

John Edward yn dweud hyd yn oed ar ôl marw mae'n perthnasau a'n cymdogion yn dal i'n cefnogi a'n caru. Mmm. Y gair 'na: 'dal'. Mae'n cymryd yn ganiataol eu bod nhw'n gwneud hyn pan oedden nhw yn y byd hwn. Beth am Dad . . .

Oedd e'n fy nghefnogi / caru?
   Yn erbyn?
   Wel, ble mae dechrau . . . beth am yr ewyllys-o-uffern yn gadael ei ffortiwn i mi a charafán i Mam. Yr ewyllys a arweiniodd at hollti'r teulu a thwchu cyfrifion personol dau gyfreithwr bodlon.
   (Wrth gwrs. Erioed, erioed wedi dweud hyn ar goedd.)

   O blaid?
   Mae e wedi dod nôl o'r nefoedd (chwedl Mam-gu a'r Parch) neu uffern (chwedl Mam) i wneud yn iawn am y camweddau uchod.

Mae'r peth yn hollol amlwg! Mae Dad wedi dod nôl fel angel gwarcheidiol. Angel-Dad! Ers i Angel-Dad ddechrau helpu, mae fy myd yn un haf hir. Mae gen i fusnes llwyddiannus (wel, mae'n gynnar eto), perthynas dda gyda Mam (weithiau) a chariad newydd (wel, bron. Wy'n siŵr 'mod i'n mynd i fachu Marco Rhydderch yn y dyfodol agos).

Sul y 18fed

Knackered.

Aros yn y gwely trwy'r dydd yn gwylio tapiau John Edward.

Ffôn yn canu. Anwybyddu ffôn.

Hoffi John Edward. John Edward yn ddyn talentog iawn. Hefyd, John Edward yn ddyn golygus iawn. Sgwn i a yw e'n briod?

Llun y 19eg

Ych a pych!

Wedi gweld erchyllterau heddiw sy'n mynd i fy nghadw ar ddihun gyda'r nos am gantoedd!

Mor dawel yn dre heddiw, cau'r siop yn gynnar. Camgymeriad mawr.

Galw heibio i weld Mam – yn ddirybudd, wy'n cyfadde. Heb weld llawer arni ers iddi alw i 'ngweld i yn y siop bythefnos nôl a phrynu top bach tyn cwbwl, cwbwl anaddas (o gofio'i hoedran a'i statws fel fy mam). Ddim yn meddwl, ar y pryd, bod angen gwneud apwyntiad i weld rhiant – yn arbennig o gofio bod swm fy rhieni wedi haneru i un.

Gnociais i gynta (wy bron yn siŵr i mi wneud) a cherdded mewn yn fras. Dyma fy nghartre plentyndod i, wedi'r cwbwl. Roedd hi'n dawel iawn tu fewn. Dim siw na miw o neb. Yna, glywais i ochain, fel griddfan drws.

Stopiais a gwrando. Ochenaid. Ac un eto. O gyfeiriad y stafelloedd gwely. Yn araf, sylweddolais nad drws oedd yn griddfan, ond dyn!

Dyn yn llofft Mam?!! Dylai hynny wedi bod yn ddigon i beri i mi droi ar fy union. Ond wnes i ddim. Doedd Mam erioed yn cael secs! Bydde Mam-gu wedi gweud wrtha i. Doedd ond un esboniad. Roedd rhywun yn hanner lladd Mam!

Yr heddlu, meddyliais. Ond doedd y ffôn ddim yn ei wely a dim signal ar fy mobeil. Doedd dim dewis. Bydde'n rhaid i mi daclo'r taclau fy hun! (Dychmygais fy hun yn dweud fy stori ddewr ar *Emergency 999*. Falle gelen i wobr!).

Ges i afael ar y pocer tân yn go handi a chripian fyny'r grisiau. Un . . . cam . . . ar . . . y . . . tro.

Ar y landin a 'ngwynt yn fy nwrn, ro'n i'n siŵr bod pob dihiryn yn y byd yn gallu clywed bwm-bwm fy nghalon yn curo. Beth nesa? Edrychais o 'nghwmpas. Roedd yr ochneidio wedi tewi. Stafell Mam, meddyliais, a chripian at y drws yn barod i'w gicio ar agor a tharo gyda'r pocer (Www, ro'n i'n ddewr!)

Yn sydyn, clywais wich y tu ôl i mi a mwy o riddfan. Griddfan drws y tro yma, a llais,

'Catrin!'

Roedd y dihiryn yn fy nabod? Trois fy mhen i wynebu un o'r golygfeydd mwya cyfoglyd wy erioed wedi ei weld. Dyn noeth ond am rimyn o dywel a hwnnw bron wedi ei gladdu gan dafod o floneg . . . Wncwl Barry. Sgrechiais. Yn uchel. Fel rhyw arwres anarwrol mewn ffilm ddi-ddim.

'Catrin?' meddai Wncwl Barry.

Baglais hi o'na cyn i mi orfod wynebu Mam.

Mam! A . . . a wel . . . Wncwl Barry! Yn . . .!!

Dyma fyd fy hunllefau.

9.00pm. Dim ond gobeithio bod Angel-Dad wedi gwneud 'run peth â fi pnawn 'ma. Cau'r siop yn gynnar.

Mawrth yr 20fed
Mae'r siop ar gau heddiw.

Mercher yr 21ain
'Eiddigeddus. 'Na beth wyt ti.'

Daeth Ler draw am gyfarfod brys. Mae hyn yn argyfwng!

'Nagw i! 'Sen i ddim yn twtsh â Wncwl Barry 'se fe o'dd y dyn dwetha ar y blaned!'

'Nage achos Wncwl Barry . . .' Distawodd ei llais. Arwydd ei bod ar fin rhoi ei bys yn y briw. ' . . . achos bod dy fam yn ca'l rhyw . . .'

'Ca'l rhyw 'da rhywun sy ddim yn dad i fi, ti'n feddwl . . .?'

Dyma'r peth calla mae Ler wedi ei ddweud ers tro byd. Nodyn brys i tsiecio yn fy llyfr. (Ymdopi â galar. Pennod 10. Pan fo rhiant mewn cariad.) Mae dros ddwy flynedd ers i Dad gael ei ladd mewn damwain, ond bydda i'n dal i bori yn fy llyfr galar, o dro i dro.

'Nage achos dy dad! Ti'n eiddigeddus achos dy fod ti ddim yn ca'l secs.'

Bwrodd y geiriau fel bonclust.

'Nage secs yw pob dim, ti'n gwbod!' meddwn i'n twyllo neb – dim hyd yn oed fy hun.

'Nage fe?!'

'Na-ge! Allen i fyw heb secs yn rhwydd reit!'

'Hawdd dweud 'nny nawr bod 'da ti fibrator!'

'Sa i'n defnyddio fe i 'nna o gwbwl!'

'C'mon, Cats. So'r Parch na Mam-gu 'ma nawr...'

Saib hir. Ler oedd y cynta i siarad,

'Wel, wy'n gweld isie secs yn ofnadw, no. Gweud y gwir, wy fel peth gwyllt. Wy hyd yn o'd yn dechre llygadu'r postman. A ma fe'n beryglus o agos i oedran ymddeol!'

Iau yr 22ain

Teimlo'n hen fel deilen 'di crino. Mae fy mam fy hun yn ca'l rhyw ond wy ddim! Trist.

Gwener y 23ain

Ro'n i'n gwbod bod hwn yn fater difrifol pan welais i hi ar stepen y drws. Ffonio fyddai hi, fel arfer, ond mae'n amlwg nad oedd hwn yn bwnc addas i'w drafod dros y ffôn.

'Helô, bach,' meddai'n ofidus. Dim fel Mam o gwbwl.

'*Bach?*' Mor dyner. Teimlais fy nghalon yn meddalu. Yna, sylwais ar y top tyn-cwbwl-anaddas, roedd hi wedi prynu yn y siop. Fy siop *i*. Mae'n rhaid ei bod wedi ei wisgo i fy mhlesio. I ennill tir cyn dechrau'r ras. Ffrwydrodd fy nghynddaredd i'r wyneb fel pothell.

'Ga i ddod miwn?' meddai. Mor ymostyngol. Dim fel Mam o gwbwl.

Rhaid bod hwn yn fater pwysig iawn. Rhag ofn, eisteddais lawr a chynnig iddi hithau wneud yr un peth.

'Wy 'di dod i esbonio . . .' meddai.

'Ti'n fenyw yn dy oed a dy amser. Sdim isie ti gyfiawnhau dy hunan i fi,' meddwn i'n siarp. Yn fwy siarp nag o'n i'n fwriadu.

Ro'n i'n treial bod yn aeddfed. Wy'n cyfadde bod byw heb ryw yn anodd iawn ac er 'mod i ddim yn rhoi sêl fy mendith, wy ddim chwaith yn dishgwl i Mam fynd hebddo am weddill ei hoes. Dyma'r cyfaddawd. Ro'n i'n fodlon maddau ar yr amod 'mod i ddim yn gorfod meddwl am y weledigaeth ysgeler fyth eto.

'Sa i 'di dod 'ma i "gyfiawnhau", Catrin. Sdim byd i'w gyfiawnhau.'

Typical Mam! So hi fyth ar fai – hyd yn oed pan mae'n cysgu gyda gŵr ei ffrind gorau!

'Ti 'di camddyall y sefyllfa. A phan glywi di'r stori i gyd, fyddi di'n dyall.'

'Mam, sdim byd i esbonio! Sa i moyn clywed y manylion i gyd! Sa i moyn clywed y manylion o gwbwl. Wy'n madde i ti. Ocê? Nawr, ti'n ffansi paned o de?'

Gwasgodd Mam ei dwylo gyda'i gilydd fel petai mewn gweddi a gwenu. Ac fel pe bai heb glywed gair wedais i, meddai,

'Ma' Wncwl Barry yn helpu fi i arbrofi . . .'

Ro'n i eisiau sgrechian! Yn y fan a'r lle!

''Na ddigon! Sawl gwaith sy raid i fi weud? Sa i moyn blydi gwbod!'

'Catrin! Iaith!'

Typical rhif dau! Mae hi'n ymdrybaeddu mewn trythyllwch a finnau'n cael stŵr am regi!

'Busnes yw e. Ma' Wncwl Barry'n 'y nhalu i.'

Barry'n talu Mam? Mam yn talu Barry? Dyna

jest y math o fanylyn do'n i ddim eisiau ei glywed. Roedd pethau'n mynd o ddrwg i waeth.

'Falle bydd rhai pobol, pobol gul – a ma' digon o rheini'n y pentre 'ma – yn ffaelu dyall. Ond ma'r trefniant yn siwtio ni. Wedyn, sa i'n credu 'i fod e'n fusnes i neb arall, wyt ti?'

'Ma'n fusnes i fi. Wy'n ferch i ti. Ma' digonedd o arian 'da ti. Pam yn y byd fyse ti moyn gwerthu dy gorff?'

Oni bai mai hynny, wrth gwrs, oedd y wefr fwya. Ych . . . a . . . fi!

Chwarddodd Mam. Ymateb braidd yn ansensitif, yn fy nhyb i, dan yr amgylchiadau.

'Gwerthu 'nghorff?! Pwy fydde'n 'i brynu fe, wir! Wy 'di penderfynu ymestyn y busnes. O nawr mla'n, wy'n cynnig gwersi piano a *massage.*'

O na fyddai'n ddoe o hyd! O edrych nôl, roedd bywyd yn brafiach pan o'n i'n meddwl bod Mam yn cael affêr fach siep. Allen i ddeall hynny. Ond hyn?

Mae'n siŵr y bydd dynion y pentre wrth eu bodd. Cofiwch, sa i'n gwbod beth fydd y gwragedd yn gweud . . . Heb sôn am Mam-gu a'r Parch.

Sadwrn y 24ain

Wel, beth alla 'i weud?

Beth bynnag weda i wrth Mam, fydd e fel piso dryw bach yn y môr.

Llun y 26ain

Wy ddim yn gweud 'mod i wedi diflasu ar fod yn berchennog siop yn barod. (Bydde hynny'n record

hyd yn oed i fi.) Ond, wy'n deall nawr pam fo pobol
yn gweud nad yw rhedeg busnes eich hun yn siwto
pawb.

Mae e mor, mo-r, mooo-r unig!

Ry'ch chi'n dishgwl am hydoedd i gwsmer gamu
i'r siop. A hyd yn oed wedyn, fyddan nhw ddim
moyn siarad â chi. Fyddan nhw ddim moyn i chi
edrych arnyn nhw. Mae'n rhaid eich cael, oes, er
mwyn iddyn nhw dalu. Ond so nhw *moyn* talu.

Gweud y gwir, ry'ch chi'n dipyn bach o niwsans.
A hynny yn eich siop eich hun!

Mawrth y 27ain
Dal fy hun yn hel meddyliau am y dyddiau da ym
myd PR yng nghwmni Rhian Haf a DD.

Rhaid bod hyn yn argyfwng. Penderfynu ffonio
rhif argyfwng.

'Helô! Busnes-a!' meddai llais cyfoglyd o lon.

'Helô. Cat . . .'

'Helô. Enw a rhif busnes, os gwelwch chi'n dda.'

'Wel, wy'n gwbod fy enw – wrth reswm. Ond
wy 'di anghofio fy rhif busnes.'

'Mae'ch enw a'ch rhif busnes yn y pecyn
Busnesa cynhwysfawr a drosglwyddwyd i chi yn
ystod y sesiwn gynta "Dod i nabod ein gilydd".'

'Sa i'n siŵr ble ma'r pecyn. Falle bod e gatre.
Sori.'

Saib hir. Mae'n amlwg 'mod i 'di poeri yn ei
phaned un ar ddeg.

'Enw,' meddai'n swnio'n llai na llon.

'Catrin Jones.'

'Jones?' meddai. 'Alla i'ch sicrhau chi nad chi yw'r unig "Jones" ar ein llyfre. Daliwch y lein.'

Bûm i'n dal am hydoedd. Cywilyddus, gweud y gwir. Cadw menyw fusnes brysur rhag ei busnes am gyhyd. Trwy lwc, doedd gen i ddim byd gwell i'w wneud. Ar ôl hir a hwyr, daeth fy 'ngheidwad busnes' at y ffôn.

'Sut fedra i'ch helpu chi? Cofiwch, 'dan ni yma i helpu.'

'Pwy fath o help y'ch chi'n cynnig?'

'Pob math o help . . .' meddai e. Dyn ffein iawn. O Bwllheli, cofiwch.

'Pob math?'

''Dan ni yma i'ch helpu chi mewn unrhyw ffor.'

'Unrhyw ffordd?'

'Ia.'

'Grêt. Beth licen i fyse rhywun i helpu yn y siop – i fi ga'l diwrnod bant.'

Ar ôl hynny, aeth hi'n dawel iawn, iawn pen arall y ffôn.

Wedi penderfynu gwneud mwy o ymdrech gyda fy nghymdogion busnes. Mae hyn yn golygu 'mod i wedi dyrchafu Pelydren yn ffrind gorau newydd.

Mercher yr 28ain

> Mae Ler yn dda
> Gwell na'r Ha'
> A thywydd bra'
> A phlât o ffa
> Syth o a – rdd
> Eich annwyl Da – d.

Mmm. Falle, falle fod angen tam' bach, bach yn fwy o waith ar gerdd-y-ganrif cyn i mi ei gyrru hi i'r Steddfod Genedlaethol.

Ler wedi cael syniad gwych! Syniad gwych Ler yn mynd i godi'n calonnau – Ler (oherwydd y Llo) a fi (oherwydd Mam). Mae'n bosib y bydd syniad newydd yn ein gwneud ni'n fyd-enwog (wel, yng Nghymru, ta beth). Bydd Angel-Dad wrth ei fodd!

MAWRTH

Angel-Dad a'r Arch-bregethwr

Iau y 1af

O'r c'wilydd! Wedi anghofio ei bod hi'n Ddydd ein Nawddsant.

C'wilydd dau: cael fy atgoffa o'r uchod gan Pelydren (sy wedi DYSGU Cymraeg). Roedd Pelydren yn gwisgo daffodil, clamp o genhinen (gan gynnwys ei wreiddyn) *a* siôl Gymreig.

Ar ôl cinio, Pelydren yn fy ngwahodd am ddrinc er cof am Ddewi Sant. Rhyfeddu'n fawr pan gynigiodd wydr mawr i mi – a'i lond o ddŵr! Mae'n debyg mai dŵr oedd hoff ddiod Dewi'r Sant.

Lwc mai dŵr yw hoff ddiod Dewi oherwydd mae'r wers gynta heno. Dim am gyrraedd yn dablen dwll!

(O, ie! Er mwyn ein codi o'r iselder sy wedi ein llethu, mae Ler a minnau'n cael gwersi barddoniaeth!!)

Wel, wy'n gwbod mai dyma'r tro cynta i mi sôn am fy niddordeb ysol mewn barddoniaeth. Ond mae'n rhwbeth sy wedi bod yn mudlosgi yn fy enaid ers blynyddoedd maith. (*Nodyn:* Rhaid dechrau sgwennu yn fwy barddonol yn y dyddiadur er mwyn ymarfer sgiliau angenrheidiol a chreu argraff ar yr athro.)

O, ie. Ddigwyddais i sôn? Mae'r athro barddoniaeth yn dipyn o bishyn. Ei enw? Gary Rhys.

Rhaid cyfadde, teimlo tamed bach yn nerfus wrth feddwl am 'farddoni' o flaen Gary Rhys. Mae Gary Rhys (enw barddol – Gary o'r Gors oherwydd cysylltiadau teuluol â phentre bach, bach Llaingors) . . . Mae Gary Rhys wedi ennill cadair am farddoni. Yn y Steddfod Genedlaethol!

Ler yn dweud bod dim angen teimlo'n nerfus o gwbwl. Mewn ysgolion, mae hyd yn oed plant bach pump oed yn barddoni.

'Wy'n gwbod beth wy moyn weud. Y broblem yw cael y syniade i odli,' meddwn yn stryffaglu gyda fy sgert Lipsy ledr. Roedd stoc newydd 'di cyrraedd y siop bore 'ma. (Wel, beth yw'r pwynt ca'l siop os nad y'ch chi'n gallu menthyg ambell beth.)

'Ti *mor* henffasiwn, Cats. Ma' pawb yn gwbod bod y cerddi gore heddi i gyd yn gerddi rhydd,' meddai Ler.

'Sa i'n credu bydd 'da Gary Rhys lot i weud wrth gerddi rhydd. Ma fe'n gynganeddwr,' atebais innau. Roedd y sgert yn cuddio fy mhenliniau'n bert pan o'n i'n sefyll yn llonydd yn y siop, ond mae'n diflannu at fy nghluniau nawr wy'n cerdded.

'Pryna *Odliadur*, 'te,' meddai Ler. ''Na beth ma'r beirdd mowr i gyd yn neud. Ma' fe tamed bach fel mynd â *calculator* mewn i'r arholiad Maths, os ti'n gofyn i fi . . . Ond, 'na ni. Os yw e'n ddigon da i'r Archdderwydd . . .'

Gwener yr 2il

9.30am. Ler wedi pwdu. Gweud 'mod i'n cael sylw arbennig gan yr athro barddol – er ei bod hi'n amlwg i bawb bod 'athro' yn berson proffesiynol

53

iawn sy ddim yn mynd i ddifrïo ei hun trwy gamddefnyddio'i safle. (Gary Rhys yn secsi iawn. *O.N.* Gall Gary Rhys gamddefnyddio'i safle trwy roi sylw arbennig i mi unrhyw bryd!)

Gwers gynta yn ddifyr iawn. Gary wedi rhoi modrwy i mi!

Cyn i neb gamddeall ein perthynas broffesiynol, rhaid egluro bod y fodrwy'n rhan o dasg y noson. Pawb yn cael gwrthrych o ryw fath ar gyfer tasg. Digwydd rhoi modrwy i mi. Digwydd rhoi hen badell wely i Ler. Rhaid i fi feddwl am ddeg peth roedd y modrwy'n fy atgoffa i ohonyn nhw:

Priodas (ond nid un Mam a Dad oherwydd modrwy yn ymddangos yn gadarn iawn)
> Haul
> Lleuad
> Cylch cnwd
> Torch
> Donyt
> Llygad
> Sbectol (oherwydd Gary Rhys yn gwisgo sbectol aur)
> Ochr arall y sbectol (Mae DEG peth yn lot!)

Ler yn meddwl bod cnoc yno' i, 'Sut yn y byd aeth dy feddwl gwyrdroëdig di o Dorch i Donyt?' meddai.

Roedd yn rhaid i mi adrodd yr hanes i gyd.

'Diwrnod angladd Dad o'n i heb gael brecwast a byti starfo. O'n i'n becso fyse'n stumog i'n dechre rhuo yn y capel. Er mwyn stopo fy stumog rhag rhuo, ddechreues i ddychmygu'n hunan yn byta donyt enfawr. Weithodd e 'fyd. O'dd dim isie bwyd arna i rhagor a wnes i'm codi c'wilydd ar neb gyda bola'n rhuo fel llew.'

Stwffo Ler! Gary'n dweud bod y rhestr yn dangos 'dychymyg byw'. Ler yn dweud bod hyn achos ein 'gorffennol' ni a'r ffaith ein bod ni'n 'nabod' ein gilydd mor dda.

Hyn yn gelwydd. Gary a fi ond wedi bod ar un ddêt nos galan – a wy ddim y math o ferch fyddai'n cysgu 'da dyn ar y dêt gynta (er y gallwn i neud â chydwybod lân yn yr oes oleuedig sy ohoni).

Pan wedes i hyn wrth Ler dechreuodd hi chwerthin mor galed nes tagu ar ei wy Pasg (cyfiawnhad dros fwyta siocled am naw y bore: rhan o'i disgrifiad swydd).

Sadwrn y 3ydd

Bydde cadw siop yn waith hyfryd iawn oni bai am gwsmeriaid.

Mae 'na sawl math o gwsmer yn dod i'r siop:

1. Y cwsmer sy'n . . . eich anwybyddu chi'n llwyr ac yn cael sioc ar ei din pan mae'n dod at y cownter a'ch gweld chi yno.
2. Y cwsmer sy'n . . . iawn pan mae'n *wrong*. Cyfeirir y darllenydd at wythnos dwetha. Daeth menyw yn ei phumdegau i'r siop:

'Wy'n chwilio am rwbeth ar gyfer achlysur arbennig,' meddai â wyneb fel taran. Suddodd fy nghalon.

'I chi mae e?' gofynnais. Wedi'r cwbwl, wy'n rhedeg siop i bobol ifanc rhwng pymtheg a deg ar hugain oed.

'I bwy arall? Y ci?!! Wrth gwrs mai i fi mae e!'

Edrychodd arna i fel petawn i'n lwmpyn drewllyd roedd y ci anweledig wedi ei ollwng.

'Wel, mae gen i lond siop o ddillad. Wy'n siŵr fydd 'na rwbeth fydd yn mynd â'ch ffansi,' meddwn gydag amynedd Job, yn fy marn i.

'Wel!' meddai'r daran. 'So chi'n mynd i *ddangos* y dillad 'ma i fi, 'te?! 'Na beth yw'ch *gwaith* chi ondefe!'

Sa i'n gwbod shwt stopes i'n hun rhag rhoi clatshen i'r hen geg nes ei bod hi'n tasgu! (Ond, wy *yn* blentyn yr ysgol Sul.)

Roedd pob dim ro'n i'n ei gynnig un ai'n 'rhy *mod*'(!), 'ych a fi', 'w, naaaa!' neu (ac mae hwn yn werth ei glywed) yn rhy 'henffasiwn'!!!

Aeth y daran o'r siop – gyda ffrog *retro* hollol anaddas i'w siâp a'i hoedran – a gwynt teg ar ei hôl hi, weda i. Fy unig gysur oedd meddwl amdani yn y ffrog, yn gwneud sioe iawn ohoni'i hun yn yr 'achlysur arbennig'.

3. Y cwsmer sy'n . . . gwneud chi'n dduw. So hwn yn symud modfedd heb eich caniatâd. Er bod ei ddibyniaeth lwyr arnoch yn eli gweniaith ar yr ymweliad cynta, mae ei arwain fesul cam at brynu'r peth lleia (e.e. pâr o deits) yn gallu mynd yn fwrn.

4. Y cwsmer sy'n . . . amhosib i'w blesio. Dim ots pa mor galed ry'ch chi'n treial (ac mae 'mywoliaeth i'n dibynnu ar dreial yn galed, galed iawn), wnewch chi ddim plesio hwn.

5. Y cwsmer . . . sy â ffigyr perffaith. Mae'n hawdd nabod hwn achos y geiriau cynta fydd yn dod o geg y rhaca tenau yma yw – 'odw i'n dishgwl yn dew yn hwn?' Hyn yn achosi embaras mawr pan y'ch chi'n gwisgo'r union eitem ddillad ac yn edrych o leia deg gwaith yn dewach.

6. Y cwsmer . . . sy â ffigyr amhosib! 'Dyn nhw ddim yn gwneud dillad ar gyfer y cwsmer yma. Ond fydd hyn ddim yn ei stopio rhag treial pob dilledyn yn y siop – mewn o leia tri seis gwahanol – cyn mynd adre'n waglaw. Mae'n rhaid i'r siopwr ddangos amynedd mawr a defnyddio amrywiaeth o ddywediadau stoc fel . . . 'ma'r cwmni 'na'n neud dillad sgimpi iawn,' 'mae hwnna'n *fourteen* bach iawn,' ''se'r defnydd na'n neud i Kylie Minogue ddishgwl fel sach o dato,' er mwyn arbed embaras.

7. Y cwsmer sy . . . byth yn prynu. Ond yn dod i'r siop bob dydd i edrych.

8. Y cwsmer sy . . . bob tro'n prynu – ac felly'n eich atgoffa o'ch diffygion ariannol eich hun.

9. Y cwsmer sy'n prynu . . . i rywun arall. Cyfuniad o gwsmer 3 a 4 yw hwn. Ar ôl rhwbeth rhwng chwarter awr a dwy awr, fydd e un ai'n hanner eich addoli am yr awgrym mwya shimpil neu'n mynd o'r siop heb ddim – achos bod ei ffrind / gariad / wraig / fam (!) yn amhosib ei phlesio.

Sul y 4ydd

1.00am. Sa i'n sobr. Cyfadde 'nny. Wedi cael un . . . dau . . . tri . . . pedwar . . . pump gwydraid o win. A dau Budweiser. A fodca a Red Bull. Un. A . . . o, a glased o ddŵr (er cof am Dewi. Doniol iawn ar y pryd).

Gorwedd dan y *duvet* yn sgwennu hwn wrth olau fflachlamp. Wedi ca'l llond twll o ofan.

Angel-Dad wedi fy nilyn yr holl ffordd gatre!

Teimlo'n ofnus a blin! Cadw llygaid arna i yn un peth, ond fy nilyn . . . a finnau ar fy mhen fy hun yn y tywyllwch . . . yn fater cwbwl wahanol. Ro'n i'n edrych dros fy ysgwydd bob chwipstits yn dishgwl gweld pob math o ddrychiolaethau. Ych. Wedi codi cryd go iawn arna i.

1.30am. Ffaelu cysgu. Rhag ofn bod Angel-Dad yn torri'r drws neu'r ffenest. (Er, ysbryd yn debygol o allu cerdded trwy'r drws neu'r ffenest a hynny heb smic o sŵn.)

1.45am. Sgwn i a fyddwn i'n gallu anfon cwyn at Angel-Dad trwy ei fos (Duw). Sut fyddai rhywun yn mynd ati i wneud hyn? Trwy weddi? Neu e-bost-l? Ha, ha!

Nodyn: holi'r Parch am y mater hwn fory.

5pm. Sgwrs ddiddorol iawn gyda'r Parch am fywyd ar ôl marwolaeth. Gorfod siarad mewn damhegion (fel petai) oherwydd presenoldeb Mam. Ffaelu crybwyll Angel-Dad rhag ofn iddi fynd â fi'n syth at y doctor-pen. Y Parch a Mam-gu yn deall yn iawn. Nhw'n credu yn Nuw (y Parch hyd yn oed wedi cysegru ei fywyd er ei fwyn) er nad yw un o'r ddau wedi ei weld Yntau chwaith. Dyma'r hyn a elwir 'Y Ffydd'.

Mam wedi dod â photel o win i fwrdd y Cymun ac yfed y cwbl ei hun. Rhoi un gwydraid yn unig i fi – ar yr esgus tila 'mod i'n gyrru! Gwrthod rhoi diferyn i Mam-gu – am y rheswm cwbl resymol ei bod yn ffaelu dal ei diod.

Mae'r Parch a Mam-gu yn credu bod pawb yn mynd i'r nefoedd neu i uffern ar ôl iddyn nhw farw. Sa i mor siŵr. Os felly, ble maen nhw i gyd yn byw?

'Wel, wel, bach. Maen nhw'n byw yn uffern a'r nefoedd, on'd y'n nhw,' meddai Mam-gu, fel petai'n egluro gwers syml iawn i blentyn bach.

'So'r corff yn byw, bach, dim ond yr ysbryd,' meddai'r Parch yn tynnu'n groes.

'Ti'n gweld?' gofynnodd Mam-gu, fel petai'r ddau'n gytûn.

'Ond shwt y'ch chi'n gwbod?' gofynnais i.

Chwarddodd Mam-gu. Gallech chi feddwl 'mod i 'di gofyn y cwestiwn twpa erioed.

'Crefydd yw Marjuana'r bobol,' meddai Mam.

'Opium,' meddwn i'n ei chywiro.

'Ta beth,' meddai Mam gan danio sigarét yn gwbwl agored.

O, ody, mae Mam wedi dechrau smygu – ar ben pob gwarth arall! Y mwg yn peri i'r Parch fwldagu, ond Mam-gu yn sniffio'r awyr fel petai'n dymuno mwgyn bach ei hun.

'O's ffordd o gysylltu gyda'r "eneidiau" 'ma?' meddwn i, trwy'r niwl.

'Es i i weld *medium* unweth . . . ' meddai Mam-gu.

'Gweddi,' meddai'r Parch yn fwy sionc nag wy wedi ei weld ers hyntoedd. Roedd hyd yn oed gwawr goch ar ei fochau.

'*So*, os wy moyn siarad ag "enaid", wy'n gweddïo i Dduw a bydd Duw yn pasio'r neges mla'n.'

'Yn gwmws,' meddai'r Parch yn gwenu.

'Fel rhyw fath o beiriant ateb ysbrydol?' meddwn i.

'Hocws pocws,' meddai Mam.

Gweddi. Yr ateb, wel, i'ch gweddi.

Mawrth y 6ed

Ers dyddiau, wedi bod yn treial llunio neges ar gyfer y peiriant ateb ysbrydol!

Annwyl Duw (annwyl yn rhy anffurfiol, er rhan fwya o Gristnogion yn dadlau fod Duw yn annwyl)

O, Dduw! (gwell!)

Yr hwn wyt yn y nefoedd (wel, mae e'n gwbod ble ma' fe, ond . . . hyn yn dangos parch)

Sgwn i a fyddech chi (chi. Yn bendant.) *yn fodlon gadael neges i'r enaid a adnabyddir fel 'Angel-Dad'* . . . (Mmmm, ody hyn damed bach, bach yn hunanol? Onid gwell fyddai gofyn am Ei deulu Ef cyn paldaruo am fy mhobol fy hun?)

Gobeithio Eich bod yn iawn ac felly Eich teulu hefyd. (Byr a chryno. Sa i moyn gwastraffu amser. Duw yn berson prysur iawn.)

A fyddech cystal â chyfeirio neges at fy nhad.

Gwerthfawrogaf ei gwmni (sa i moyn pechu) *ond sgwn i a fyddech cystal* (ailadrodd. Gwael) *â . . .* cystal â beth??? . . . *cystal â thynnu ei sylw at y ffaith fod ei bresenoldeb, ar adegau* (eto, sa i moyn pechu) *yn peri ofn. Hyn yn fai ar fy mherson bydol i ac nid yw mewn unrhyw fodd yn adlewyrchiad ar Eich gosgordd Chi.*

Gyda diolch,
A-men.
O.N. Gyda llaw, Catrin Jones ydw i.

Wrth gwrs, os nad yw Angel-Dad yn y nefoedd, wy newydd anfon neges i'r cyfeiriad anghywir.

Iau yr 8fed

Wedi cael gwaith cartre! Hyn fel bod nôl yn yr ysgol, gyda Gary Rhys fel y meistr llym!!!

Meddwl ar y gwaith: 'Defnyddiwch y rhestr o wrthrychau a lunioch yr wythnos ddiwethaf i greu cerdd am y gwrthrych gwreiddiol. Ni ddylech enwi'r gwrthrych gwreiddiol yn y gerdd.'

H.y. Creu cerdd am 'fodrwy' gan ddefnyddio'r rhestr o ddeg peth 'nes i wythnos dwetha. Rhwydd!

Fel disgybl da, wy'n mynd i sgwennu 'ngherdd yn syth. Hefyd, siŵr dduw o anghofio'n llwyr os wna i ei adael e'n hirach na fory.

Y Gerdd (Teitl dros-dro)
gan Catrin Helen Jones

Haul a lleuad
Yn gylch cnwd
. . .

61

Mmm. Barddoni ddim mor hawdd ag mae e'n ymddangos ar y teli.

Llun y 12fed

Dim ymateb i'r weddi / e-bost-l. Ond blew ar gefn fy ngwddw yn cosi fel haul ar groen pan fydda i'n cerdded i unman ar fy mhen fy hun.

O ganlyniad, gyrru i nôl llaeth heno. Oherwydd fy mod wedi trafferthu â'r car, penderfynu picio i'r Post. Hynny yw, yr Hen Bost gynt. Post nawr yn Spar pedair awr ar hugain. Camgymeriad mawr, os chi'n gofyn i fi.

Ro'n i wrth y til gyda bocs mawr o Maltesers, copi o gylchgrawn *Heat* a Diet Coke.

'Helô Catrin Jones,' meddai llais fel brân. 'Beth sy'n dod â chi ffor' hyn?'

Mair y Post. Ro'n i'n meddwl y bydde'r hen sguthan 'di rhoi'r ffidil yn y to a byw ar elw stamps a loshin ar ôl colli'r Post. Mae'n amlwg wrth yr oferôls Spar ei bod hi'n dynnach arni nag o'n i 'di feddwl.

'Llaeth,' meddwn i'n cofio'r rheswm go-iawn dros fy ymweliad.

Roedd hi dal yno pan ddychwelais â'r llaeth.

'Shwt y'ch chi, 'te?'

Iawn.

'A shwt ma'ch Mam? Wy'n clywed bod hi'n fishi iawn dyddie 'ma.'

Mae'n dala i fynd.

'Wy 'di clywed sawl un yn 'i chanmol hi. Dynon gan fwya. Ma' 'da ddi dalent, medden nhw.'

Ych a fi. Gadael Spar gyda llaeth, Maltesers, *Heat*, DC a blas cas iawn yn fy ngheg. *Nodyn:* Mair Post yn newid dim.

Wedi bod yn meddwl. Falle 'mod i'n gofyn gormod yn dishgwl ymateb i un weddi:

1. Mae Duw yn brysur iawn.
2. Wy'n newydd i'r busnes gweddïo. Cwsmeriaid cyson yn cael sylw gynta.

Sdim byd amdani, bydd rhaid treial 'to.

Mawrth y 13eg

Cyffro mawr. Wedi cael blodau! Cyffro mawr iawn. Blodau wedi cyrraedd trwy Interflora (felly, blodau'n ddrud iawn).

Problem. Does dim carden gyda'r blodau. Problem fawr. Heb garden, galla i fyth fod yn gwbwl cant y cant yn siŵr fod y blodau i mi.

Mercher y 14eg

Rhestr bosib o ddynion sy wedi anfon blodau:

1. Gary Rhys (Hawdd cynnau tân . . . medden nhw)
2. Marco Rhydderch (Byw mewn gobaith)
3. Robbie Williams (Rhestr 'bosib' 'wedes i!)

Rhestr bosib (ar ôl siarad â Ler) o 'bobol' sy wedi anfon blodau:

1. Gary Rhys (Trideg ac felly'n ddigon despret)
2. Marco Rhydderch (Pam 'anfon' blodau a fynta'n byw drws nesa?)
3. Mam, Mam-gu neu'r Parch

4. Ffrind anhysbys e.e. Ler (fel jôc)
5. Cwsmer seico (oherwydd ei fod am fy ngwaed i!)

Dyna'r tro dwetha wy'n rhannu cyffro gyda Ler!

Iau y 15fed

6.55pm. Aaaaah!!! Gwers barddoni mewn pum munud. Wedi anghofio'r gwaith cartre!

Gwaeth byth, Ler wedi gwneud y gwaith cartre. (Er, wedi cafflo trwy beidio ag ysgrifennu am y 'llestr gwely' ond ar bwnc cwbwl wahanol sy wedi ei hysbrydoli yn ystod yr wythnos.)

Cerdd Ler mor dda fel bod Gary Rhys yn ei darllen o flaen y dosbarth.

> Ofnau
>
> Mae 'na bethau dwi'n eu hofni
> yn y byd sydd ohoni;
> tu hwnt i hynny wela i ddim
> ond pridd, ond dwi'n ofni
> pridd yn fwy na lludw corff
> mewn ffiol ar y silff-ben-tân.
>
> Ofn dy gael,
> neu dy gael a'th golli;
> ofn byw yn y bwlch,
> yn y pwll diwaelod,
> mewn safn di-dafod
> heb flas ar wynfyd.

Y dosbarth cyfan yn gegrwth. Finnau'n gegrwth. Cerdd Ler yn blydi gwych!

Cerdd Ler hefyd yn gyfarwydd, meddai Gary Rhys. Eisoes wedi ei chyhoeddi yn y llyfr *Duwieslebog* gan fardd go-iawn, Elin Llwyd Morgan, ac felly ddim yn gerdd gan Ler o gwbwl!

Ler yn gafflwr!

Dim tamed o g'wilydd ar Ler. Ler yn mynnu bod 'cerdd y cafflo' (fel yr adnabyddir hi gennyf o hyn mlaen) yn brawf ar Gary Rhys i weld faint mewn gwirionedd roedd e'n wbod am farddoniaeth.

O gymharu â throsedd Ler, fy nhrosedd i – anghofio fy ngwaith cartre – yn biso dryw bach yn y môr. Serch hynny, Gary Rhys yn bygwth fy 'nghosbi' os na fyddaf wedi gwneud fy ngwaith cartre'r tro nesa.

Wwww, Syyyr!!!!!

Sul y 18fed

Oriau mân. Caru Ler. Ler yw'r ffrind gore yn y byd i gyd!

Bron â mynd yn honco yn becso am Angel-Dad yn dilyn fi!!! Penderfynu gweud wrth Ler. (Ond dim am Angel-Dad ei hun.) Hefyd, tamed bach, bach yn tipsi a ffaelu stopo fy hun rhag gweud wrth Ler.

Ler yn lyfli. Rhoi stŵr bach, neis i mi am beidio dweud wrth 'fy ffrind gore' yn gynt. Rhannu gofid. Dyna mae ffrindiau'n dda.

Ler yn dweud bod rhywun yn fy nilyn yn fater difrifol iawn. Hefyd, yn fater i'r heddlu. Rhaid i mi reportio'r mater i'r heddlu yn syth – cyn i rywun ymosod arna i neu, waeth fyth, fy llofruddio!

Ond Ler ddim yn deall. Alla i ddim mynd at yr

heddlu. Byddan nhw'n meddwl 'mod i wir yn honco os weda i wrthyn nhw 'mod i'n cael fy nilyn gan angel!

9pm. Wy 'di clywed y cwbwl, nawr! Mam-gu a'r Parch yn galw i fy ngweld ar ôl capel. Y Parch yn ddigon da i fynd i'r capel! Roedd gan y Parch a Mam-gu newyddion mawr. (Diolch i'r drefn, so Mam-gu'n dishgwl babi!) Newyddion mawr yn fwy rhyfeddol na newyddion am Mam-gu yn dishgwl. Dyma fe . . . Mae'r Parch yn mynd yn ôl i bregethu!

So'r Parch yn golygu gwneud ambell Sul gan ddibynnu ar ei iechyd. O, na! Mae'r Parch wedi cymryd gofalaeth eglwys gyfan ar ei ben ei hun!

Blwyddyn yn ôl roedd y dyn yma ar ei wely angau (mwy na heb). Nawr, mae e'n meddwl y gall e weithio'n galetach nag erioed!

Un newyddion drwg (meddai Mam-gu). Bydd hi'n brysur iawn. Fydd hi ddim yn gallu helpu yn y siop.

Mercher yr 21ain

Modrwy
gan Catrin Helen Jones

Trwy sbectol haul
Edrychaf
Ar ein priodas ni
Fel cylch cnwd o oleuni
Ar ddechrau'n bywyd cu.

Ond yna'r hwyr a ddaw
Ar briodas ninnau'n dau
A thaflu golau oer
Fel torch
Yng ngolau lloer.

Hmmm. Casáu blydi barddoniaeth!

Iau yr 22ain

Ffaelu mynd i'r wers barddoni. Ffaelu mynd oherwydd heb wneud gwaith cartre. Eto.

Penderfynu aros adre. Defnyddio'r amser y byddwn yn ei dreulio yn y dosbarth yn perffeithio'r gwaith cartre. Felly, dim angen teimlo'n euog am golli gwers.

Nawr 'te. Papur. Beiro. Aros am yr Awen . . .

Yn dal i aros . . .

Mmm . . .

Www. *Eastenders*!

Sul y 25ain

Mynd i glywed y Parch yn pregethu (yn ei eglwys newydd). Parodrwydd i gefnogi'r Parch yn ennill sêr yn fy llyfr syms (gan y Parch a Mam-gu, os nad gan Dduw).

'Wyt ti'n joio?' gofynnodd Mam-gu rhwng y weddi a'r bregeth.

Gwenais yn ôl. Wel, fedrwn i ddim dweud celwydd yn nhŷ Ein Tad.

I basio'r amser, yn ystod y bregeth dychmygu'r Parch fel arwr mewn comic. Y Parch – yr Arch-bregethwr! Mae ei iachâd sydyn yn gwbwl wyrthiol. Ni welwyd ei debyg ers amser Lasarus!

Y Parch – dyn wedi ei baraleisio gan bŵer cancr. Ei unig obaith? Pŵer gweddi a radiotherapi. Yn yr ysbyty, mae rhwbeth yn mynd o'i le. Mae corff y Parch yn cael ei bwmpio gan driliwn mega-ddarn o belydrau.

Bore drannoeth, mae e wedi gwella. Mae'n wyrth! Mae'n cysegru ei fywyd newydd i ddiolch i Dduw am ateb ei weddi. Mae'n achub y dydd – a chymdeithas – gyda phwerau arbennig pregeth.

Hwrê i'r Arch-Bregethwr!

Nodyn: ddim yn mynd i'r capel eto am hydoedd. Er gwaetha ymdrechion gorau'r Parch, capel yn ddiflas iawn.

Mercher yr 28ain

Ddysgith hynna i fi dalu sylw!

Ro'n i'n meddwl ein bod ni'n mynd i'r dafarn . . .

Ro'n i newydd gau'r siop pan ddaeth cnoc ar y drws. Ler.

Dilynais i Ler fel ci bach – yn parablu wrth y dwsin ar yr un pryd am ryw gwsmer oedd wedi dod â ffrog yn ôl i'r siop. (Ffrog, roedd hi'n amlwg i mi, yr oedd hi eisoes wedi ei gwisgo.) Ro'n i angen drinc. Un mawr.

Y peth nesa, glywais i hyn, 'Ni moyn siarad â'r Prif Arolygydd,' meddai Ler yn awdurdodol.

Ro'n ni yn yr orsaf heddlu!

'Mae'r Prif Arolygydd wedi mynd gatre,' meddai'r cwnstabl.

'Beth y'n ni'n neud fan hyn?' meddwn i.

'Ewch i nôl y *Deputy*, 'te,' meddai Ler. 'Ni moyn reportio gweithred droseddol.'

Peth nesa, ro'n ni i gyd yn eistedd yn y stafell gefen. Ler, fi, y cwnstabl a'r Dirprwy Brif Arolygydd. Roedd gennym ni baned o de yr un ac ro'n i'n helpu fy hun i lond plât o Digestives.

Sa i'n gwbod ble oedd fy meddwl i. Ro'n i wedi ymlâdd ac roedd blas dda ar y baned.

'Wel . . .' meddai Ler gan nodio'i phen fel iâr ar drampolîn. 'Gweda wrth y Dirprwy Brif Arolygydd.'

'Sdim isie i chi fod ofn,' meddai honno. 'Rydyn ni'n ystyried materion fel hyn yn ddifrifol iawn.'

Do'n i ddim yn gwbod beth i'w weud.

'Fel hyn ma' ddi . . .' meddai Ler.

'Mae'n well os yw'r ddioddefwraig yn siarad drosti ei hun,' torrodd y Dirprwy Brif ar ei thraws.

Dioddefwraig? meddyliais. Do'n i erioed wedi meddwl amdana i fy hun fel 'dioddefwraig'. Dim hyd yn oed pan gollais i Dad.

'Mae hi mewn sioc,' meddai Ler. 'Bydd rhaid i fi siarad drosti ddi.'

Sa i'n amau nad oedd Ler yn joio'r cwbwl!

'Ma' gan Catrin *stalker*. Ma' fe'n dilyn hi ddydd a nos. Ma' fe'n gwbod ble mae hi'n gweithio a ble mae hi'n byw. Ma' hi byti mynd o'i cho 'da ofan – mae'n un fach nerfus erio'd . . . Nawr 'te, beth 'ych chi'n mynd i neud ambytu fe?'

Y peth rhyfedd yw, doedd dim ofan arna i o'r blaen. (Ac eithrio yr un noson yna.) Ond, nawr wy wedi ca'l llond twll o ofan!

Roedd yn rhaid i fi ateb lot o gwestiynau manwl

ac roedd y cwbwl yn cael ei recordio ar dâp. Bydd y tâp yn cael ei deipio ar ffurf adroddiad. A'r peth mwya arswydus? Mae'r heddlu yn agor ymchwiliad i'r mater!

Gobeithio'n fawr na ddaw'r creisis diweddara 'ma i glustiau Mam.

Iau y 29ain

Esgusodi fy hun o'r wers. So hi'n saff mynd mas gyda'r nos ers i mi ddarganfod bod 'da fi *stalker*.

EBRILL
Ecsliwsif

Sul y 1af

Eleni, ddim yn mynd i fod yn Ffŵl Ebrill i neb!

Yn arbennig i'r 'newyddiadurwraig o'r *Journal*'. (Ler neu Mam-gu, mae'n siŵr.)

'Newyddiadurwraig' eisiau gwneud 'cyfweliad' gyda fi am y 'fenter newydd' – y siop, i chi a fi.

'Ar ba dudalen fydd yr "ecscliwsif" 'ma? Tudalen tri?' meddwn i. (Does neb yn tynnu coes Catrin Jones heb iddi wbod.)

''Dyn ni ddim wedi penderfynu ar yr union dudalen,' meddai'r 'newyddiadurwraig'. 'Fel rwy'n siŵr y byddwch chi'n sylweddoli mae'n dibynnu ar newyddion arall yr wythnos arbennig yna.'

Weda i hyn, roedd hi'n dda, chwarae teg. Roedd hi'n siarad *jest* fel newyddiadurwraig go-iawn.

'Grêt!' meddwn i. 'Rhowch fi ar bob tudalen, os y'ch chi moyn! Mae'n stori bwysig, wedi'r cwbwl. *Fi* yn agor siop!'

'Mae hi'n stori ddynol dda,' meddai'r 'newyddiadurwraig'. 'Yn ôl yr hyn rwy'n ddeall ar ôl ymchwilio i gefndir y stori, fe godod y busnes o drasiedi – colli'ch tad mewn damwain, wrth gwrs. Gyda'ch caniatâd, hoffwn eich holi am y profiadau hyn – er mwyn creu darlun llawn.'

'Holwch fi am unrhyw beth chi moyn – bywyd

carwriaethol, lliw fy nicers, seis fy mra. Ffonwch nôl 'to, ife. Mae'n fore dydd Sul a wy'n fishi iawn.'

Brafo Ler! Perfformiad y ganrif! Roedd hi hyd yn oed wedi defnyddio enw go-iawn un o newyddiadurwyr go-iawn y *Journal* – Dorothea Pott-Davies.

Un broblem fach. Mae pawb yn gwbod bod newyddiadurwyr yn llymeitwyr pwdwr. So nhw 'di gweithio ar ddydd Sul ers bod tafarn Wetherspoons 'di dod â diodydd rhad i'r dre.

Llun yr 2il

Canodd y ffôn ben bore.

'Ydy hi'n gyfleus i mi gael gair?'

Ro'n i'n nabod y llais yn syth. Y newyddiadur-wraig.

'Rwy'n meddwl falle ein bod ni wedi camddeall ein gilydd,' meddai. 'Fy enw yw Dorothea Pott-Davies. Rwy'n Ddirprwy Olygydd ar y *Journal*. Cefais fy hyfforddi yng Ngholeg Newyddiadurol y Brifddinas cyn cael swydd ar y *Leader* yn Llanelli. Rwyf bellach gyda'r *Journal* ers pum mlynedd ac os ydych chi'n dymuno cadarnhau fy manylion mae croeso i chi siarad â'r Golygydd, Bryan Winstone Jones M.B.E.'

'Sdim isie. Ma' popeth yn iawn,' meddwn i mewn llais bach fel dryw.

Wedi cytuno i'r cyfweliad. Cytuno, nid oherwydd unrhyw falchder personol neu ddymuniad i weld fy llun yn y papur, ond er mwyn hybu'r busnes. Os yw llwyddiant y siop yn golygu cyfweliad dwys a

photo-shoot, wel, dyna'r faich sy'n rhaid i mi ei
'sgwyddo.

Wwww, beth wy'n mynd i'w wisgo!!!

Mawrth y 3ydd

Mam-gu wedi'i chyffroi mwy na fi!

'Ti'n mynd i fod yn enwog!'

'Sa i'n credu,' meddwn i. 'Ddim ar ôl un
cyfweliad yn y *Journal*.'

'So ti byth yn gwbod. Falle fydd Al Fayed yn
darllen e. Ne Richard Branston.'

Dyw'r newyddion, fodd bynnag, heb gyffroi Mam.

'O'n i ddim yn gwbod bod nhw'n hysbysebu
busnese am ddim. Falle allen i ga'l tudalen rad,'
meddai hi, braidd yn oeraidd o'n i'n feddwl.

'Nage hysbyseb fydd hwn,' meddwn i'n glou,
cyn iddi gael unrhyw syniade twp! 'Ma' 'da fi stori
ddynol gref.'

Saib.

'Wel, jest watsia beth ti'n weud. So ni moyn
tynnu enw da'r teulu trw'r llaca, nag y'n ni!'

'Ni!' Hi wedodd e! Nage fi yw'r un sy'n rhoi
massages i ddynion hanner porcyn y pentre!!

Mercher y 4ydd

Ha! Ditectif Catrin wedi datrys dirgelwch pwy-
anfonodd-y-blodau. Yr ateb? Marco Rhydderch.
Cariad bach ag e!

Sut ddes i o hyd i'r gwir? *Elementary*, Watson bach.

O'n i 'di slipo gatre pnawn 'ma. Ro'n i wrthi'n agor y drws, pan glywes i lais y tu ôl i mi. Neidiais i mas o 'nghroen.

'Ody'r blode pryyydferth dal byw?' meddai Marco, yn chwerthin arna i'n swp o ofn.

'Odyn, ma'n nhw. Ma' nhw 'di para'n dda, whare teg.'

'O'n nhw'n bryyydferth iawn . . . Ti siŵr o fod ffaelu   deeeall   sut   wyyy'n   gwbod   cymaint amdaaanyn nhw?'

'Sgwn i?' meddwn i. Yn gwbod yn iawn, erbyn hyn.

'Weles i nhw'n cyyyrraedd, ti'n gweld. Yn y fan.'

So fe'n twyllo fi.

'Pwy yw e?' gofynnodd Marco.

'Pwy un? Ma' shwt gyment o ddynon ar fy ôl i,' meddwn i. Ro'n i'n ddoniol iawn!

'Oes 'na, wir,' meddai Marco, yn esgus edrych yn gas. A dyma'r rhan cyffrous. 'O'n i'n meddwl mai *fiii* oedd dy gaaariad di!'

Mae e eisoes yn MEDDWL amdano'i hun fel fy sboner i. Felly, mater o amser, yw hi . . .

Iau y 5ed

Noson fawr! Gary Rhys yn gofyn i mi a o'n i 'di gwneud fy ngwaith cartre. (Sa i'n gwbod pam oedd e'n gwenu. Na pawb arall, chwaith.) Am y tro cynta ers dechrau'r gwersi medru dal fy mhen yn uchel ac ateb yn gadarnhaol. 'Do, wir!' (Sa i'n gwbod pam oedd Gary Rhys yn edrych mor syfrdan.)

Darllen fy ngherdd yn uchel o flaen y dosbarth.

He-hym. (Clirio gwddw gynta, fel unrhyw fardd gwerth ei halen).

'Trwy sbectol haul
Edrychaf
Ar ein priodas ni
Fel cylch cnwd o oleuni
Ar ddechrau'n bywyd cu.

Ond yna'r hwyr a ddaw
Ar briodas ninnau'n dau
A thaflu golau oer
Fel torch
Yng ngolau lloer.'

Gary Rhys yn edrych yn fwy syfrdan fyth. Dosbarth cyfan wedi'u syfrdanu. Meddwl i ddechrau bod hyn oherwydd fy nhalent barddonol anhygoel. Yna, ddim mor siŵr. Gary Rhys yn gofyn barn y dosbarth:

'Mymryn yn anhestunol, o'n i'n 'i weld e,' meddai rhyw hen gono yn y cefen.

'Mmm,' meddai Gary Rhys. 'Rhaid cyfadde 'mod i'n straffaglu i weld sut mae'r gerdd yn berthnasol i'r testun "Taith Drên".'

'Taith Drên!' meddwn i. 'Y testun oedd "Modrwy".'

Twpsod twp! Mae'n amlwg fod Gary Rhys ac, yn wir, y dosbarth cyfan wedi drysu.

'Aaaah. Modrwy,' meddai Gary.

Roedd y geiniog yn araf iawn yn disgyn. Trueni.

'Os alla i gofio mor bell â hynny'n ôl, onid dyna testun gwaith cartre yr wythnos gynta?'

Unwaith roedd Gary Rhys wedi cyfadde ei gamsyniad, fe gytunodd y dosbarth i gyd bod y gerdd 'Modrwy' yn 'ymgais gynta dda iawn'.

O.N. Amlwg i mi nad yw Gary Rhys na'r dosbarth yn deall dim am farddoni! Cerdd ddim yn 'ymgais gynta' ond ymgais cant a phedwar! Dyna'r rheswm roedd y gerdd mor hir yn cyrraedd y dosbarth.

Sadwrn y 7fed

Noson mas mewn. Yn y siop a bod yn fanwl gywir.

Ler a photel o win yn fy helpu i gyfri stoc . . . a dewis dillad ar gyfer y cyfweliad mawr (dydd Mawrth). Fydd Dorothea Pott-Davies yn fy nilyn ar gyfer 'diwrnod ym mywyd Catrin a'r *boutique*'. (*Boutique* yn swnio lot mwy glamyrys na siop.)

Dewis dillad yn waith caled. Gwydraid o win yr un cyn dechrau.

Rhestr o ddillad posib:
1. Sgert ddu, ledr Lipsy.
2. Ffrog laes, flodeuog. Tebyg i'r hyn roedd Victoria Beckham yn ei gwisgo i *premiere* yn y papur.
3. *Catsuit. À la Charlie's Angels* ac felly'n trendi iawn.

4. Siwt wen FCUK. French Connection UK, nage dim byd brwnt.
5. Trowsus du llaes a thop bach du, tyn. Hen ffefryn.

Un gwydraid fach arall i danio'r tân.

Asesiad Cats a Ler o restr dillad:
   1. Sgert ddu, ledr Lipsy.
      (Na, yn bendant. O gofio sut mae'r sgert yn diflannu i fan preifat iawn pan wy'n symud.)
   2. Ffrog laes, flodeuog. Tebyg i'r hyn roedd Victoria Beckham yn gwisgo i *premiere* yn y papur.
      (Na. Dim ond sêr pop sy'n cael getawê gyda gwisgo dillad haf yn ganol gaea. Pawb arall yn dod mas mewn pimpyls coch, annymunol.)
   3. *Catsuit. À la Charlie's Angels* ac felly'n trendi iawn.
      (NA! Dillad i bolion anorecsic fel *Charlie's Angels* yn unig.)
   4. Siwt wen FCUK. French Connection UK, nage dim byd brwnt.
      (Siwt meddwl-busnes. Ond, beth 'sen i'n sarnu coffi?)
   5. Trowsus du llaes a thop bach du, tyn. Hen ffefryn.
      (Du amdani! Dim dewis arall.)

Potel win yn wag! Sut?!

'Pwy sy'n holi ti, 'te?' meddai Ler. Tamed bach yn tipsi, erbyn hyn.

'Dorothea Pott-Davies. Mae'n newyddiadurwraig bwysig iawn,' meddwn i'n falch, yn fy nghwrw.

'Potty-Dotty?!'

'Nage. Dorothea . . .'

'Ie, ie. Potty-Dotty. 'Na beth o'dd pawb yn galw ddi'n 'rysgol. So ti'n cofio? Wheched dosbarth pan o'n ni'n y gynta.'

Typical o Ler i biso ar y parêd.

Llun y 9fed

Rhestr Ler o bethau i'w cofio wrth gael eich cyf-weld gan newyddiadurwr:

1. Rhaid bod yn agored – ond heb ddatgelu dim byd.
2. Gwrando ar y cwestiwn – ond yna ei anwybyddu'n llwyr. Dweud ond yr hyn wy am ei ddweud, dim ots beth yw'r hyn sy'n cael ei ofyn.
3. Rhaid bod yn naturiol, h.y. fi fy hun – ond yn fwy hyderus a lot mwy clên.
4. Peidio byth ag anghofio – Dorothea yn newyddiadurwraig ac nid yn ffrind. Bydd popeth fydda i'n ei wneud neu'i ddweud yn cael ei nodi ar ffurf erthygl yn y wasg yn gyhoeddus.
5. O gofio pwynt pedwar, rhaid meddwl sut mae pethau'n swnio yn y pen cyn eu dweud mas yn uchel.

Atgoffa Ler ei bod hi'n dysgu Nain sut mae adrodd pennill. Ro'n *i*'n gweithio yn y byd PR.

Do'n i ddim yn nerfus. Ond nawr wy'n sâl fel ci.

Mawrth y 10fed

7.00am. Diwrnod y cyfweliad! Aaaargh!!!!!

Angen codi'n gynnar er mwyn cael cawod, smwddio dillad, bwyta brecwast call.

Gwely'n braf. Jest pum muned fach, 'to.

8.45am. Aaaaargh!!! Ble aeth amser?

Cyrraedd gwaith erbyn 9.15am. Dim cawod, dillad heb eu smwddio, bwyta Mars ar y ffordd. Roedd Potty-Dotty'n aros amdana i.

'Sori 'mod i'n hwyr. O'dd y car pallu dechre. Wedyn, ffones i'r AA – ambytu'r car nage Alcoholics Anonymous. Sdim problem yfed 'da fi gyda llaw. Sa i'n credu fyse neb sy'n nabod fi'n awgrymu 'nny. Ha! Jest isie neud 'nny'n glir. Wy bach yn nerfus. Ta beth, ges i help 'da'r bachan drws nesa i ddechre'r car. Sdim byd fel'na rhynton ni. Jest ffrindie, 'na gyd. Sa i'n dibynnu ar ddynon i neud popeth drosta i. Ha! Wy'n fenyw'r mileniwm newydd . . .'

Yna, cofio. Dotty heb ofyn pam ro'n i'n hwyr. Newydd dorri rheol 1, 2, 4 a 5.

5.10pm. Adre. Wedi ymlâdd.

Cyfweliad wedi mynd yn dda iawn, wy'n meddwl. Fy mhrofiad eang yn y byd PR wedi dod i'r amlwg. Diwrnod da o waith.

5.30pm. Wy'n gwbod ddylen i ddim. Ond newydd ail-fyw'r cyfweliad yn fy mhen. Mae'n bosib bod 'na un neu ddau o bethau bach o'dd ddim yn berffeithrwydd perffeth.

Yn gynta, daeth y blwmin fenyw 'na i mewn. Wyneb fel bwyell. Oedd hi 'di prynu'r ffrog flodau

Victoria Beckham dydd Llun. Oedd 'da 'ddi'r wyneb i ddod a hi'n ôl heddi – o bob diwrnod. Blwmin *cheek*.

'Wy moyn 'yn arian nôl,' meddai'r Fwyell. Reit o flaen Dotty.

'Ga i ofyn pam?' meddwn i yn foneddigaidd iawn. Y perchennog siop perffaith.

'Gewch chi wbod yn gwmws pam!' meddai'n chwyrn dros siffrwd y peiriant recordio. 'Mae hi'n drewi o win!'

Rhoes y ffrog i Dotty ei gwynto hefyd.

'Gwin? Sut yn y byd ddigwyddodd 'nny?' meddwn i gan gofio antics Ler a fi nos Sadwrn.

Wy'n meddwl 'mod i 'di llwyddo i gael fy hun o dwll. Cafodd y Fwyell ei harian yn ôl, ond ar ôl iddi fynd 'wedes i wrth Dotty, 'Problem yfed 'da hi. O'dd hi'n drewi o gwrw!'

Whiw.

Yn ail, roedd y siop mor dawel sa i'n gwbod sut roedd hi'n meddwl 'mod i'n neud bywoliaeth. Ond fel wedodd Dotty, sa i'n dibynnu ar arian y siop. Wedes i'n blwmp ac yn blaen nad oedd y gwaith mor glamyrys ag oedd e'n ymddangos a'i fod yn gallu bod yn ddiflas iawn. Roedd ganddi ddiddordeb mawr yn fy nghynlluniau eraill – gwneud gradd y Brifysgol Agored mewn Tecstilau Modern ac ysgrifennu'r nofel fawr.

Roedd hi'n hawdd iawn siarad â Dotty. Roedd e fel siarad â ffrind (sy hefyd yn newyddiadurwraig). Gweud y gwir, es i i deimlo'n eitha emosiynol pan o'n i'n adrodd hanes y ddamwain laddodd Dad a'r ymrafael gyda Mam am ei arian.

Mercher yr 11eg

Wedi penderfynu peidio â dweud wrth pawb am beth wedes i wrth Dotty.

'Fydd rhaid i chi brynu'r *Journal* i weld,' meddwn.

Wy'n gweddïo bod y tâp wedi torri.

Iau y 12fed

Dim byd yn y *Journal*. Diolch i'r drefn.

Ffonio'r swyddfa. Dim sôn am Dotty. Mae hi ar ei gwyliau tan ddydd Llun.

Gwener y Groglith 'fory. Diwrnod o seibiant i bawb gan gynnwys fi. (Ond dim i'r Parch a'i debyg.)

Gwener y 13eg

9.00am. Ffôn. Mam-gu. Ydw i'n cofio bod gan Dat-cu wasanaeth arbennig am ddeg? A finnau yng nghanol breuddwyd 'fyw' iawn am fi, Robbie Williams a chawod boeth, do'n i ddim yn cofio.

Penderfynu mynd i blesio'r henoed. Sgwn i a fyddai'n ddrwg iawn i ofyn i Dduw chwalu peiriant recordio Dotty?

Mae'r cyfiawn yn cael eu gwobr yn y nefoedd (meddai'r Parch). Wy 'di cael fy ngwobr i dipyn cynt. Ydy hyn yn meddwl 'mod i'n 'anghyfiawn'? Posibilrwydd o fod tamed bach yn 'anghyfiawn' nes mlaen.

Mae Marco Rhydderch wedi gofyn i fi am ddêt.

'Ni'n mynd mas heno!'

Dyna oedd ei union eiriau. Mae e mor feistrolgar!

'Gwisga dy ffrog ore,' arthiodd a bant â fe. Ges i ddim hyd yn oed cyfle i weud a o'n i'n derbyn y gwahoddiad neu beidio. Safais i ar y rhiniog am oesau yn meddwl y dylen i fynd i gael bàth a thaclu. Ond ro'n i ffaelu. Roedd fy nghoesau i wedi troi'n bys slwj.

Sadwrn y 14eg

'Ble fuoch chi, 'te? Caff neu siop tsips?' gofynnodd Ler yn bigog.

'Gredi di fyth . . .' meddwn i yn dal ffaelu credu.

'McDonalds?'

'Tŷ Marco.'

'Y mochyn bach brwnt. Fyddet ti'n meddwl y byset ti 'di ca'l pacyn o grisps 'da fe cyn iddo fe fynd am y gwely.'

'Nage tŷ Marco. Tŷ ei fam a'i dad.'

'*Kinky*!'

'Ler! O'dd 'i fam e 'na. A phedwar o frodyr a dwy whâr.'

'*Blydi hel.*'

'O'dd Penelope (Mam Marco) 'di neud cino mowr. Whech cwrs.'

'*Blydi hel.* O't ti siŵr o fod byti ca'l ffit!'

'Typical Eidalwyr. Pryde bwyd mowr. Teuluoedd mowr.'

'Ond so'i fam e'n dod o'r Eidal.'

'Na. Ond ma' 'i dad e – sach bod e 'di gadel nhw.'

Noson ryfedda fy mywyd. Ro'n i'n teimlo fel 'sen i 'di neidio mewn i un o hunllefe Salvador Dali. Mae'n wir beth maen nhw'n weud am deuluoedd

Eidaleg. Maen nhw'n gwbod sut mae cynnig croeso. Wnaethon nhw shwt ffys allech chi feddwl bod Marco a fi ar fin priodi!

'Gesoch chi secs?' gofynnodd Ler gan chwalu fy mreuddwyd ramantus.

'Meindia dy fusnes.'

'Naddo, mae'n rhaid, neu fyddet ti ddim mor bigog.'

Sul y 15fed

Prynu tomen o gylchgronau ffasiwn a phriodas yn y garej. Mae bellach yn rhan o fy ngwaith i bori'n gyson drwy gylchgronau ffasiwn. Maen nhw'n ddrud iawn felly wy'n cyfri'r cost fel 'cost busnes'. Fues i rhai orie yn pori trwy'r cyfan. Felly fe allech chi ddweud 'mod i 'di bod yn gweithio heddiw – ar fy niwrnod rhydd! Santes!

Prynu'r cylchgronau er mwyn chwilio am syniadau ar gyfer ffrogiau priodas. Wel, so hi fyth yn rhy gynnar i ddechrau chwilio. Hyd yn oed os nad y'ch chi wedi mynd mor bell â dyweddïo, na bachu sboner hyd yn oed.

Ar ôl chwysu chwartiau wedi creu rhestr fer o dri:
1. Gŵn sidan, hollol blaen ond chwaethus iawn.
   (Fydd hon ddim yn ffefryn Mam – oherwydd ei bod yn edrych fel gŵn nos. Diffyg brwdfrydedd Mam yw'r rheswm mai hon yw fy ffefryn i.)
2. Gŵn hud, Jane Austen. Gŵn hud oherwydd mae'n fawr ar y gwaelod – i guddio pen-ôl mawr – ac yn cynnwys corsed ar y top, i dynnu'r bol cwrw mewn a gwthio'r bronnau mas.

3. Siwt drowsus wen a het fawr iawn. Un cwestiwn. A fydd fy ngŵr(!) yn gallu fy nghusanu yn yr het, neu a fydd ei dalcen yn taro'r ymyl? Angen mwy o ymchwil.

Mor brysur yn darllen cylchgronau anghofio popeth 'mod i wedi gwahodd y teulu cyfan am swper arbennig!

'Sdim ogle dim byd 'ma,' meddai Mam-gu yn snwffian yr awyr yn uchel.

'Falle'n bod ni'n ca'l salad,' meddai Mam gan gnoi'r gair 'salad' fel petai hi'n dymuno rhwbeth ond hynny.

'Gwell fyth,' meddwn i gan achub y dydd. 'Ni'n mynd mas am swper arbennig. Fi sy'n talu.'

'Allen i feddwl 'nny gan mai ti sy wedi'n gwahodd ni,' meddai Mam.

Falle y dylwn wedi dal fy nŵr am y 'swper arbennig'. Ro'n i yn y tŷ bach, y ffôn yn un llaw a'r *Yellow Pages* yn y llall. Roedd fy nghalon i'n suddo fesul bîp. Roedd y Plas a *Le Mange* yn llawn dop. Yr unig fan ar gael oedd Tafarn Morgan.

'Ble wyt ti'n meddwl tiii'n mynd?!'

Ro'n i'n mynd mewn i'r car, pan stopiodd Marco fi. Roedd e'n gwenu fel giât a'i ddimpyls yn dangos.

'Mas i ga'l bwyd. Ffansi dod?'

Roedd y geiriau mas o 'ngheg cyn i fi feddwl. Er mawr syndod i mi – ac i Mam, Mam-gu a'r Parch – wedodd e 'ocê'.

'Mae'n bryd i fi gwrdd â dy deulu di, nawr bo ti 'di cwrdd â'n un i.'

10.30pm. Marco Melys newydd fynd. Wedi treial ei berswadio i aros y nos, ond Marco eisiau aros nes ein bod ni'n nabod ein gilydd yn well! Wow! Dyna beth yw dyn perffaith. Dyn sy'n fy ngharu oherwydd fy mhersonoliaeth fawr a nage oherwydd ei fod e moyn bonc.

11.05pm. Yn amlwg, ffaith bod Marco eisiau aros yn dangos parch mawr ac yn yr oes sy ohoni mae hyn yn beth prin iawn ac i'w edmygu.

11.06pm. Gobeithio nad ydy 'eisiau aros' yn golygu yr un peth â 'so i'n ffansïo ti'. Gobeithio'n fawr bod Marco'n fy ffansïo oherwydd ddim yn gwbod pa mor hir alla i barhau heb secs!

Mawrth yr 17eg

9.00am. Ffonio Dotty. Dim ateb. Dotty Pwdwr.

9.05am. Dim ateb.

9.15am. Dim ateb fyth.

9.30am. Dim ateb. Gadael neges. Rhybuddio Dotty i fy ffonio ar fyrder.

10.10pm. Mynd dros ben Dotty (sy ond yn newyddiadurwraig gyffredin) at fos y papur a'r dyn sy'n penderfynu ar y cynnwys go iawn – Brian Winstone Jones M.B.E.

'Ie?' meddai mewn llais prysur-prysur. 'Mae'r papur yn mynd i'w wely heddiw. Gynnoch chi bum munud.'

'Wel . . . y . . . fel hyn ma'ddi . . . chi'n gweld . . .'

'Pedair munud a hanner . . .'

Roedd hyn yn waeth na syrjeri doctor. Penderfynais fynd yn syth at y pwynt.

''Nes i gyfweliad wthnos dwetha 'da Dotty . . . y . . . Dorothea Potty-Jones. Wedes i cwpwl o bethe o'n i ddim 'di meddwl gweud.'

'*So* . . .'

'Y, wel . . . licen i ga'l cyfle arall . . . Plîs.'

Chwerthin uchel ochr arall y ffôn. Roedd hi'n amlwg 'mod i 'di gwneud argraff fawr ar Big Bri a'i swyno gyda fy mhersonoliaeth hudolus.

'Miss . . .'

'Jones.'

'Miss James. 'Dan ni newyddiadurwyr yn bobol prysur iawn. Dydd da . . .'

Doedd e ddim yn mynd i gael y gorau arna i!

'Ma' 'da fi hawl i weld yr erthygl 'na cyn iddo fe fynd i'r wasg! Wy'n aelod o gyngor marsiant y dre. Fydda i'n cwyno wrth y . . . y . . . y Maer!' meddwn i gan ddangos fy nannedd. Do'n i ddim yn gwbod a oedd 'da fi hawl neu beidio go wir, ond doedd *e* ddim yn gwbod 'nny.

'Tydi hi ddim yn arfer gynnon ni i ddangos erthygla i neb cyn iddyn nhw fynd i'r wasg. Ond, os 'dach chi'n mynnu fe wnawn ni eithriad a gowch chi weld y copi.'

'Ac os fydda i moyn, fydda i'n ca'l 'i newid e. On'd fydda i?'

'Gowch chi gywiro gwalla ffeithiol yn unig. Mae'n annhebygol iawn y bydd yna gamsyniada o'r fath. Yn anaml iawn 'dan ni newyddiadurwyr yn cael ein ffeithia'n anghywir, Mrs James.'

'Sdim pwynt i weld e, o's e? Os nag wy'n ca'l newid e fel wy moyn.'

'Yma, yn y *Journal*, 'dan ni'n falch iawn o'n hannibyniaeth barn. Snam ots os 'di'r Maer ei hun yn gofyn, wnawn ni ddim newid y copi!'

Bwbach!

Diolch byth am Pelydren, meddyliais, pan ddaeth hi trwy ddrws y siop. Ro'n i ffaelu helpu syllu . . .

Nawr, wy cant y cant o blaid creadigrwydd artistig a rhyddid yr unigolyn i ddefnyddio – neu gam-ddefnyddio'r corff (fyddwn i'n cael clustdlws yn fy mol oni bai am y boen arffwysol). Ond . . . awtch! Roedd Pelydren wedi cael dau glustdlws newydd – un ym mhob boch. Ro'n nhw'n amlwg yn ffres ac yn boenus iawn. Gallwn weld y gwaed 'di celu yn rhimyn galed o amgylch y ddwy froetsh.

'Maen nhw yn anrheg i fi oddi wrth fi,' meddai.

'Neis,' meddwn i gan obeithio nad oeddwn i ar ei rhestr Dolig.

'Rydwyf i'n cael anrheg . . . oherwydd mae'r siop yn . . .'

Saib tra bod Pelydren yn troi'r cylch aur yn ei gên a meddwl am y gair Cymraeg.

'Mae'r siop yn llwyddiant mawr!'

'Da iawn,' meddwn i. Tamaid bach yn biwis, rhaid cyfadde. Roedd siop Pelydren, mae'n debyg, wedi bod ar agor trwy'r penwythnos. Gwaeth fyth, roedd hi wedi cael y penwythnos orau erioed!

Damio Pelydren!

Yn ôl Pelydren, mae ei busnes yn llwyddiannus oherwydd un elfen allweddol – Feng Shui! Sgwn i a gafodd hi grant gan Busnesa ar sail y fath abracadabra?

Sdim byd amdani. Os ydw i'n mynd i gael busnes llwyddiannus – a hoe fach bob hyn a hyn – bydd raid i mi godi fy sanau. Fy elfen allweddol i fydd cael help yn y siop. Mae un bendith, mae Mam-gu eisoes wedi fy hysbysu ei bod hi'n rhy brysur. Fydd hi, felly, ddim yn siomedig pan fydda i'n rhoi'r gwaith i rywun abl.

Mercher y 18fed

Creisis i gwpla pob creisis. Diwrnod cyn J-day. Diwrnod fydd y cyfweliad yn y *Journal*. Aaaargh!

Beth wna i? . . . Ysgrifennu rhestr! Mae hynny bob tro'n help!

Cynllun Brys J-day
1. *Beth?:* Baglu hi dramor am fis.
   Problem: Dwy broblem. Un: Bydde'n rhaid dod nôl. Dau: Bydde'n rhaid cau'r siop – a finnau heb gael neb i helpu, eto.
2. *Beth?:* Ffonio'r Maer a gofyn iddo (talu fe) am help.
   Problem: Hyd yn oed os yw'r Maer yn bwdwr fel hen afal, mae Brian Winstone Jones M.B. blwmin E. yn Sant. Hefyd, mae'r *Journal* wedi mynd i'r wasg.
3. *Beth?:* Prynu pob copi o'r *Journal* fy hun. Allen i godi'n gynnar a mynd i'r garej a Spar cyn bod y teulu a ffrindiau 'di codi . . .
   Problem: Beth am bobol sy 'di archebu copi o'r papur? Allen i ga'l gwn (duw a ŵyr o ble)

a mynnu cael pob copi o'r papur . . . Ond dyw hynny ddim yn datrys problem tanysgrifwyr. Pobol fel . . . Wncwl Barry.

Aaargh! Mae'r byd ar ben!

10.30 pm. Ffôn. Mam-gu.

'Ti'n ecseited?'

'Ambytu beth?'

Ro'n i'n gwbod yn iawn, wrth gwrs.

'Ma'r *Journal* mas fory! Siŵr o fod fydd *spread* fowr. Synnen i daten se ti ar y ffrynt.'

O Dduw! Gobeitho ddim!

''Na le roio nhw'r llun 'na o fi, no. Ar y dudalen ffrynt! O'dd pobol yn stopo fi'n Tesco a phopeth!'

Aaaah. Gwmpodd y geiniog. Doedd Mam-gu ddim wedi ffonio i ddymuno'n dda ynglŷn â fory ond i fy atgoffa ei bod *hi* eisoes wedi bod yn y *Journal*. Ac nid yng nghrombil y papur ond ar y dudalen flaen!

Iau y 19eg

Fy newis cynta fyddai aros yn fy ngwely trwy'r dydd. Peidio ateb y ffôn. Peidio ateb y drws.

Ond rhaid codi a mynd i'r gwaith. Penderfynu claddu fy hun yn y gwaith. Gormod o g'wilydd i fynd i brynu'r *Journal*.

Diwrnod prysur heddiw. Diwrnod o chwilio am staff newydd. *O.N.* Hoffi'r syniad o gael fy staff fy hun!

Ysgrifennu carden i'w rhoi yn ffenest y siop:

Ffôn yn canu. Dau feddwl p'un ai ei ateb neu beidio. Ond beth petai e'n bwysig? . . . Mam! Creisis!!

'Ble ma' fe, 'te?'

'Beth?' meddwn i'n chwys drabŵd.

'Yr erthygl fowr. Ma' 'da fi'r *Journal* o mla'n i fan hyn. Sdim gair 'ma ambytu ti.'

Hwrê!!! Rhaid bod y golygydd clên 'na wedi gwrando ar fy nghŵyn!

'Ti 'di codi'n gynnar os ti 'di bod i nôl papur a chwbwl,' meddwn i dynnu sgwrs. Roedd y rhyddhad yn arffwysol.

'Dda'th Barry â'r *Journal*. Whare teg.'

Whare teg, wir! Gobeithio dala Mam yn ei gŵn nos, mwya tebyg.

Peth nesa oedd yr hen fwydyn ar y ffôn, 'Wy'n clywed bod 'da ti sboner?' meddai e'n glafoerio, synnwn i ddim!

'Ffrind. 'Na gyd.'

'Da iawn. O'n i'n gobeitho bo ti'n safio dy hunan i Wncwl Barry.'

Ych-a-pych!

'Aw,' meddai Wncwl Barry. Fel petai Mam wedi rhoi cic yn ei ffêr. Os dyna ddigwyddodd, Mam wedi taro'r hoelen ar ei phen am unwaith.

Gwener yr 20fed

'Wy 'di dod am y job,' meddai llais.

O edrych nôl roedd 'na dinc cyfarwydd i'r llais.

Pryd alli di ddechrau, meddyliais, o weld dwy lygad las yn serennu arnaf o dan domen o wallt ffasiynol o flêr. Do'n i ddim wedi meddwl mai dyn fyddai fy nghynorthwydd newydd, ond os oedd y person iawn yn digwydd bod yn ddyn . . . ac yn bishyn gorjys, porjys . . . wel, fy lwc dda i oedd hynny.

'O's unrhyw brofiad 'da chi o weitho mewn siop?' gofynnais i yn treial swnio'n broffesiynol iawn. Anodd iawn achos roedd y pishyn nawr yn gwenu arna i'n swil ac yn edrych yn brydferth iawn.

'O's, gweud y gwir. Ro'n i arfer gweitho mewn siop. *Many moons ago*. Yn y swyddfa bost.'

Edrychais arno eto. Ac yna, edrych eto. Yna, sylweddolais i . . . Simon Tucker! (Hen sboner a chadno dauwynebog, ond dal yn bishyn mawr.)

Fuon ni'n siarad am ache ambytu hyn a'r llall. Coleg (mae hi'n wyliau Pasg), Jake Tucker (tad Simon. Wedi rhoi'r gorau i adeiladu ac yn dawnsio llinell yn broffesiynol!) a Sandy Tucker (mam Simon. Yn dishgwl babi!!).

'Siop dy hunan. *Look at you,*' meddai Simon gan lwyddo i wneud i mi deimlo'n bwysig iawn. '*Listen*, wy'n gwbod falle fod e'n bach o *cheek* ond

. . . ti'n ffansi mynd am bryd bach? *Old times sake?'*

Oedais i ddim, 'Dim diolch,' meddwn i'n gadarn.

O leia, dyna o'n i'n meddwl 'mod i wedi gweud. Ond mae'n rhaid nad dyna wedes i achos y peth nesa ddaeth o enau Simon oedd hyn, 'Grêt. Dere â dy *address*. Biga i di lan nos Sadwrn.'

O, mam fach. Sa i'n gwbod sut wy'n mynd i weud wrth Ler.

Sadwrn yr 21ain

'Sori, ond bydd raid i fi ganslo heno,' meddai Ler.

Roedd hi 'di galw yn y siop i brynu rhwbeth ar gyfer heno. Roedd hi 'di canslo tra 'mod i dal yn treial meddwl am esgus dros ganslo – heb gyfadde'r gwir am Simon.

'Ti'n madde?' gofynnodd Ler.

'So ti'n rhoi lot o rybudd i fi,' meddwn i. Wel! Ma' hi 'di mynd trwy'r to sawl tro pan mae'r esgid wedi bod ar y droed arall.

'Wy'n gwbod. Wy'n ffrind wael.'

'Wyt. Mi wyt ti.' Ro'n i'n mwynhau cael y llaw uchaf.

'Beth ti'n mynd i neud?'

'Falle arhosa i miwn. Fideo. Potel o win.'

'Sori, Cats! Gronda, ti moyn i fi ganslo?'

'Na! . . . Na, na cera di. Joia.'

'Sori, bach.'

Rhaid ei bod hi'n teimlo'n euog. Wariodd hi dros gan punt yn y siop!

Ro'n i'n mwynhau fy hun cymaint, anghofiais i ofyn ble oedd hi'n mynd.

7.30pm. Nicers a bra glân a secsi? *Check.* Colur llawn a minlliw coch? *Check.* Ffrog ddu newydd a hynod secsi? *Check.* Sgidiau du newydd â sowdl fel min. *Check.* Sa i'n gwbod pam mae 'na ieir bach yr haf yn fy mol. Wy jest yn mynd am ddrinc gyda hen ffrind! 'Na gyd.

2.00am. Hic. Omegod. Hic. Beth wy 'di'i neud?! Hic, hic, hic . . .

Sul yr 22ain

Hanes ddoe. Dechrau yn y dechrau. Yn fy mhanics ynglŷn â Ler, ro'n i 'di anghofio'n llwyr am y llall. Y person, fel Ler, oedd yn haeddu gwbod 'mod i'n mynd am bryd o fwyd cwbl blatonig, fel ffrindiau, gyda pherson oedd yn digwydd bod yn ddyn a digwydd bod yn hen sboner hefyd. Y person hwnnw, wrth gwrs, yw fy sboner newydd (chwedl Wncwl Barry) y Melys Marco. Wps!

Mae gwaeth i ddod. Y peth mwya anffodus oedd 'mod i'n cofio dim am Marco nes 'mod i'n dod mas o'r tŷ gyda Simon ac yn gweld Marco'n dod tuag ata i – yn ei ddillad gorau a rhosyn pinc yn ei law.

Welodd e fi a welodd e Simon a throi ar ei sodlau. Cyn i mi gael cyfle i fynd ar ei ôl, roedd wedi drybowndian at y tŷ a chau'r drws yn glep.

'*Boyfriend?*' meddai Simon.

'Ffrind,' meddwn i. (Wel, dy'n ni ddim wedi neud dim byd mwy na swsio.)

Gwenodd Simon, llond ei geg.

'*Popular girl.* Fel arfer.'

'Sa i yn *popular girl*! Gweud y gwir, wy'n *highly*

unpopular girl!' meddwn i a'i roi yn ei le. Ein ffrae gynta. Roedd hi'n union fel yr hen ddyddiau.

Canais y gloch deirgwaith. Ond roedd Marco pallu'n deg ag ateb y drws.

Ro'n i'n nerfus iawn, iawn. Ac yn poeni am Marco. 'Dyn ni ddim yn gariadon, a hyd yn oed petaen ni, sa i 'di gwneud dim byd o'i le, ond ro'n i'n dal yn teimlo'n ddifrifol o euog. I leihau'r boen a'r euogrwydd yn unig, dechreuais i ar y gwin.

Licen i weud mwy o'r hanes, beth gafon ni i'w fwyta, hynt a helynt ein sgwrs . . . ond y gwir yw sa i'n cofio dim! Dim yw dim ar ôl y bedwaredd botel win.

Llun y 23ain

O leia atebodd Marco y drws heddiw. Dyna sut ro'n i'n cysuro fy hun wrth grynu ar y rhiniog. Roedd e'n welw ac yn salw o ddi-wên. Wedodd e ddim 'helô'.

'Wy 'di dod i esbonio. Wy'n credu falle dy fod ti wedi camddyall,' meddwn i.

'Odw i?' meddai Marco.

'Wel, sa i'n siŵr. Mae'n dibynnu beth sy'n mynd trw dy feddwl di. Hen ffrind o'dd e . . . Simon . . .'

'Hen gaaariad?' meddai e'n galed.

'Hen!' meddwn i'n colli amynedd. 'So ni 'di gweld y'n gilydd ers ache. Aethon ni mas am bryd o fwyd. *So what?'*

Ro'n i'n teimlo fy hun yn caledu. Os nad oedd gen i gymaint â hynny o ryddid, waeth i ni gwpla pethau nawr.

'*So* dim byd. Ma' 'da ti hawl i weld dy ffriiindie. Hyd yn oed os ydyn nhw'n hen gariaaadon.'

Gwenodd Marco. Gwên fawr llawn heulwen. Gwenais i.

'Weeela i di?' meddai e.

'Falle,' meddwn i, wedi fy hudo gan ei wên.

Mawrth y 24ain

'Hia, secsi!' bloeddiodd Simon dros y siop i gyd.

'Sssh!' meddwn i. 'Cwsmeried.'

'Sori,' meddai e a wincio.

Ro'n i'n cael pen tost jest yn meddwl am nos Sadwrn a'r gwin . . .

'Joies i. Joies di?' gofynnodd.

'Sa i'n siŵr. Sa i'n cofio lot . . . Sa i'n cofio dim byd.'

'Dim?' meddai gan edrych arna i'n chwareus. 'Gallen i weud rhwbeth 'te . . .'

Plygodd mlaen dros y cownter a dechrau sibrwd yn fy nghlust, 'Gallen i weud bo ti'n *hot stuff*, bod ni 'di bod *at it all night, like rabbits*.'

Roedd y blew mân ar fy ngwddw yn codi a chosi.

'Yn dy freuddwydion,' meddwn i'n cael nerth o rywle. Gwthiais ef i ffwrdd. Heb ei anadl poeth, teimlai fy ngwddw'n oer.

'Na. Ti sy'n iawn. *I managed to fight you off in the end.* Cofia di, o'dd y gusan 'na'n werth ei cha'l.'

Mae Coleg wedi bod yn brofiad bywyd i Simon Tucker, weden i. Ddysgodd e ddim y secs-apîl 'na yn y Swyddfa Bost.

Iau y 26ain

Omegod. Wy moyn mynd i'r gwely ac aros 'na. Byth bythoedd.

Brian Winstone Jones M.B.E. ddim yn glên o gwbwl. Erthygl yn y *Journal*!!! Tudalennau canol. Dwy dudalen lawn. Sdim gair am ein sgwrs neis-neis am y tywydd, pris petrol a Posh a Becks. Mae Potty-Dotty wedi mynd amdani:

CYFARFOD CATRIN CAT-ALOG
Cyfweliad arbennig: Dorothea Pott-Davies

Faint o bobl fyddai'n hwyr ar gyfer agor eu siop eu hunain? Yn arbennig os bydden nhw'n disgwyl newyddiadurwraig y diwrnod hwnnw? Dyna'n union beth wnaeth Catrin Jones, perchennog siop, pan es i i gwrdd â hi ym mecca *ffasiwn newydd y dre. Ac roedd 'na syrpreisis eraill gan y ferch ifanc anarferol hon.*

Catrin, llongyfarchiadau ar agor y siop.

O, y, diolch yn fowr . . . Sgusodwch fi. Cwsmer. Chi'n gwbod beth maen nhw'n weud, maen nhw wastad yn iawn. Hyd yn o'd pan maen nhw'n *wrong*. Ha, ha. Wy 'di ca'l cwpwl o rai od 'ma. Well i fi beidio gweud 'thoch chi am rheini, gan bo hwn yn mynd yn y papur a phopeth. 'Ma Ms Evans brynodd y ffrog werdd dydd Llun yn hen ast.' Math 'na o beth. Beth 'se hi'n darllen e? E?!

Catrin . . .

Sori ambytu 'na. Brynodd e ddim byd yn 'diwedd. Paul Jenkins. Chi'n nabod e? Ma' fe'n dod 'ma'n aml. Byth yn prynu dim byd. Gwastraffu'n amser i, wrth gwrs, ond so chi'n gallu gweud 'nny, odych chi?

Mae 'na stori drist tu ôl i agor y siop, on'd oes?

Wel. O's. Golles i 'nhad, chi'n gweld. Nage colli fe achos o'dd e ar goll. O'n i'n gwbod ble o'dd e. Ga's e ddamwain ar y beic. Farwodd e, chi'n gweld.

Roedd e siŵr o fod yn amser anodd iawn i chi a'r teulu.

Wel, o'dd, sbo. Rhynto Dad a'r trwbwl 'da'r ewyllys wedyn.

O, ie, yr ewyllys. Anodd iawn i chi. Fedrwch chi atgoffa ni o'r hanes?

Yr arian, ondefe? O'dd e 'di gadel y cwbwl i fi. O'dd e'n dipyn o sioc, chi'n gweld.

Yn sioc?

I fi, Mam. O'dd dim un ohonon ni'n gwbod.

Doedd eich mam ddim yn gwybod am gynnwys ewyllys ei gŵr?!

Yyy . . . Nago'dd. Ond, well i chi beido rhoi hwnna yn y papur.

Beth oedd ei hymateb hi, felly?

. . . Wel . . . o'dd hi'n . . . *(Saib hir)* siomedig.

Yn naturiol. Oeddech chi'n teimlo y dylech chi roi cyfran o'r arian i'ch mam?

O'dd ddim lot o ddewis 'da fi. O'n i ddim moyn cwmpo mas 'da Mam neu rhwygo'r teulu, neu rwbeth fel'na. Ha, ha! O'dd rhannu'n well na . . . wel, chi'n gwbod, rhynto chi a fi, mynd i'r llys . . .

Roedd yna drafodaeth am droi'r mater yn achos llys?!

Oedd, ond ga's popeth 'i sorto mas cyn iddi ddod i 'nny . . . Allwn ni siarad ambytu rhwbeth arall, plîs?

Wrth gwrs. Beth petai'r gwaethaf yn dod i'r gwaethaf a'r siop yn methu?

Fydd e ddim. Ha, ha!

Pa brofiad sy gennych chi o redeg siop ddillad?

Wel, ma' 'da fi ddiddordeb mowr mewn dillad erio'd. Ddylech chi weld 'yn wardrob i gatre. Ma' fe'n llawn dop. A wy 'di neud cwrs busnes ac ma' cwmni Busnesa'n helpu – cynnig angel fusnes, chi'n gwbod. So nhw lot o help gweud y gwir. Ond, peidwch rhoi hwnna lawr.

Sut mae heddiw'n cymharu â diwrnodau arferol y siop?

Bach yn fwy bishi, falle. Typical o' chi, Dot . . . y, Mrs Pott . . . i ddewis diwrnod bishi!

Bishi?! Dw i 'di cyfri naw cwsmer trwy'r dydd. Rydych chi wedi gwerth un pâr o drowsus gwerth ugain punt a rhoi ad-daliad gwerth hanner can punt.

. . . Ac un pâr o deits. Peidwch anghofio'r teits.

A phâr o deits. Fedrwch chi lwyddo ar werthiant teits?

Pwy a ŵyr! Chi moyn dished? Wy 'di dechre barddoni, chi'n gwbod. Falle fyddwch chi'n cyf-weld fi 'to blwyddyn nesa . . .

Pam?

Ar ôl i fi ennill y gader neu'r goron – w! Ha, ha.

Wy'n gweld. Ydych chi'n bwriadu cystadlu?

Sa i'n gwbod 'to. Rhynto chi a fi, dim ond cwpwl o leins wy 'di sgwennu hyd yn hyn. Ond, ma'n athro ni, Gary Rhys, yn gweld addewid mowr yno' i . . . Fydde fe'n gweud 'nny. Ni'n hen gariadon, chi'n gweld . . . Jiw, pump o'r gloch yn barod. Well i fi gau'r siop, fel maen nhw'n gweud.

Catrin Jones. Diolch yn fawr.
Croeso. Dewch 'to. Ha, ha.

Gwener y 27ain.

Cadw proffeil isel iawn. Gwaith. Gatre.

Problem fawr. Gwaith mewn siop yng nghanol dre ddim yn fan delfrydol i guddio.

Sadwrn 28ain

2.00am. Tŷ Ler. Dim tamed o awydd sgwennu hwn. Dim awydd sgwennu gair. Ond, os nad yw rhywun yn cofnodi'r pethau mawr, y pethau sy o wir bwys ym mywyd person, beth mae dyddiadur yn dda? Ar y pethau hynny y bydd rhywun yn edrych yn ôl arnyn nhw mewn blynyddoedd, ac nid ar fflwff bywyd bob dydd. Mewn amser, bydd rhywun yn dod i ryfeddu sut y bu iddo godi mor uchel o'r dyfnderoedd du.

Cyrhaeddais i gatre o'r gwaith tua hanner awr 'di pump. Fel arfer. Ddes i mas o'r car. Fel arfer. Ond, ro'n i'n synhwyro'n syth bod rhwbeth o'i le. Roedd drws y tŷ led y pen ar agor,

'Helô,' meddwn i'n betrus gan dreial cofio a o'n i wedi rhoi allwedd sbâr i rywun – Mam, Mam-gu? Roedd 'na oglau mwg cryf. Trois fy mhen i arbed fy ffroenau.

'Helô Caaatrin,' meddai Marco. 'Ma' 'da fi newyddion drwg iaaawn.'

Marco. Diolch byth am Marco. Sa i'n meddwl y gallen i wedi ymdopi ar fy mhen fy hun.

Rhoddodd Marco ei hances am fy nhrwyn a gyda'i fraich am fy ngwast, fy arwain trwy'r tŷ . . . Yr hyn sy ar ôl o'r tŷ.

'Odych chi'n gwbod am unrhyw un â rhyw achos malais yn eich erbyn?' gofynnodd yr heddwas. 'Rhywun ry'ch chi wedi eu digio, efallai, yn y blynyddoedd diwethaf?'

Oes, mae 'na ddigon o reini, siŵr o fod. Ond neb fyddai'n gwneud dim byd mor giaidd â hyn.

'O's angen rheswm ar bobol fel hyn?' gofynnais.

'Na. Dim bob tro. Mae'n bosib eu bod wedi dewis eich tŷ chi ar hap. Ond y mwya o wybodaeth sydd ganddon ni, y rhwyddach fydd hi i greu darlun llawn.'

Ro'n i moyn helpu. Er mwyn fy hunan, yn fwy nag er mwyn y moch. Ro'n i moyn dal y tacle o'dd wedi dwgyd fy nheledu a fy fideo a chwalu llestri Abertawe (anrheg Dad). Y bobol oedd wedi dwgyd y pethau gwerthfawr a strywo'r gweddill gyda tân.

Ro'n i'n gynddeiriog. Ond, feddyliech chi fyth, 'sech chi 'di 'ngweld i. Ro'n i'n eistedd yn llonydd, fy wyneb yn hen gan flinder. Ro'n i'n llonydd fel delw ond am un gwthïen wrthryfelgar ger fy llygad dde yn dawnsio ei chynddaredd.

Crafais fy 'mhen am hydoedd, 'Na,' meddwn i ar ôl hir a hwyr. 'Neb.'

Y peth gwaetha yw hyn. Wy 'di ca'l fy mradychu gan yr un person oedd i fod yn fy ngwylio i, yn gefn i mi – Angel-Dad.

MAI
Pwnc Llosg

Mawrth y 1af

Ler yw fy ffrind gorau, gorau yn y byd i gyd. Ond y funud hon gallwn i ladd yr ast fach, snichlyd! Mae wedi fy nhynnu o fy ngwely clyd gerfydd fy nghlust a fy martsio yr holl ffordd i'r orsaf heddlu.

Gwaeth byth, pan gyrhaeddais i roedd gen i ymwelydd annisgwyl yno.

'Cariad!' meddai Mam (nid yr heddwas) gan daflu ei hun amdanaf fel llewpart ar ben carw.

Do'n i ddim yn cofio'r tro dwetha iddi fy ngalw i'n 'cariad' a theimlais y dagrau'n fy nallu. Lapiodd fi'n dynn am ei brest. Ro'n i'n teimlo'n braf yn ei breichiau ond safais i fel lwmpyn o glai yn aros i gael ei fowldio.

'Chi'n mogi fi,' meddwn i o'r diwedd.

Ro'n i prin yn gallu anadlu rhwng ei bronnau enfawr (wy'n siŵr ei bod hi'n defnyddio rhyw hylif-bronnau-mawr).

'Pam na ffonest ti Mam?' meddai, yn cymryd arni (yn gyhoeddus) mai hi oedd y fam orau yn y byd.

'O'n i ddim moyn i chi fecso.'

Bydde'r gwir yn prynu tocyn-syth-i-uffern i mi. O'dd 'da fi ddim amynedd ffonio.

'A . . . a . . . a . . . o'n i'n meddwl fysech chi'n grac . . . ambytu'r *Journal*.'

'O, bach!' meddai'n annwyl. 'Paid ti poeni. Ma'
Mam 'ma nawr.'

Dyna pryd ddechreuais i boeni. Roedd Mam yn
gallu bod yn siarp iawn gyda phobol – yn arbennig
pobol oedd ddim yn cyrraedd ei lefel ymenyddol
(honedig) hi. Ar y llaw arall, do'n i ddim yn
meddwl y bydde'r heddlu'n hapus iawn o gael eu
bosio gan *masseuse*!

Diolch i'r drefn, oherwydd fy mod dros ddeunaw
oed roedd hawl gan yr heddlu fy holi ar fy mhen fy
hun.

Do'n nhw ddim eisiau Mam yn gwmni i fi am
reswm arall, hefyd. Maen nhw am ei holi ar wahân.
Maen nhw moyn gwbod ble o'dd hi pan
wnaethpwyd y drosedd. Mae'n debyg fod pawb o
dan amheuaeth.

'Peth nesa, fyddwch chi'n gweud 'ych bo chi'n
ame fi!' meddwn i'n treial codi gwên.

'Mae'n rhaid i ni ystyried y posibiliadau i gyd,'
meddai'r cwnstabl.

Omegod! Mae'r heddlu'n fy amau i!

Mercher yr 2il

Dychmygu fy hun yn y carchar. Cell oer, gwely
llwm, hen doiled a sinc. Y dyddiadur, fy unig
gwmni. Ymwelwyr unwaith y mis. Cusanu'r dynion
trwy drwch o wydr (Simon, Marco, Robbie
Williams – wel, fy mreuddwyd *i* yw hon!).

Iau y 3ydd

Aros gyda Ler tamaid bach fel bod mewn carchar!

Ler yn fy ngorfodi i godi o'r gwely er ei bod hi'n amlwg i bawb nad ydw i'n ddigon da i fynd i'r gwaith. Ler yn dweud os wy'n ddigon da i wylio teledu trwy'r dydd, wy'n ddigon da i fynd i'r gwaith.

9.30am. Hi, hi! Ler wedi mynd i'r gwaith. Fydd hi ddim yn fy ngweld i'n gwylio *UK Style*!

9.35am. Damo. Mae'r wrach 'di mynd â'r cêbl gyda hi!

Fel carchar, sdim hawl 'da fi gael ymwelwyr yn nhŷ Ler, chwaith. Bydd rhaid iddyn nhw aros nes 'mod i'n teimlo'n well, meddai hi. Yn absenoldeb Ler – a theledu – wy'n ffonio Marco.

9.45am. Wehei! Marco ar ei ffordd draw. Mae wedi gadael gwaith (cyfrifydd cyfrifol) yn gynnar (iawn). Esgus bod ganddo 'argyfwng teuluol'. Wy'n arbenigo ar 'argyfyngau teuluol'!

4.55pm. Marco wedi mynd adre cyn i Ler ddod adre a'i ddal. Ga i byth parôl os bydd y warden yn ffeindio mas 'mod i'n camddefnyddio fy rhyddid yn y carchar agored.

'Mae fel carchar 'ma,' meddwn i'n achwyn wrth Marco.

'Symuuuda, 'te,' meddai e'n camddeall difrifoldeb y sefyllfa.

'I ble? Bydde byw 'da Mam a Mam-gu yn wa'th na charchar am o's.'

'Deeere ata i. Ma' isie rhyyywun i roi bach o drefn 'not tiii.'

Hoffi'r syniad o Marco yn rhoi 'trefn' arna i. Rhaid bod fy nghyfnod lleianaidd yn mynd yn beryglus o hir. Hyd yn oed mewn creisis wy'n meddwl am secs.

Gwener y 4ydd

9.00am. Gorwedd yn y gwely yn bendithio'r lwc dda sy wedi tynnu Ler o'r tŷ heb fy nghodi pan . . . sgrech . . . Ler.

Ler yn tynnu fy sylw at y ffaith bod y siop 'di bod ar gau ers pedwar diwrnod bellach. Mae'r sefyllfa'n annerbyniol, meddai Ler.

'Yffach o ots 'da fi,' meddwn i. Ond, mae'n amlwg nad yw fy statws fel perchennog y siop yn cyfrif dim.

'Yffach o ots 'da fi os o's yffach o ots 'da ti! Ni'n mynd lawr i'r *job centre* nawr i whilo am ryw was bach YTS i helpu yn y siop.'

Doedd dim troi ar Ler, hyd yn oed pan wedais i wrthi nad oes y fath beth bellach â YTS. Wy'n gwbod hynny ers fy nghyfnod di-waith. Mae pobol ifanc heddiw yn cael cyfle teg ar Ddêl Newydd (cynllun sy, gweud y gwir, yn swno'n debyg iawn i'r hen YTS).

'Ni 'ma i gynnig gwaith,' meddai Ler ar dop ei llais. Roedd hyd yn oed y bobol yn y siop fetio drws nesa yn ei chlywed, a waeth 'se hi'n gwisgo hysbysfwrdd ac arno'r geiriau 'Gwaith ar gael'.

Edrychodd y dyn moel â'r llygaid gwahadden arnom yn ddidaro iawn.

'Dyma ni. Llenwch hwn,' meddai gan roi whompyn o ffurflen dew i ni.

'Beth yw hwn?!' meddai Ler sy'n bwyta dynion di-nod i frecwast yn ei jobyn gwerthu siocled.

Crymodd y dyn ei sgwyddau.

'Dylech chi ddiolch i ni,' poeroedd Ler. 'Heb bobol fel ni, fyddech chi ar y clwt 'na whap.'

Heb bobol fel 'fi' roedd hi'n feddwl. Yn wahanol i 'fi', so Ler yn cyflogi pobol. (Wel, un person a bod yn fanwl gywir.)

Ler yn treial yn galed a'i chalon yn y lle iawn ond yn mynd ar fy nerfau i'n rhacs yn newid pob un awgrym o'm heiddo i.

Yn eisiau . . .

(Na. Rhaid eu bachu o'r cychwyn cynta gyda geiriau allweddol. Beth yw'r gair pwysica i bobol ddi-waith? Dôl, meddwn i. Gwaith, meddai Ler.)

Gwaith
ar gael . . .

(Wrth gwrs ei fod e ar gael, meddai Ler, neu fydden ni ddim yma, na fydden ni.)

Gwaith
i berson . . .

(I beth arall, meddai Ler. Cath neu gi?)

Gwaith
mewn siop ddillad . . .

(Na, meddai Ler. Nage unrhyw siop ddillad yw hi ond *y* siop ddillad.)

Pwdu ar ôl hyn. Mynd tu allan i aros am Ler.

8.30pm. Wedi pwdu. Ler wedi mynd mas. Dim ond gobeithio y bydd hi'n gallu joio, gan wbod 'mod i'n styc fan hyn!

'Wy'n meddwl mynd mas,' meddai'n larts ar ôl ein trip i'r ganolfan waith.

'Syniad da,' meddwn i. 'Mae'n bryd i mi ga'l bach o newid byd.'

'Gallu di ddim â dod!' meddai hi'n grac. 'O't ti ddim yn ddigon da i fynd i'r gwaith. So ti'n ddigon da i joio!'

Roedd hi'n swnio'n gwmws fel Dad!

10.00pm. Mynd i'r gwely a thynnu'r cynfas dros fy mhen. Treial peidio meddwl am ddim. Gobeithio y bydda i wedi cysgu cyn i Ler daranu adre.

Sadwrn y 5ed

Ffoniodd Marco fi ar y mobeil (i osgoi Ler).

'Gobeitho dy fod tiii wedi paaacio. Fydda i 'na mewn hanner awr.'

'Hanner awr!' meddwn i'n banics. 'Sa i 'di gweud wrth Ler 'to.'

Saib hir tra bod Marco yn crenshan ei ddannedd fel mae'n ei wneud pan mae e'n grac.

'Cera i weud 'thi hi naaawr a ffooona fi'n ôl yn syth.'

Roedd e 'di mynd cyn i mi gael cyfle i ddadlau.

Fues i'n eistedd yna am ache yn treial meddwl am beth i'w ddweud wrth Ler. Roedd hi 'di bod mor ffein (er bach yn llym).

Falle y gallen nhw rannu fi, meddyliais, wrth gnocio ar ddrws stafell Ler. Doedd dim ateb. Aros 'da Marco un wythnos a Ler yr wythnos ganlynol, meddyliais wrth agor y drws. Waeth i mi heb a chwysu. Doedd Ler ddim yn ei stafell. Ac o'r annibendod cyn-mynd-mas ar y gwely, roedd hi'n amlwg bod hi heb gysgu 'na chwaith.

'Ble *ti* 'di bod?' meddwn i pan ddaeth Ler yn stelcian adre tua amser cinio. Wy'n cyfadde bod 'na dinc whit-whiw plant-ar-yr-iard yn fy llais.

''Da ffrind. Shwt wyt ti?'

'Wy'n iawn . . . Odw i'n nabod e, 'te?'

Fi yw ei ffrind gore. Ma' 'da fi hawl i wbod!

'Meindia dy fusnes!' arthiodd hi.

Wel! 'Na'r diolch mae rhywun yn ei gael am rannu pob gofid ers oes pys. Sbelen yn y gornel gyfrinachol ble does neb yn cael gwbod dim amdani!

'Wy'n symud mas,' meddwn i'n sydyn.

Wel. Hi ddechreuodd.

'Rho funed i fi, ddo' i helpu ti baco,' meddai hi'n dawel.

Wnaeth hi ddim hyd yn oed gofyn ble ro'n i'n mynd.

Llun y 7fed

Yn ôl yn y gwaith.

Wel, mae'n rhaid codi 'mhen. So hyd yn oed lladron, fandals na llosgwyr yn cael y gorau arna i! Hyd yn oed os y'n nhw wedi dwgyd fy mhethau gwerthfawr a strywo fy nghartre . . . Esgusodwch fi. Nôl papur o'r tŷ bach.

'Na well! Mynd yn ôl i'r gwaith yw fy ngwrth-ryfel cynta yn nhŷ Marco. Marco'n meddwl y dylwn i aros adre 'run peth â'i fam. Marco'n gwneud camgymeriad mawr os yw e'n meddwl mai fi yw ei fam. Sa i'n mynd i fod yn fam i neb . . . ar wahân i fy mhlant, wrth gwrs. Pan ga i rai.

Ffôn! . . . Ugh. Mam-gu.

'Helô, garrriad,' meddai llais ar ben y byd. 'Wy 'di bod yn treial ffono ti ers wthnos. Ond o'dd yr Eleri 'na pallu gadel i fi siarad â ti.'

'Sori, Mam-gu. Sa i 'di bod mewn lot o hwyl siarad â neb.'

'Neb! Ti 'di siarad ag Eleri siŵr o fod . . .'

'Wel, do. O'dd rhaid i fi. O'n i'n byw yn ei thŷ hi.'

'Sut wyt ti 'te, garrriad?' meddai'n sionc. Ro'n i'n dechrau meddwl ei bod hi ddim yn gwbod am fy anlwc.

'Wy'n oreit. Ond ma' golwg ofnadw ar y tŷ.'

''Na ofnadw, ondefe,' meddai mewn llais oedd yn awgrymu nad oedd lladron a llosgwyr yn rhacso'r tŷ yn bethau ofnadwy iawn o gwbwl. 'O'dd clo 'da ti ar y drws, 'te?'

'Wy wastad yn cloi'r drws, Mam-gu.'

'Ond, o'dd clo iawn 'da ti? Gelon ni'r heddlu fan hyn ar ôl beth ddigwyddodd i Mam. Wedon nhw'n gwmws pwy fath o gloeon i ga'l a ble i ga'l nhw. Dim ond dou gant punt gostodd y cwbwl.'

'Dou gant!' meddwn i. 'Welon nhw chi'n dod o bell.'

'Na, na. O'dd y dyn cloeon yn frawd i'r plisman, ti'n gweld. Geson ni brish arbennig.'

Pris arbennig o uchel, weden i.

Roedd y Parch moyn gair.

'Wy 'di bod yn gweddïo amdanot ti,' meddai.

Cnoais fy nhafod rhag dweud: 'dim yn ddigon blydi caled'.

Mawrth yr 8fed

Yn fy ngwely (sengl). Rhag bod Mam-gu neu'r Parch yn gofyn.

Mam yn fy ffonio ar y mobeil.

'Ble wyt ti?'

'Tŷ Ler,' meddwn i'n gelwyddog.

''Na beth od. Wy newydd ffono Ler. Wedodd hi bo ti 'di symud mas.'

'Odw, ti'n iawn!' meddwn i'n ysgafn. 'Ro'n i'n cysgu. Anghofies i. Wy'n aros, dros dro, 'da ffrind.'

Wy'n ddau ddeg pump oed, ond bydde'r 'dros dro' 'na'n allweddol wrth gael cefnogaeth Mam.

'Pwy ffrind?' meddai Mam yn oer. Allech chi feddwl bod dim ffrindiau i gael 'da fi.

'Marco,' meddwn i a dal fy ngwynt.

'Gobeitho bo ti ddim yn 'i wely e,' meddai Mam. 'Wyt ti 'di ca'l shiglad a sa i moyn neb yn cymryd mantes!'

'Os o's rhaid i chi ga'l gwbod, wy'n cysgu yn y stafell sbâr,' meddwn i. 'Ma' Marco'n ŵr bonheddig.'

(Mwy na alla i ddweud amdana fy hun. Ro'n i wedi gobeithio rhannu gwely Marco.)

Roedd Mam yn dawel am ennyd. Ha, feddyliais i. Wedi dy ddala di.

'Gatre yw dy le di,' meddai hi.

Mercher y 9fed

'Dere aton ni, bach,' meddai Mam-gu fel mêl. Roedd y newyddion am fy sefyllfa ddigartre newydd yn lledu fel tân.

'Ma' digon o le 'ma,' meddai fel petai'n byw mewn palas ac nid tŷ teras dwy stafell wely.

'Fyddi di'n teimlo'n saff fan hyn, t'wel. Ma' tri clo 'da ni ar bob drws.'

Gwych i gadw lladron draw ond da i ddim wrth ddianc rhag tân.

'Gwell diogel nag edifar,' meddai'r Parch yn y cefndir. Mae'n amlwg nad oedd ganddo'r un ffydd yn nynol-ryw ag oedd ganddo yn Nuw. Os y'ch chi'n gofyn i fi, dylai fod ganddo fwy o ffydd yng ngallu Duw i'w ddiogelu rhag drygau dynol-ryw.

Iau y 10fed

Teimlo fel yr heffar ola ar wyneb ddaear sy'n rhydd o glwy'r traed a'r genau. Wy ar fin cael fy ngwerthu ar y farchnad agored ac mae pob enaid byw eisiau cael ei fachau arna i.

Y ceisiwr: Mam a'r palas bach pedair stafell wely lle ges i fy ngeni a'm magu.

Y cais: Dyma dy gartre. Cefnogwyd y cais gan ymwybyddiaeth Mam o fy nghydwybod cryf.

Sgôr: 6 allan o 10. Unwaith ry'ch chi'n gadael y nyth mae'n anodd drybeilig mynd yn ôl. Hyd yn oed os bydd y cais yn methu, bydd yn gysur iddi wbod ei bod wedi llwyddo gwneud i mi deimlo'n euog iawn am ei gwrthod.

Y ceisiwr: Mam-gu a'r Parch a thŷ teras bocs sgidiau.

Y cais: Mae yna dri chlo ar ein drysau. Yr ymgeiswyr yma'n ddibynnol iawn ar yr ongl ddiogelwch gan wbod eu bod nhw hefyd yn chwarae'r garden deulu.

Sgôr: 5 allan o 10. Os oedd cais un yn wan dyma drwbwl dwbwl.

Y ceisiwr: Ler a fflat foethus ar y cei.

Y cais: Yn amlwg, mae yna le yma os wyt ti'n styc . . .

Sgôr: 3 allan o 10. Cais wedi ei dynnu'n ôl pan ddaeth yn amlwg bod 'na gynigion eraill.

Y ceisiwr: Marco a thŷ Fictorianaidd ar yr un cul-de-sac â minnau.

Y cais: Pacia dy bethau, wy'n dod i nôl ti nawr!

Sgôr: 9 allan o 10. Cais cryf sy'n haeddu sylw teg. Wwww wy'n lico dyn cryf . . . a, fel wedodd Marco, fyddai o fewn dim i fy nhŷ fy hun. Pwyntiau ychwanegol am fod cymaint o bishyn.

Y ceisiwr: Simon a thŷ Sandy a Jake

Y cais: Y peth lleia allen i wneud ar ôl dy fradychu mor frwnt yn y gorffennol.

Sgôr: 2 allan o 10. Cais hwyr gan hen sboner sy hefyd yn dipyn o bishyn. Colli pwyntiau am dynnu rhieni i'r fargen. Hefyd, bydde'n well gen i dalu am westy ar ôl beth wnest ti!

Sadwrn y 12fed

Y tusw mwya o flodau wy wedi ei weld erioed yn cyrraedd y siop heddiw! Dweud y gwir, so'r gair 'tusw' yn cyfleu ei faint o gwbwl. 'Tusw' yn awgrymu rhwbeth brau fel sidan a bregus fel tseina (Barddonol iawn! Dylanwad datblygiad rhyfeddol o dan diwtoriaeth Gary Rhys). Blodau yma'n debycach i foncyff neu jyngl. Ie, jyngl o flodau!

Sioc Un: Mae'r blodau i mi! *Sioc Dau:* Mae'r blodau oddi wrth Simon Tucker!!

'*I Catrin Cariadus* (Rhaid cael gair 'da Simon Tucker am ddiffyg treiglo).

Why is it always u?
Mae'r tân yn dal i losgi,
Simon.'

Sioc Tri: Blodau yn gyffesiad wrth Simon am y lladrad a'r tân! Ar fin ffonio'r heddlu i riportio Simon. Wel, mae'r peth ar ddu a gwyn. Beth arall yw'r cyfeiriad 'na at 'dân' a 'llosgi'?

'Mae e'n dal i garu ti,' meddai Ler, pan ddaeth hi i'r siop i weld sut o'n i – ac i brynu RHAGOR o ddillad newydd!

'Ac os nagyw e'n dy garu di, mae e'n ffansïo ti fel peth gwyllt. Jest drycha ar yr *orchid* 'na. Ma' fe'n dishgwl jest fel bechingalw dyn.'

Sul yr 13eg

Marco yn ffrind da iawn heddiw (meddai fe). Gorfodi fi i fynd i weld y tŷ. Mae'n rhaid gwneud rhestr llawn o bopeth sy wedi ei ddwgyd (er mwyn yr heddlu) a'i ddifrodi (er mwyn y cwmni yswiriant).

'Ma 'da ti inshiwrans, on'd o's e?' gofynnodd fel petai e'n amau.

Ody'r dyn yn meddwl 'mod i'n ben gwellt go iawn?

'Wrth gwrs bo 'da fi inshiwrans. Tu fewn *a* tu

112

fas,' meddwn i fel chwip, i'w roi yn ei le. Roedd Wncwl Barry wedi gwneud yn siŵr o hynny trwy werthu pob polisi dan haul i mi – ac ennill cil-dwrn bach net iddo'i hun, dybiwn i.

Roedd y tŷ yn waeth na'r hyn ro'n i'n gofio . . . Ond, gwaeth na gweld fy mhethau'n ulw oedd yr oglau cryf . . .

Y lolfa oedd wedi cael y gwaetha, honno a fy stafell wely. Ro'n nhw wedi cynnau tân, ac yna'i ddiffodd, yn y ddwy stafell fyddwn i'n byw a bod ynddyn nhw.

'Ti'n meddwl bod rhywun 'di styrbo nhw,' gofynnais, a'm llygaid yn llenwi. 'Mae'n od mai dim ond dwy stafell sy wedi llosgi.'

'Gafodd y stafelloedd ddim eu dewis ar hap,' meddai Marco. 'Dyma'r ddwy stafell bwysica i ti. Trwy eu dinistrio nhw, maen nhw'n dy frifo di.'

Mynd nôl i dŷ Marco a gorwedd ar fy ngwely am amser hir. Ble gebyst ma' Angel-Dad?

Llun y 14eg

Ler yn hollol iawn (am unwaith). Mynd yn ôl i'r gwaith oedd y peth gorau wnes i. Wy'n rhoi fy egni i gyd i aildrefnu'r siop, llunio rhestrau o ddillad i'w harchebu a bod yn siriol wrth gwsmeriaid (gan gynnwys rhai hollol afresymol).

'So ti'n ca'l aros yn dy wely a phwdu fel 'nest di tro dwetha,' meddai Ler yn gadarn.

'Tro dwetha?' meddwn i.

'Adeg damwen dy dad. O't ti ddim yn codi o fore gwyn tan nos. Watsio teledu trw'r dydd. O't ti'n gwbwl gaeth i'r *Richard a Judy* 'na (Duw a'u bendithio).'

'Nag o'n ddim!' meddwn i.

'Cua dy gelwydd! O'n i'n meddwl ar un adeg byse'n rhaid i ni ga'l doctor i ddishgwl ar dy ben!'

Ler yn hollol *wrong* (fel arfer).

Doedd dim byd yn bod ar fy mhen. Fy nghalon oedd wedi torri.

Mawrth y 15fed

Cyffro mawr! Y wahadden wedi ffonio o'r Ganolfan Waith. Diddordeb mawr yn y swydd. Tri pherson wedi holi am fanylion!

Gwahadden yn ffacsio manylion y tri er mwyn i mi gael eu hastudio. Wedi trefnu eu cyf-weld nhw ddydd Gwener!

Mynd i fod yn brysur iawn rhwng nawr a dydd Gwener. Llawer i'w wneud – darllen manylion, llunio cwestiynau, dewis dillad cyf-weld addas ac ati . . .

Lwcus iawn bod Marco wedi apwyntio ei hun yn ddyn yswiriant Catrin Jones. Sdim amser 'da fi i ddelio gyda manion fel'na.

Mercher yr 16eg

Manylion yr ymgeiswyr o fy mlaen. (Ymgeiswyr! Mae e'n swnio'n bwysig iawn!)

Reit. Rhaid bod yn gwbwl broffesiynol a pheidio ffafrio neb oherwydd ffaeleddau yn y gorffennol, pwy yw eu rhieni, seis eu sgert (fel yn achos enwog Rhian Haf yn cael swydd PR cyn fi!).

Wedi gwneud rhestr o gwestiynau angenrheidiol.

''Dych chi'n smocio?' (A galla i gael un?! Hi, hi)

''Dych chi'n gallu cymryd ordyrs wrth ferched pert?' (Fel fi!!! Hwrê!)

''Dych chi'n gallu gwenu ar fore oer o wanwyn, pan mae cwsmer cwynfanllyd yn eich wyneb a'ch bos newydd ar ei mis mêl ym Mharis?'

Mmm. Cyf-weld staff newydd yn mynd i fod yn lot fawr o sbort.

Iau yr 17eg

Wel, mae e rhwng y sgert fach ddu a'r siaced biws neu'r siwt drywsus lwyd.

'Y siwt lwyd,' meddai Ler.

'Ond, so ti'n meddwl bod y sgert ddu'n gwneud fy nghoese i i ddishgwl yn hir?'

'Na. Maen nhw'n gwneud i dy ben-ôl di ddishgwl yn fawr.'

Fy hun, wy o'r farn ei bod hi'n ddyletswydd ar ffrindiau i gau eu hen gegau mawr sarhaus er mwyn arbed teimladau'r unigolyn – hyd yn oed os yw ei phen-ôl hi'n edrych yn fawr mewn sgert.

Dim ots am y sgert na'r pen-ôl. Wy am fod yn berson hynod bwysig a phroffesiynol iawn fory yn penodi fy staff fy hun i fy musnes fy hun. Fydd Ler namyn *rep*!

Gwener y 18fed

Swp sâl.

Hefyd, croen fy nhin ar fy nhalcen. Yn fy absenoldeb, Marco a Ler wedi ymestyn eu hamseroedd cinio a phenodi eu hunain yn gyfwelwyr staff. *Pants*!

Llun yr 21ain

Staff newydd yn dechrau heddiw. Nodyn i beidio â galw staff newydd yn 'staff' o'i blaen. Mae gan 'staff' enw, sef Julie.

Mae'n bosib 'mod i wedi dechrau ar y goes anghywir 'da staff, nage Julie.

Sut o'n i fod i wbod mai'r sguthan denau 'na oedd Julie?

'Ga i'ch helpu chi?' meddwn i'n ffroenuchel. Wel, roedd hi'n fore Llun ac roedd 'Julie'n' hwyr. Gweud y gwir ro'n i mor brysur yn edrych mas trwy'r ffenest ac yn mynd yn fwy crac bob munud, gym'rais i'm llawer o sylw ohoni.

'Dw i wrth fy modd gyda'r dillad 'ma,' meddai'n graflyd. Ro'n i'n meddwl ei bod hi'n cwrso gostyngiad.

'Sdim lot yn eich seis chi,' meddwn i'n edrych arni fel petai'n faw. 'Gallech chi dreial Byd y Babi ar y Stryd Fowr.'

'O, nage! Nid siopa ydw i. Fi yw Julie,' meddai hi.

Byddwn wedi fy mrifo llai gan ergyd bonclust.

Hi yw fy hunlle wedi ei gwireddu:

Mae'n denau – fel rhaca;

Mae ganddi fop o wallt cyrls, melyn, trwchus – a dim sôn am flew du ar ei choryn;

Mae ganddi ddannedd mawr gwyn – a bronnau mwy fyth;

Mae'n edrych yn ffan-blydi-tastig ym mhob peth mae'n wisgo;

Wy'n casáu Ler a Marco am ei phenodi. Yn wyneb yr anfadwaith hyn, mae'n amlwg eu bod nhw'n fy nghasáu innau.

Mawrth yr 22ain

Wy'n casáu Barbie. Nid oherwydd ei bod hi'n deneuach, yn bertach ac yn fwy bronnog na fi, ond oherwydd bydd yn rhaid i mi egluro pob-peth-bach iddi mewn iaith plentyn bach.

'Mae fe'n dishgwl fel jobyn rhwydd, ond dyw e ddim,' meddwn i'n treial egluro i'r Flonden mor bwysig yw'r gwaith. 'Bydd gofyn i ti nabod y stoc fel cefn dy law, dwyn perswâd ar gwsmeried i brynu ond heb fod yn rhy ymwthgar – *pushy*, ti'n dyall?'

'Deall yn iawn,' meddai hi yn y ffordd fach bryfoclyd 'na sy ganddi o 'ddeall' pob peth wy'n ei ddweud.

' . . . ac wedyn ma'r til . . .'

Do'n i ddim yn edrych mlaen at esbonio technoleg y til. Ond trwy lwc, roedd hi wedi gweithio yn Kwiks yn y dre ac yn deall y til i'r dim.

'Beth am gardie credyd?' meddwn i'n ei phrofi.

'Dim problem,' meddai hi.

117

Mae gan Julie ddau hoff ddywediad – 'Wy'n deall' a 'dim problem'. Yyyyy! Dau ddiwrnod ac mae'n dân ar fy nghroen.

Iau y 24ain

C'wilydd arnaf. Wy'n euog o'r drosedd waetha yn erbyn y rhyw deg. Wy'n euog o brynu ceffyl wrth ei big.

'Beth ti'n feddwl o Julie?' gofynnais i Marco. Roedd ei drwyn mewn pentwr o gatalogs a chyfrifiannell, yn treial cyfrif faint oedd ei angen wrth y cwmni yswiriant. Er syndod i mi, fe gododd ei big yn syth.

'Mae'n fenyw hyyyfryd iawn,' meddai gan fy mhrocio i'n syth.

Roedd ganddo ddiddordeb yn y sgwrs 'ma, ond yffach o ddiddordeb mewn trafod ai llwyd yw'r du newydd bum munud yn ôl!

'Ody ddi?' meddwn i. Ro'n i'n falch bod y tri diwrnod o hyfforddiant ar ben ac na fyddai'n rhaid i mi ei gweld tan wythnos nesa.

'O, yydy,' meddai Marco'n goch hyd ei glustiau. 'Sa i 'di cwrdd â neeeb fel hiii.'

'Pam, felly?' meddwn i. Roedd mwg yn codi o 'nghlustiau.

'Wel, mae gaaanddi radd mewn Athroniaeth o Rydychen ac addewid flwyddyn neeesa i wneud ymchwil uwch i "paaam ry'n ni'n gofyn pam?". Eleeeni mae wedi cymryd blwyddyn mas i gyyynilo a dringo ar hyd copaaaon yr Andes. Sdim ots 'da ddi beeeeth mae'n gorfod neud i ennill yr aaarian

118

'na – gweithio ar y til yn Kwiks neu rhyw rhacs o siop ddillad yn dre i ryw aaast o fos . . .'

Ro'n i ar fin neidio ar Marco Rhydderch a'i ddyrnu i dragwyddoldeb . . . pan weles i'r wên yn lledu o'i geg i'w lygaid direidus.

''Na ni. Ti'n gwbod hyn i gyd yn barod, wrth gwrs. Fel unrhyw fos cyfrifol rwyt ti wedi darllen ei CV.'

'Wrth gwrs,' meddwn i gan lwyddo i'w dwyllo'n llwyr. Ond, gesiwch chi byth beth. Do'n i ddim!

Gwers bwysig heddiw. Jest achos bod menyw'n Flonden so fe'n meddwl ei bod hi ffaelu bod yn Athronydd 'fyd. A jest achos bod menyw'n Athronydd, so fe'n meddwl ei bod hi ddim yn Flond.

Sadwrn y 26ain

Potel o siampên yn cyrraedd y swyddfa. Moët nawr, nage rhyw Asti siep.

Y Moët wrth Simon Tucker!

'I'r ferch sy'n rhoi bubbles yn fy mywyd diflas,
Dw i ar dân without u,
Simon X.'

Mae'n un peth rhoi blodau yn y bin, ond siampên . . .?

Yfed y Moët – a dwy fotel o win rhad – yn nhŷ Ler (sy'n rhydd, am unwaith).

Ar ôl siampên a gwin rhad, Ler yn troi'n Sherlock Holmes.

'Pwy wyt ti'n meddwl 'nath e, 'te?'

''Nath beth?'

Ro'n i'n canolbwyntio ar baentio farnis ar fys bach fy nhroed. Tipyn o gamp ar ôl dau wydraid o siampên.

'Y tân, twpsyn!'

'Sa i'n gwbod a sa i'n becso chwaith. Dim ond bod nhw'n dala fe neu hi a'i chwipio i farwoleth, fydda i'n hapus.'

'Iesu. Ti 'di mynd yn hen beth caled. Watsia dy hun. Fyddi di jest fel dy fam.'

Stopiodd hynny fi'n stond. Yn amlwg, roedd rhaid chwarae'r gêm neu ddiodde Ler yn fy sarhau.

'So pwy bynnag 'nath 'na'n gall,' meddwn i. 'Un ai maen nhw wallgo neu ar gyffurie.'

'Ti'n gwbod beth wy'n feddwl,' meddai Ler. 'Wy'n credu mai ar y *Journal* o'dd y bai.'

Y *Journal*? Un ai roedd Ler yn wallgo neu ar gyffuriau.

'Gyhoeddon nhw'r holl stwff na, ondofe, ambytu'r holl arian na gest di 'da dy dad a mor gyfoethog wyt ti nawr. O'dd rhywun siŵr o fod 'di darllen hwnna a meddwl, ddysga i wers i'r groten fach 'na.'

Ond nid stori dditectif yw 'mywyd i – er gwaetha ymdrechion Ler. Felly, sa i'n credu ddown ni fyth i wbod pwy racsodd y tŷ. Yn anffodus, does dim atebion syml i fywyd. Fe dorrodd lladron mewn i dŷ Mam hefyd a ffeindion ni fyth mas pwy ddwgodd ei cheiliog antîc hi.

Llun yr 28ain

9.00am. Gŵyl y banc. Julie'n gweithio yn y siop heddiw. Diwrnod bant i fi. Wehei!

7.00pm. Marco yn fy hel i draw i'r tŷ – gerfydd fy nghlust rhaid cyfadde. Roedd wedi fy ngorfodi i bacio Jiff, Brillo Pads a Marigolds mewn powlen golchi llestri er mwyn rhoi trefn ar fy nghartre. Roedd e'n hollol fyddar i fy nghŵyn, 'So fe'n deg! Mae fod yn ddiwrnod bant heddiw. Diwrnod o seibiant ar ôl wthnos brysur,' meddwn i.

'Caws caaaled,' meddai e. 'Tiii 'di gadel yr annibendod 'na'n rhy hiiir yn baaarod.'

'Ond sa i'n ca'l lot o amser bant achos y busnes.'

''Na beth yw bod yn hunangyflogeeedig. Dim amser baaant. Byth.'

'Ych a fi,' meddwn i'n sgrwnshian fy nhrwyn fel cwningen. Ro'n i yn y tŷ erbyn hyn. 'So'r ogle mwg 'ma'n gwella dim.'

'Sori,' meddai llais.

Ymddangosodd Mam o'r lolfa, tu ôl i fêl o fwg.

'Jest ca'l un mwgyn bach, gan 'yn bod ni 'di cwpla.'

Roedd Mam wedi bod wrthi trwy'r dydd yn sgwrio a chymoni. Roedd hyd yn oed Mam-gu wedi helpu (er, yn ôl Mam, wedi treulio'r rhan fwya o'r dydd yn twrio a phigo pethe oddi ar y llawr a gofyn, 'beth ti'n feddwl yw hwn?'). Ro'n nhw wedi gweithio'n galed, chwarae teg. Ond roedd staeniau mwg ar y waliau o hyd ac roedd fy nghartre i weld yn wag. Clapiais y dagrau o fy llygaid ond ro'n nhw'n dal i lychu fy ngwefus gyda'u cusanau hallt.

'O'n i'n gwbod gallet ti ddim wynebu gweld dy bethe bach di 'di mynd,' meddai Mam yn dangos rhwbeth tebyg iawn i gydymdeimlad.

'Dim ond pethe y'n nhw, Caaats. Gei di beeethe 'to,' meddai Marco.

Ar fy ffordd mas nawr. Mam wedi ein gwahodd ni gyd – gan gynnwys Marco – draw i swper. Gobeithio ei bod wedi gwneud pwdin syrpreis. Diwrnod gorau'n y byd.

7.30pm. Diwrnod gwaetha'n y byd. Nid y pwdin oedd yr unig syrpreis. Roedd gan Mam syrpreis dipyn mwy na hynny i ni.

Sylwais i'n syth bod 'na rwbeth yn wahanol am ffrynt y tŷ. Rhwbeth oedd ddim yn ei le neu rhwbeth yn newydd i'r lle . . . Yna. Rhewodd fy nghalon. Roedd yna glamp o arwydd mawr yn sefyll yn falch fel fflag. Ar yr arwydd, roedd y geiriau 'Ar Werth'!

Mae Mam yn gwerthu fy mhlentyndod a'm llencyndod cyfan, a doedd ganddi ddim hyd yn oed y cwrteisi i ddweud wrtha i.

MEHEFIN
Syrpreis

Gwener y 1af

Angel-Dad wedi cael y sac!

Nodyn: does dim pwynt iddo feddwl mynd â fi i dribiwnlys, mae gen i achos cadarn fel carreg.

Tystiolaeth. Bydde unrhyw angel gwarcheidiol gwerth ei halen wedi fy nghelu rhag:

Un: Lladron a thân.

Dau: Fy mam yn gwerthu'r cartre teuluol (a thrwy hynny, fy mywyd cyfan o oed dot i ddeunaw).

Sadwrn yr 2il

Cwestiwn: sut mae Mam yn llwyddo i wneud i mi deimlo'n euog pan mae'n hollol amlwg i'r byd a'r betws mai *hi* sy'n *wrong*?!

'Sa i moyn swno'n od . . .' meddai'n ymestyn ei gwddw fel alarch annifyr. Ro'n i newydd ofyn y cwestiwn mawr – pam yn y byd mae'n gwerthu'r tŷ?

'Ond, pa fusnes yw e i ti?' meddai'n hy.

Pa fusnes?! Pa fusnes?!!!

'Dyma 'nghartre i!' meddwn i.

'Ond, cariad, so ti'n byw 'ma. Wyt ti?'

Mae'r fenyw'n hollol afresymol! Ac roedd y ffordd roedd hi'n fy ngalw i'n cariad bob munud yn fy ngwneud i'n amheus iawn.

'Beth se rhwbeth yn digwydd? Rhyw greisis. Ble se dishgwl i fi fynd?'

'Wel, cariad. Ma' creisis wedi digwydd ac o'dd well 'da ti fynd at gymydog rwyt ti prin yn 'i nabod na dod gatre at dy deulu.'

Roedd hi'n hollti blew nawr.

'Ma'r tŷ ma'n rhy fowr i un,' meddai'n gwenu. 'Sa i'n gweld 'yn hunan yn ailbriodi, fyth, wedyn 'se well 'da fi gael rhwbeth llai, haws i'w drin. Sa i'n mynd dim iengach, nagw i.'

'Ble ti'n meddwl mynd, 'te?' meddwn i'n ddidaro, yn ei dychmygu hi mewn byngalo newydd sbon lawr yr heol.

'Wel sa i'n siŵr, to,' meddai. 'Ond maen nhw'n gweud bod Tenerife yn neis.'

'Tenerife ger Caerfyrddin?' meddwn i'n gobeithio bod 'na bentre bach, bach rhywle ym mherfeddion cefen gwlad.

'Wel, nage, bach. Tenerife, yn Ynysoedd y *Canaries*.'

'So ti'n ca'l!' meddwn i, y rhiant wrth y plentyn.

'Pam? Sdim byd i rwystro fi nawr,' meddai heb edrych arna i.

Doedd gen i mo'r egni i ddweud bod yna un rhwystr mawr yn ei ffordd. A'r rhwystr hwnnw yw fi.

Sul y 3ydd

Dychmygu fy hun mewn achos llys. Eto (oherwydd ro'n ni o fewn dim i achos llys pan oedd Mam yn herio ewyllys Dad).

Yr achos: Brenda Jones v Catrin Jones
Y pwnc: Gwerthu'r cartre teuluol

Y dadleuon:

Yn erbyn:

>Golygu gwerthu fy nghartre.

>Golygu gwerthu cartre Dad. Atgofion yw'r oll sy 'da fi ar ôl.

>Beth petai Mam yn cyfarfod ag un o'r brodorion a phriodi?! (Mwya c'wilydd)

>Beth fydd Mam-gu a'r Parch yn ei ddweud? (Heb sôn am Wncwl Barry)

>Wy 'di colli un rhiant yn barod!

>Beth fydda i'n wneud heb Mami?!

O blaid:

>Lliw haul i Mam.

>Lle rhad am wyliau i fi.

>Llonydd i Mam – rhag y gorffennol.

>Llonydd i fi – neb i ddweud y drefn (pam wy mor eiddgar, mwya sydyn, am rywun i ddweud y drefn?).

Sgôr: Yn erbyn – chwech. O blaid – pedwar.

Canlyniad: Buddugoliaeth i fi! Rhaid i Mam aros man lle ag y mae.

Llun y 4ydd

Dal methu cael gafael ar Ler. Ble mae 'ddi a hithau'n greisis arna i?! . . . Eto.

Mawrth y 5ed

'Rydwyt ti yn gwneud hi'n dda,' meddai Pelydren wrtha i bore 'ma. Ro'n i fel y gŵr drwg ac yn gobeithio'n fawr nad oedd hi am aros yn hir. Doedd hi ddim yr hysbyseb orau i'r siop mewn sarong *tie-dye* a fflip-fflops.

'Odw i?' meddwn i, gan anghofio am ennyd 'mod i'n fenyw fusnes lwyddiannus iawn.

'Mae gen ti bobol yn gweithio i ti,' meddai gan lygadu Julie'n amheus.

'Wel, mae'n rhaid i fi ga'l hoe weithie,' atebais i.

'Rwyt ti'n lwcus iawn,' meddai. 'Mae e'n flwyddyn cyntaf y siop. Dw i ddim yn fforddio pobol.'

Lwcus? So 'ddi'n gwbod ei geni! Nid yn unig mae Julie yn bertach a theneuach na fi, mae hi hefyd yn fwy peniog na fi.

'Pam 'ti'n meddwl ni 'ma?' gofynnodd Julie dros ei phaned deg.

Ro'n i'n meddwl am ginio. Baguette drwg (mil calori) neu afal ac oren da (ond diflas).

'Ma'n rhaid gweitho i fyw. Costau byw uchel,' meddwn i'n eitha balch bod fy mys ar byls yr economi.

'Meddwl o'n i am ein bodolaeth. Pam y'n ni'n bod? Beth yw ein pwrpas? Ble fyddwn ni'n mynd?'

'Wel, bydd rhai 'non ni'n angylion, mae'n siŵr, a phobol erill yn ddim,' meddwn i'n dal fy nhir. Jest. Ro'n i'n gobeithio y bydde'n newid y gân cyn i mi wneud sioe o fy hun.

'Ond, onid ydym ni mewn gwirionedd eisoes yn ddim, yn gaeth i hapchwarae'r planedau?'

Atebais i ddim, jest cymryd arna i 'mod i'n meddwl o ddifri am y pwnc ac nac ydw i y math o berson i roi ateb rhwydd heb ymresymu'n llawn.

Go iawn, wy wedi dod i'r canlyniad bod Julie'n meddwl gormod am bethau mawr y byd. Mae golwg boenus iawn arni pan mae'n meddwl a gwell, yn fy marn i, yw peidio meddwl a bod yn ddi-boen.

Mercher y 6ed

Post diddorol iawn bore 'ma: cylchgrawn *Alodis* (*for self-employed professionals*, wyddoch chi); bil ffôn coch (wps); catalog Diesel a pharsel mawr, meddal.

Yn y parsel mawr, meddal roedd arth fawr, felen gyda chalon binc ar ei brest. Pan ry'ch chi'n gwasgu'r galon mae'r arth yn dweud, '*I love you*'. Perchennog newydd yr arth yn dweud, 'Ych a fi Simon Tucker. Mae dy anrheg ramantus di'n fy ngwneud i'n swp sâl. Os oeddet ti'n fy ngharu i gymaint, pam gythrel wnest di 'ngadael i am hoeden ifanc?'

11.05pm. Wedi mynd â'r arth i Oxfam. Gobeithio'n fawr y byddan nhw'n ei rhoi yn y ffenest ac y bydd Simon 'Y Cwrcath' Tucker yn ei gweld.

Iau y 7fed

Ben bore, Anti Helen yn stompio mewn fel hwch yn mynd trwy siop.

'Cariad! Ofnadw, ofnadw. Newyddion ofnadw!' meddai gan siglo'r gawod annhymhorol o'i phen cyrls.

Wy'n cyfadde. Ges i fraw, 'Beth sy 'di digwydd nawr?' meddwn i.

'Dim, dim. Dim byd ond dy fam. Yn gwerthu'r tŷ!'

Doedd Anti Helen ddim yn teimlo'r sarhad drosta i, ond drosti ei hun. Roedd y ffaith bod Mam yn ystyried symud o berffaith fyd Pont-dawel yn ergyd bersonol.

'Sut – wyt – ti?' meddai'n pwysleisio pob gair, yn drwm dan gydymdeimlad.

'Sa i'n gwbod beth i neud,' meddwn i mewn sioc. Ro'n i'n meddwl am Mam ac Wncwl Barry ac ro'n i'n cochi hyd fôn fy nghlustiau.

'Weda i'n gwmws beth ddylet ti neud!' meddai Anti Helen yn chwyrn. 'Dim byd. Sdim isie i ti neud dim byd. *Allith* hi ddim gwerthu'r tŷ 'na. Dim heb dy ganiatâd di!'

Nodiodd ei phen mewn ystum 'ddangoswn ni iddi hi!'

'Wy 'di treial gweud 'nny,' meddwn i'n cam-ddeall. 'So 'ddi'n becso dam mai dyna 'nghartre i.'

'Cartre? Ma' fe'n fwy na dy gartre di, Catrin Helen. Wyt ti *berchen* y tŷ 'na! Wel, ei hanner e, ta beth.'

Do'n i'n cofio dim! Ond, mae Anti Helen yn llygad ei lle. Yn ei ewyllys, fe adawodd Dad ei hanner e o'r tŷ i mi. (Er mawr siom a rhwystredigaeth i Mam.) Yn ôl y gyfraith, gall Mam ddim gwerthu rhwbeth sy ddim yn eiddo cyfan iddi hi heb ganiatâd y cyd-berchennog. Dyna wedodd Anti Helen, ta beth, ac mae'n awgrymu 'mod i'n gofyn cyngor Wncwl Barry.

Sa i'n siŵr pam mae Anti Helen mor bles â'i hun:
1. . . . am ei bod hi'n fy helpu i?
2. . . . am ei bod hi'n stopio Mam rhag symud o'r pentre does neb yn ei adael?
3. . . . (Fy ffefryn i) am ei bod wedi gweld cyfle i wthio cyllell rhwng Mam ac Wncwl Barry?

Gwener yr 8fed

Os yw dyn yn gallu bod yn anffyddlon i'w wraig, sdim tryst arno fe o gwbwl. Ffwl-stop. Atalnod llawn.

Dyna pam mai'r person dwetha fyddwn i'n gofyn ei farn am ddim fyddai'r Wncwl Barry dauwynebog 'na.

Ond, roedd rhaid i mi gael cyngor gan rywun. Rhywun sy hefyd yn oedolyn. (Er bod Ler a finnau'n 25 oed, wy dal yn meddwl amdanon ni fel pobol ifanc.)

Tydw i byth yn dysgu 'ngwers, gwedwch . . .

'Gaiff hi ddim!' meddai Mam-gu fel tarw gwyllt.

'Sdim hawl 'da hi!' meddai'r Parch yn goch fel bitrwtsen.

Roedd y ddau, mae'n debyg, ishws wedi dweud eu barn yn blaen wrth Mam ar y mater.

'Dyna gartre'r teulu,' meddai'r Parch. 'Y fangre sanctaidd.'

Wrth 'teulu' ro'n i'n gwbod ei fod e'n golygu 'Dad' a gwelais Mam-gu'n sychu deigryn gyda chornel ei ffedog.

'Peidwch ypseto,' meddwn i, fy llygaid innau'n llenwi. 'Gall Mam ddim gwerthu'r tŷ heb fy nghaniatâd i.'

129

''Na gall. Ond so 'na'n mynd i stopo honna!' meddai Mam-gu'n cytuno ac yna'n anghytuno'n syth bin.

'Ody, Mam-gu. Fi pia hanner y tŷ 'na. Fydd angen fy nghaniatâd *i* arni i werthu.'

''Na ni. Wedes i,' meddai Mam-gu'n bendant wrth y Parch.

Roedd yn amlwg o wyneb syfrdan y Parch nad oedd hi wedi dweud y fath beth.

'Ond os yw hi wirioneddol moyn gwerthu, pam ddylen i stopo 'ddi?' meddwn i'n dod at fyrdwn fy neges y prynhawn 'ma.

'Pam?!' meddai Mam-gu'n chwerthin yn sarhaus, ond heb gynnig ateb i'w chwestiwn ei hun.

'Pwy hawl s'da fi – os mai 'na beth mae'n moyn?'

'Ma' dyletswydd 'not ti i ddiogelu'r winllan i'r oes a ddêl,' meddai'r Parch.

''Na gyd sy 'da ni ar ôl o' fe,' meddai Mam-gu, y dagrau'n cwympo'n fân ac yn fuan gan greu rhych gwelw ar hyd y *blusher* pinc.

Sadwrn y 9fed

Wy rhwng craig a lle diffaith.

Os bydda i'n troi un ffordd, bydda i'n ypsetio Mam. Troi'r ffordd arall a bydda i'n ypsetio'r Parch a Mam-gu.

Os wy'n gwerthu, wy'n ennill dros gan mil o bunnoedd ond yn colli Mam.

Beth gythgam wy'n mynd i'w neud?!

Mercher y 13eg

'Wy 'di bod yn meddwl ffono ti,' meddai Mam, pan agorodd hi'r drws a 'ngweld i'n sefyll ar y rhiniog. Roedd hi'n amlwg yn barod i siarad, felly, ac roedd hynny'n rhyddhad.

Rhodd y tegell i ferwi. Wnes i'r baned, tra bod Mam yn gorffen ei sigarét.

'Wyt ti 'di clywed rhwbeth wrth yr heddlu? Wy 'di bod yn becso.'

'Heddlu?' ofynnais i.

'Am y lladrad. Ble ma' dy feddwl di, Catrin Helen?'

Ar bethau pwysicach, meddyliais.

'Ar y'ch tŷ chi. Yr un â'r sein "ar werth" tu fas.'

'O, hwnna.'

Ie, 'o hwnna'. Y peth nad oedd, mae'n debyg, hanner mor ddiddorol â'r ail sigarét 'na roedd newydd ei thanio.

'Fuodd rhywun i weld e ddo',' meddai Mam yn sionc.

'Gobeitho nag o'n nhw'n lico fe, 'te.'

Saethodd y geiriau mas o 'ngheg i, cyn i mi sylweddoli beth o'n i newydd ei ddweud.

'O'n, gweud y gwir. Ond 'na ni, 'sen i ddim yn gwerthu iddyn nhw . . .' Distawodd ei llais a chrychu ei thrwyn. 'Saeson,' sibrydodd.

Dyna un cysur, o leia. Adeiladodd Mam a Dad y tŷ eu hunain flynyddoedd maith yn ôl, am nesa peth i ddim. Nawr, ma' Mam yn gofyn chwarter miliwn am y palas bach. Pwy Gymry Cymraeg ffor' hyn sy'n gallu fforddio'r ffasiwn grocbris?

Sadwrn yr 16eg

Marco wedi gwneud swper i ni'n dau oherwydd fy mod i'n gweithio ac yntau adre'n jolihoetan trwy'r dydd.

Rhaid cyfadde bod Marco bach yn secsist (dylanwad Eidalaidd, weden i). Mae'n disgwyl i mi baratoi swper bob dydd arall! Cyfaddefiad dau, ni fyddai'n cael getawê gyda hyn oni bai bod y dyn secsist hefyd yn secsi iawn – ac yn rhoi to dros fy mhen.

'Sut fyse tiii'n teimlo, 'se ti'n wirioneddol eeeisiau neud rhwbeth a dy faaam yn dy stopo,' meddai Marco. Roedd ganddo sblas o *bolognese* ar ei ên ac ro'n i'n treial penderfynu ai dweud wrtho neu beido.

''Sen i'n tampan! Ma' 'da fi hawl i fyw 'mywyd,' meddwn i'n teimlo 'ngwaed yn berwi jest meddwl am y peth.

'A so ti'n meeeeddwl bo 'da dy faaam yr un hawl i fyw ei bywyd hiii?'

'Wel, o's . . .'

'Dim ond ei bod hi'n neeeud beth wyt ti moyn, iiife?'

'Wel, nage . . .'

'Dim ond bod e'n siwto tiii?'

Roedd e'n dweud yr union bethau ro'n i wedi bod yn eu meddwl. Yr union bethau doedd gen i ddim y dewrder i'w dweud wrth y Parch a Mam-gu.

'Ma' atgofion yn weeerthfawr. Ond 'na gyd y'n nhw. Cig a gwaaaed yw'r pethe pwysiiica.'

Edrychais i fyw y ddau löyn disglair ac fe 'nhrawyd i, ro'n i'n falch ein bod ni heb gysgu

132

gyda'n gilydd, wedi'r cwbwl. Ry'n ni'n fwy fel brawd a chwaer na dau gariad.

Sul yr 17eg

'Wy'n priodi,' meddai Ler.

Ro'n ni yn yr hen *Wine Bar* (bellach yn Wetherspoons, ond ry'n ni'n dal i'w alw'n *Wine Bar*, er traddodiad).

Ro'n i'n meddwl mai jôc oedd e ac y bydde hi wedyn yn dweud, 'Priodi . . . byth! Ha, ha!' a fydden ni'n dwy'n chwerthin nes ein bod ni'n swp sâl, fel ro'n ni arfer gwneud am ben unrhyw un oedd yn priodi ac felly'n drist iawn.

Ond doedd Ler ddim yn chwerthin. Roedd hi'n hollol o ddifrif.

'Pwy?' meddwn i, ddim yn gwbod beth i'w ddweud.

'Pwy ti'n feddwl?' meddai Ler yn ddiamynedd. Mae'n siŵr ei bod hi'n dishgwl i mi weiddi a sgrechian mewn llawenydd yn lle crychu fy nhalcen mewn dryswch llwyr.

'Sa i'n gwbod,' meddwn i.

Falle mai'r siampên oedd ar fai. Roedd Ler 'di mynnu prynu siampên a'i yfed pob diferyn cyn torri'r newyddion ein bod ni'n dathlu.

'So ti'n mynd mas 'da neb,' meddwn i'n sicr.

'Nagw i?' meddai Ler.

'Wel, na. O't ti'n mynd mas 'da'r cythrel Llywelyn Owen 'na. Ond wedyn welest di fe'n lapswchan 'da rhyw fam-gu dwyweth 'i oedran a gwplest di 'da fe yn y man a'r lle.'

'Wel, falle bo fi 'di bod yn fyrbwyll.'

'Ti rio'd 'di madde iddo fe?!' meddwn i'n syfrdan. Agorodd fy ngheg fel ogof.

'Dishgwl fel'nny, ondyw e,' meddai'n tynnu clamp o ddiemwnt o'i phoced a'i rhoi am ei bys.

'Wy moyn i ti fod yn Brif Forwyn,' meddai.

Grêt. Diolch. Am anrhydedd! Dyna beth allwn i . . . *ddylwn* i 'di gweud. Ond, dyma wedes i,

'So ti'n dishgwl wyt ti?'

'Caa-ts! Ma' 'da fi bach o sens . . .'

'O's e? Sa i'n credu. Ne fyddet ti'm newydd cytuno i briodi cwrci diegwyddor!'

Bosib bod Ler yn ailystyried fy statws fel Prif Forwyn oherwydd diffyg brwdfrydedd tost. Gweud y gwir, sa i'n becso taten. Wy'n falch o fy hun. Fel ffrind, roedd hi'n ddyletswydd arna i i leisio fy marn. Ac, os yw Ler bellach yn llefain yn y tŷ bach oherwydd beth wedes i, bydd e'n gysur iddi wbod 'mod i wedi siarad er ei lles hi.

Llun y 18fed

Methu wynebu'r siop. Ffonio Julie a gofyn iddi weithio yn fy lle. Cynnig pae dwbwl am ddod i'r adwy ar y funud ola.

Wy'n tampan! Nage gyda Ler am briodi, ond 'da fi fy hun am adael i'r ffaith ei bod hi'n priodi gael y fath effaith arna i. Ddylwn i fod yn falch drosti, nage'n llyfu 'mriwiau'n llawn hunandosturi.

Wedi cael fy mradychu (eto). Pwy ond y ddwy ohonon ni oedd yn sefyll yn y bwlch yn erbyn pob menyw arall yn ein dosbarth yn yr ysgol? (ar wahân i Helen hen ferch a Lisi'r lesbian) sy'n hapus briod neu mewn perthynas hir debyg i briodas?

Bydd rhaid i fi sefyll ar ben fy hun fel Y Fenyw Sengl. Diolch byth am y siop. O leia wy'n Fenyw Sengl Gyda Busnes Llwyddiannus ac felly'n Fenyw Sengl Rhy Brysur i olchi crysau a chaethweisio fy hun i ddyn!

Fydd hyn yn fêl ar fysedd Mam. Heb sôn am Mam-gu a'r Parch . . .

10.30am. Meddwl am godi. Teimlo can mil gwell. Newydd wylio *Trisha*. *Janine from Torquay* yn beichio crio o flaen y genedl oherwydd fod ei gŵr o dri mis wedi ei gadael. Ha! Ddigwyddith hynny fyth i mi. Wel, sdim gŵr 'da fi, nag o's e?

2.05pm. Marco'n dod nôl amser cinio a fy nal yn gwylio teli yn fy mhyjamas. Wedi llwyddo i godi – at y soffa – ond heb gael y nerth i wisgo. Un dydd ar y tro, fel y dywed 'rhen Treb. Marco (gyda'i wreiddiau Eidalaidd) yn deall dim am Treb a fi.

Marco'n tampan!

'Beth DDIAWL wyt ti'n neud?!'

Dim gronyn o gydymdeimlad am fy mhoenau lu. Gwaeth fyth ffaelu cyfadde fy mhoen oherwydd 'mod i'n Fenyw Sengl Annibynnol (gweler uchod). Rhaid meddwl yn glou. Chwarae'n saff. Beio'r cyfan ar Mam.

'Wy'n swp sâl, Marco! Ma' Mam yn gwerthu 'nghartre i a wy'n teimlo fel marw!' Ro'n i'n ddramatig iawn. 'Ma'r ffaith y gallen i stopo 'ddi'n stond ond yn neud pethe'n wa'th.'

Trwy lwc, Marco wrth ei fodd fel tywysog yn amddiffyn y dywysoges fach.

'Beth ti'n feeeddwl, "stopo ddi"?,' meddai e'n syn.

'Wel, fi sy pia hanner y tŷ, ondefe? 'Na beth o'dd yn ewyllys Dad. Mae'n rhaid iddi gael fy nghaniatâd i i werthu'r tŷ. Fysen i lot gwell fy myd – yn ariannol. Ma'r tŷ'n werth rhyw ddou gan mil.'

Marco'n rhoi ei fraich amdana i a fy nghwtsho'n gynnes. Hyd yn oed mynd mor bell â phlannu cusan wlyb ar fy nhalcen. Brawdol iawn. Wedi anghofio pob dim am ryddid Mam fel unigolyn yn unol â'r hyn wedodd e nos Sadwrn. Sgwn i beth wnaeth iddo newid ei feddwl?

Mercher yr 20fed

Mewn hwyliau drwg fel Satan yng nghanol cawod oer yn uffern. Penderfynu mynd draw at Mam ar ôl cau'r siop a rhoi pryd o dafod iddi.

Newyddion gwael. Cyrraedd yr un pryd â chwpwl o gyfryngis o Gaerdydd. Mam wedi gwahardd y di-Gymraeg rhag gweld y tŷ (a gwastraffu ei hamser oherwydd ei daliadau cenedlaetholgar). Lwc i mi alw. Cyfryngis o ddifrif am symud o'r ddinas fawr. Am droi eu cefnau ar borfeydd breision bywyd trefol a mwynhau bywyd syml o ansawdd da.

(Wrth gwrs, dim ond cyfryngis sy wedi mwynhau'r porfeydd breision gynta sy'n gallu *fforddio'r* bywyd syml.)

Gwaeth fyth, ro'n nhw 'di gwirioni â'r tŷ. Wrth eu bodd o ddeall bod y swyddfa bost henffasiwn yn

136

dal i fodoli (er, bellach yn gornel o Spar) ac felly bod 'na ddim cyfleusterau siopa call yma. Rhaid bod llygredd y ddinas hefyd wedi effeithio ar eu 'mennydd.

'Fe fyddwn ni'n cysylltu â'r asiantaeth dai yfory,' meddai Fe yn ei Gymraeg gorau, rhag ofn i ni bobol syml amau ei swpremiaeth ieithyddol drostom.

Gwaeth byth, byth. Er eu bod nhw wedi gwirioni ar y tŷ, sdim syniad 'da fi pam. Roedd ganddyn nhw gynlluniau i newid POB blincin PETH a rhacso'r nyth yn llwyr!

Edrychodd Mam arno Fe a Hi a nodio'i phen fel petaen nhw'n deall ei gilydd i'r dim. Roedd rhaid gwneud rhwbeth.

'So ni'n siŵr odyn ni'n gwerthu 'to,' meddwn i.

Trodd llygaid Mam yn ddau golsyn caled.

Roedd E wedi camddeall. Doedd E'n deall dim ond arian. Wedi gweithio yn y cyfryngau'n rhy hir, mae'n rhaid.

'Fe wnawn ni gynnig teg. Ond, os ydych chi am drafod y pris fe allwn wneud hynny ar bob cyfrif,' meddai cyn i Mam gael cyfle i sbyddu'r wermod ro'n i'n ei ddisgwyl o'i cheg.

'Nage'r pris sy'n poeni ni,' meddwn i'n cael nerth o rywle.

'Ma'r tŷ ar werth,' meddai Mam. 'Ond ma' lot o ddiddordeb 'di bod. Ffoniwch â'ch cynnig ar frys.'

' . . . os bydd y tŷ ar y farchnad,' meddwn i.

'Edrychwn ymlaen i glywed 'thoch chi,' meddai Mam

Roedd y mwg du o *exhaust* y Jag *E-type* yn dal i gordeddu fel newyddion drwg pan drodd Mam ata i,

'Wel, wel, wel. Da iawn ti. On'd wyt ti'n fenyw fusnes fach dda, yn hwpo lan y pris,' meddai'n camddeall yn llwyr. Wedais i hynny'n blwmp ac yn blaen 'thi.

'Mae'n rhaid i ti ga'l fy nghaniatâd *i* i werthu,' meddwn i.

Cw'mpodd ei hwyneb. Edrychodd arna i'n llawn dirmyg, 'Paid â becso. Gei di dy siâr,' poerodd.

'So'r arian yn bwysig i fi.'

Chwarddodd yn ffug, fel gwrach mewn stori dylwyth teg.

'Sa i'n credu 'nny. Blwyddyn yn ôl o't ti'n folon mynd â dy fam i'r llys i ga'l e.'

Roedd y gwenwyn yn sioc hyd yn oed i mi. Teimlais e'n bwyta fy hyder fel mwydyn mewn afal.

'O'n i ddim moyn mynd i'r llys,' meddwn i, bron â chrio.

''Na le fyddi di, os ei di mla'n fel hyn. Os yw'r tŷ'n meddwl shwt gyment i ti, pryna *di* fe. Ond, dyalla un peth. *Wy'n* gwerthu. Os fyddi di'n treial stopo fi, fydd rhaid i ti fynd â fi i'r llys!'

Roedd y dagrau'n fy mrathu fel danadl poeth. Os sylwodd Mam, ddangosodd hi ddim. Trodd ei chefn a brasgamu am y drws.

'Ble ti'n mynd nawr?' gofynnais.

'Spar. Wy mas o ffags.'

Mae'r tŷ yn dal ar werth. Wy'n ystyried dechrau smygu fy hun.

Iau yr 21ain

Methu meddwl am ddim ond Mam a'r tŷ.

Dim siw na miw oddi wrthi trwy'r dydd. Yn amlwg, Mam yn rhy styfnig i ffonio.

Penderfynu mynd i'r dosbarth barddoni. Siawns na fyddai cip o flewiach brest Gary Rhys trwy'r gwddw crys agored yn newid byd boddhaol. Syniad da cael diddordeb hamdden, rhwbeth i dynnu'r meddwl oddi ar broblemau bob dydd.

Cyfadde, heb fod yn aelod mwya brwdfrydig y grŵp hyd yn hyn, ond gwaith cynnar yn dangos addewid mawr. Addunedu i ailgydio yn y grefft a rhoi pob dant ac asgwrn ar waith i sicrhau 'mod i'n synnu a rhyfeddu aelodau'r dosbarth ac, yn wir, ein Prifardd Gary Rhys gyda fy nhalentau lu.

Dechrau trwy ymddiheuro 'mod i heb fod i'r dosbarth ers ache. Gary'n deall yn iawn. Gwbod yn iawn am fy mhroblemau, meddai e. Finnau'n cochi. Amlwg iawn fod diddordeb Gary yno' i yn ymestyn y tu hwnt i fy ngalluoedd creadigol. Ler yn gwenu'n sur. Dechrau gwawrio arni na fydd hi, yn wahanol i fi, yn gallu fflyrtio gyda Gary Rhys a'i debyg nawr ei bod hi'n fenyw briod (fwy na heb).

Gary'n fy annog i ymarfer fy nhalentau. Sgwennu am deimladau yn help i lacio tensiynau a rhoi golwg newydd ar eich byd. Rhai o'r beirdd gorau yn y byd yn defnyddio teimladau a phrofiadau go-iawn fel sail i'w gwaith a, thrwy hynny, yn creu campweithiau dirdynnol. ('Na beth wedodd Gary Rhys, ta beth, ac mae e'n fwy na bardd, mae e'n BRIF fardd.)

'Hy. 'Sen i fyth yn gallu ffito 'mhrobleme i i gyd mewn un cerdd. 'Se rhaid i fi sgwennu nofel!'

'Nofel? Ti!' meddai Ler yn fwrddrwg.

'Pam lai?!'

'Wel, fyset ti ar dân trwy bennod un a wedyn 'se rhwbeth arall yn mynd â dy fryd di. Ta-ta nofel.'

''Na le ti'n *wrong*, t'wel. Wy'n sgwennu dyddiadur yn barod.'

'So sgwennu dyddiadur 'run peth o gwbwl. So sgwennu ambytu shwt ti'n lico Dairylea a jam ar dy dost amser brecwast a shwt ma' dy nics ar dân am Gary Rhys, 'run peth o gwbwl â sgwennu nofel ddifyr, llawn tyndra, fyse pobol eraill yn ysu i'w darllen ac yn folon gwario pum punt amdani!'

Ler yn eiddigeddus oherwydd dim amser ganddi hi, fel sy 'da fi, i sgwennu nofel oherwydd wedi ymrwymo'i hun i briodi ac amser i gyd o nawr hyd y diwrnod mawr yn mynd ar pigin trefniadau. Pen Ler yn wahanol i 'mhen i sy mor llawn o syniadau creadigol sdim lle i drefniadau priodasol.

Gwener yr 22ain

Ar bigau'r drain. Cwsmeriaid yn dân ar fy nghroen – yn edmygu'r dewis da o ddillad yn y siop yn uchel a, gwaeth byth, yn fy mhoeni â'u harian wrth y til.

9.55am. Methu dishgwl rhagor. Ffonio'r asiant dai i weld a yw Mr a Mrs Cyfryngi (priod, ond nid 'da'i gilydd) yn dwgyd fy nghartre. Yr asiant dai yn gwrthod yn deg â dweud wrtha i a oes yna gynnig wedi ei wneud. Snichyn bach. Dweud ei fod ond yn medru trafod y tŷ gyda'r gwerthwr. Egluro iddo, oni bai am fy ngras ac amynedd innau, na fyddai'r tŷ ar werth o gwbwl. Fi yw'r hanner perchennog ac felly'r cyd-werthwr (anfoddog). Snich yn styfnig fel mul ac yn gofyn pam, os ydy hynny'n wir, nad yw fy enw ar y gwaith papur. Gwrthod trafod y mater gyda neb ond Mrs Brenda Jones.

Hmm. Bydd raid ffonio Mam i gael y wybodaeth.

Ffonio *Mam-gu* a gofyn iddi *hi* ffonio Mam. Mam-gu'n falch o dderbyn y cais ac yn bachu'r cyfle i fusnesa.

Mam-gu'n ffonio'n ôl. Dim cynnig wedi ei wneud ar y tŷ, meddai Mam. Wehei!

Hmmmm. Beth os oedd Mam ond yn dweud hynny wrth Mam-gu? Bydde cyfadde ei bod wedi gwerthu'r tŷ yn arwain at sgwrs hir ac, o bosib, dadl boeth. Falle ei bod hi'n haws dweud celwydd. Felly, digon posib bod y tŷ wedi'i werthu wedi'r cwbwl!

Ffonio Mam fy hun. Mam yn cadarnhau'r wybodaeth a gafwyd trwy Mam-gu. Tŷ ar werth o hyd. Wehei!

Hmmmm. Beth os oedd Mam ond yn dweud hynny wrtha i? Cyfadde fel arall yn arwain at sgwrs hir ac, yn sicr, dadl boeth. Haws dweud celwydd. Felly, posib iawn bod y tŷ wedi'i werthu wedi'r cwbwl! Help!

Sadwrn y 23ain

Ler a Llywelyn Owen wedi fy ngwahodd i swper. Gobeithio rhoi siwgwr ar bilsen y briodas gyda bwyd a gwin da, dybiwn i. Ond llwyddo i roi halen ar y briw! Y Fenyw Sengl yn cael swper gyda Dau Mewn Cariad . . . Ych a Pych!

Nodyn: rhaid bod Ler yn ffrind gwael iawn i'm rhoi i trwy'r artaith yma.

Sul y 24ain

Cynnar iawn. Ger y toiled.

Nodyn: Ler yn ffrind da iawn . . . ond drwg.

Hwyrach. Gwell.

Ler wedi gwahodd Marco i swper hefyd! Dyn a ŵyr pam nad oedd y penbwl wedi dweud wrtha i a ninnau'n byw o dan yr un to! Syrpreis, myn asgwrn i. Roedd e'n lico 'ngweld i'n diodde. Falch 'mod i wedi gwisgo'r ffrog ddu â'r hollt lan yr ochr. Mwynhau dangos fy nghlun i Marco a gwylio Mr-Dim-Rhyw-Cyn-Priodi yn diodde.

'Wy'n credu taw'r *butler* o'dd e,' meddai Llywelyn Owen sy'n meddwl ei fod e'n ddoniol iawn. Ar ôl un potel o siampên a dwy botel o win ro'n ni'n chwarae 'pwy yw'r lleidr?'

'Wel, y *butler* sy wastad 'di neud e. *Fe* nath e'n y sioe Agatha Christie 'na'n Llunden. Hwnna sy 'di bod yn rheteg am gantoedd.'

'O, Llywelyn! O'n i moyn gweld hwnna!' meddai Ler.

'Sori, cariad,' meddai'r Llo gan gau ei cheg gyda whompyn o gusan.

'Wel, wy'n meddwl mai cryts o'dd e. Dim gwaith. Dim gobeth. Dim byd gwell i neud,' meddai Ler yn writgoch ar ôl y gusan. Ro'n innau'n writgoch o weld llaw Ler yng nghôl y Llo.

'Typical!' meddai Marco'n ddirmygus. Cafodd Ler, a finnau, glamp o sioc. Neidiodd Ler a tharo ei llaw mewn man gwan. Gwelais y Llo yn griddfan yn dawel.

'Ma' cymdeithas wâr yn rhoi'r bai am booopeth ar bobol ifanc, di-waith. A pwy yw'r plaaant 'ma, sgwn i?'

'Wy'n gwbod bod e ddim yn beth ffasiynol i'w weud, ond plant y stad. Galw fi'n *snob* os ti moyn. Ond 'na beth y'n nhw,' meddai Ler.

'*Snob*,' meddwn i'n chwareus a chael fy anwybyddu'n llwyr.

'So ti'n gwbod dim am fyw ar stad gyda dy fagwreth dooosbarth caaanol, bras . . .' meddai Marco'n poethi.

'Falle 'mod i'n ddosbarth canol ond ma' hawl 'da fi i 'marn. Gei di weld. Pan gân nhw'u dala.'

'Typical dosbarth canol! Ry'ch chi eeeisiau credu y bydd pawb yn ca'l 'u daaala a'u cosbi am 'u troseeedde.'

Trwy gicio a brathu, medden nhw, ac ro'n i'n dechrau anesmwytho gyda'r siarad 'ma am 'gosb' a 'throsedd'. Sa i'n gwbod a oedd y Llo 'di sylwi, ond ro'n i wedi cael llond bola.

'Pwdin,' meddwn i.

'Syniad da,' meddai'r Llo a thynnu Ler o'i chadair yn ddiseremoni. Rhaid bod Ler wedi mwynhau'r driniaeth arw oherwydd roedd y ddau yn y gegin 'yn paratoi'r pwdin' am fwy o amser o lawer nag oedd ei angen i weini tipyn o fafon a hufen. Jest gobeithio nad fflangellau geiriol Marco oedd wedi cynnau'r cyffro.

Mawrth y 26ain

Am embaras. Diolch i dduw mai fi oedd yr unig un yn y siop.

Gŵr ifanc barfog â mandolin yn dod mewn a dechrau canu nerth ei lais,

> 'Seniorita, zo beautiful
> se lightness of me li-fe
> I would be zo grateful
> For you to call my wi-fe
> To have you and to hold you
> Iz ze greatest piece of lu-ck
> And I wrap up all my love in . . .
> . . . this song from Simon Tuck. Er!'

Tra oedd e'n canu, do'n i ddim yn gwbod beth i'w neud na ble i edrych. Ond, nawr, ro'n i'n cael fy nenu gan emau disglair ei lygaid tywyll a'r blew gwrywaidd am ei ên. Roedd Simon Tucker yn llipryn llwyd o gymharu â'r Sbaenwr rhywiol yma.

'*Grazie*,' meddwn i'n tynnu ar fy holl wybodaeth o'r iaith Sbaeneg (a ddysgwyd ar un trip gyda Mam a Dad i Mallorca).

'Paid â sôn,' meddai'r Sbaenwr. 'Huw Cwmbile. O Aberteifi. Co 'ngharden i. Os ti moyn rhwbeth 'to, cariad, ffona fi.'

Simon twp!

Mercher y 27ain

Ffonio Simon ar y mobeil ar ôl dod gatre. Galwad ffôn yn anodd iawn. Ro'n i'n gorfod sibrwd rhag ofn i Marco fy nghlywed ar y ffôn gyda dyn arall.

Ac roedd Simon byddar yn gweiddi oherwydd ei fod mewn tafarn llawn dop.

'Hia. Catrin sy 'ma.'

'Beth!'

'Catrin . . . Ti'n gallu clywed fi? Ma' lot o sŵn 'na.'

'Beth?! Sa i'n gallu clywed. Ma' lot o sŵn 'ma.'

Aeth Simon i ffeindio cornel dawel,

'Hi, Catrin. Ble wyt ti?' gofynnodd, yn deall o'r diwedd.

'Yn 'gwely. O's ots?'

'Gwely! *What are you wearing?*'

'Pyjamas. Gronda, ma' 'da fi rhwbeth i'w weud . . .'

'O dan y pyjamas . . . *you're naked*. On'd wyt ti?'

Roedd Simon yn amlwg o dan yr argraff ei fod e'n ffonio *chat line* pornograffeg. Doedd dim amdani ond plymio iddi,

'Sa i'n dy garu di! Wedyn, paid â hala blode, na tedis, na dynion a mandolins. Ocê? Dyall?!'

'*I love it* pan ti'n grac. Ti'n really troi fi *on*.'

Jest gobeithio fydd e'n cofio pan sobrith e.

Iau y 28ain

Mae'r tŷ bellach mor ffres â gardd flodau ben bore o haf. Ond wy dal yn medru gwynto'r mwg. Bob tro fydda i'n camu trwy'r drws fydda i'n snwffian yn uchel fel claf ag annwyd.

Heddiw, cyrhaeddodd y gwely newydd. Mater o amser ac amynedd yw hi cyn i mi gael dillad gwely a bric-a-brac eraill a chreu'r nesa peth i gartre unwaith eto. Fel arfer mae siopa'n bleser, ond ers y lladrad mae meddwl amdano'n fwrn. Cafodd y cyffro pan symudais i i'r tŷ gynta ei losgi yn y tân.

'Fydd hi'n faaawr o dro nawr cyn i ti symud gaaatre,' meddai Marco'n wên o glust i glust. Doedd dim rhaid iddo ychwanegu at fy anesmwythyd trwy edrych mor hapus am y peth.

'Wyt ti'n dishgwl mlaaa'n?' gofynnodd. Yn amlwg, roedd yntau wedi hen laru arna i ac yn edrych mlaen yn arw.

'Odw, wrth gwrs,' meddwn i'n gelwyddog. Ro'n i'n rhy styfnig i adael iddo feddwl fel arall. Ond, wy methu twyllo'n hun. Wy 'di dod yn gyfarwydd iawn â chwmni Marco ac mae meddwl am symud adre'n fy ngwneud i'n ddigalon iawn.

Sadwrn y 30ain

Ffaelu credu beth ddigwyddodd heddiw.

Daeth dau heddwas i'r siop! Byddwn i wedi eu nabod yn syth – hyd yn oed heb yr iwnifform – oherwydd wy bellach yn gyfarwydd iawn â'r heddlu lleol. Nid yn yr un ffordd â lladron a thwyllwyr Pont-dawel, wrth gwrs. Wy'n berchennog siop ac yn un o bileri'r gymdeithas leol.

Serch hynny, pan gerddon nhw mewn i ganol siopwyr pnawn Sadwrn teimlais belen o ofn yn bwrw fy mol. Er fy mod ar y cyfan yn berson onest, mwya sydyn ro'n i'n teimlo'n euog iawn.

Am funud, meddyliais eu bod nhw wedi dod i fy arestio. Falle fod cwsmer wedi cwyno am natur 'ail-law' rhyw ddilledyn, er enghraifft, a 'mod i ar fin cael fy nghyhuddo o wisgo dillad y siop ac yna'u gwerthu i gwsmeriaid – a hynny, weithiau, hyd yn oed heb eu golchi!

Ond, roedd gan yr heddlu wŷs gwahanol iawn.

'Ry'n ni'n parhau'r achos lladrad yn eich cartre chi, rhif 6 Ffordd y Wennol,' meddai'r gŵr pen moel gan astudio ei lyfr nodiadau.

Y lladrad. Diolch byth, meddyliais. Dd'wedais i'm byd, rhag ofn i mi ddweud rhwbeth fyddai'n cael ei ddefnyddio yn fy erbyn mewn llys barn.

'Ry'n ni wedi cael y canlyniadau fforensig yn ôl. Mae yna ddatblygiad diddorol iawn ry'n ni'n meddwl y dylech chi wbod amdano,' meddai. Roedd diferyn o chwys yn rholio fel marblis ar hyd ei gorun moel.

'Clatshwch bant,' meddwn i'n nerfus iawn nawr.

'O'r dechrau, roedd rhwbeth yn ein poeni. Er gwaethaf eich adroddiad manwl am eitemau coll o'r cartref a'r difrod amlwg, doedd 'na ddim arwyddion ar y drws bod neb wedi torri mewn . . .'

Beth oedd e'n feddwl? Neb wedi torri mewn?

'Ar ôl gwneud ymholiadau manwl, ry'n ni'n fodlon ar eich esboniad eich bod chi yn y siop trwy'r dydd. Mae nifer o dystion wedi cadarnhau hynny,' meddai. Swatiodd y chwys fel petai'n gleren.

'So chi yn y ffrâm, fel petai. Fydd ddim isie cyffion,' meddai'r heddwas arall gyda gwên fawr. Roedd e'n ffansïo ei hun fel tipyn o jocar.

Diolch byth! Ro'n i'n dechrau amau fy hun o ddifrodi fy nhŷ fy hun! Achos difrifol iawn, dybiwn i.

'Roedd y tŷ ar agor, bydde hynny'n un ateb,' meddai'r moelun.

147

'Os nag oedd e, fyddwn i ddim yn dweud wrth y cwmni yswiriant 'sen i'n chi,' meddai'r comedian.

'Roedd y tŷ ar glo,' meddwn i.

'Dyna sydd yn eich datganiad. Yn ôl eich tystiolaeth, roedd y tŷ ar glo. Ry'n ni'n fodlon nad chi sy'n gyfrifol felly, dim ond un esboniad posib sydd, Miss James . . .'

'Jones,' meddwn i.

Ochneidiodd y pen moel yn ddiamynedd a chymryd cip ar ei nodiadau,

'Miss Jones,' meddai ar ôl hir a hwyr. 'Roedd gan y lleidr allwedd.'

GORFFENNAF
Cyfrinach Gyfrinachol

Sul y 1af

Wedi cael llond bol blonegog Giant Haystacks o ofan.

Os oedd y lleidr yn ddigon o fara brith i chwalu fy nghwpan Siwperted a rhoi fy nhedi bêr ar dân, pwy a ŵyr beth arall fyddai e'n gallu'i wneud? A beth petawn i yno? Ych a pych. Mae'n hala cryd arna i. A nawr mae Angel-Dad wedi fy ngadael, does 'na neb i gadw llygaid arna i a 'nghadw i'n saff.

Dim sôn am neb yn y Mans. Yna, cofio: mae'n ddydd Sul. Mae hynny'n golygu rhwbeth i ddyn duwiol fel y Parch. I'r gweddill ohonom, mae'n golygu osgoi B&Q ar bob cyfrif oherwydd fydd dim lle yn y maes parcio. Dychmygu'r Parch wedi ei gyffio i'r pulpud yn traddodi ail bregeth y dydd. Dychmygu Mam-gu yn y festri yn arwain y Chwiorydd mewn pwnc a chân anffurfiol. Mae'n wyrth tebyg i droi dŵr yn win neu godi'r meirw – ers iddo ymddeol so'r Parch erioed 'di bod mor brysur.

Llun yr 2il

'Mae hyn yn golyyygu uuun peth . . .' meddai Marco yn cnoi ei *tagliatelle* fel ci ag asgwrn. Wy'n amau 'mod i wedi cymryd y cyfarwyddyd *al dente*

149

yn rhy llythrennol a chwcio pasta mor galed â dannedd cynta.

'Fydd rhaaaid i ti aros fan hyyyn,' meddai'n gadarn a physgota am ddarn o basta oedd yn sownd yn ei folars.

Sa i'n gwadu nad oedd y syniad yn apelio. Wedi'r cwbwl, sa i moyn symud mas. Dyma'r esgus perffaith i aros, felly. Gwell fyth, doedd dim rhaid i mi awgrymu'r peth. Roedd Marco'n ei gynnig ar blât. Fodd bynnag, roedd 'na un broblem. Wy'n fenyw falch.

'Paid â whare,' meddwn i'n ysgafn.

'Wy o ddiiifrif. Alli di ddim mynd nôl i'r tŷ 'na. So fe'n saaaff.'

'Alla i ddim cwato fan hyn am byth, chwaith,' meddwn i. Wrth syllu i fyw y ddwy gneuen ddisglair 'na, ro'n i'n meddwl y gallwn i fyw yma am byth bythoedd.

'Nage am byth – am naaawr. Dyn a ŵyr beth oedd ei gêm e – neu nhw.'

Teimlais gryd lawr asgwrn fy nghefn.

'O'dd 'da fe aaallwedd,' meddai Marco'n ailadrodd yn anghrediniol. 'Ma'r allwedd 'na 'da fe o hyyyd.'

'Alla i newid y clo. Newid y drws. Fydd e ffaelu dod mewn wedyn,' meddwn i'n styfnigo.

'Meddylia, Caaats,' meddai Marco'n poeri darn o *tagliatelle* yn ffyrnig ar ei blât. 'Os o'dd e'n gallu ca'l gaaafael ar allwedd uuunweth, galle fe ga'l gafael ar aaallwedd 'to.'

'Sa i'n gwbod,' meddwn i'n dawel. Ro'n i'n clywed fy llais yn torri. 'Gallen i osod cloeon newydd. Lot o' nhw.'

'Grooonda, os yw e mor despret â hynny i ga'l gaaafael 'not ti, so tamed o glo yn mynd i stooopo fe. Galle fe chwalu dy ddrwwws newydd yn rhaaacs!'

Gwthiodd Marco ei blât o'r neilltu gyda sgrech tseina ar fwrdd. Roedd un gwythïen nadreddog yn neidio a llamu ar ei dalcen.

Wy 'di cytuno i aros. Am y tro.

Mercher y 4ydd

Yr heddlu wedi gwneud i mi addo cadw'r wybodaeth newydd yma i fi fy hun. Petai'r wybodaeth yn dod yn hysbys, fe allai amharu ar yr achos a rhwystro'r heddlu yn eu hymholiadau.

Mae hynny'n golygu peidio dweud wrth neb o gwbwl. Rhaid i mi gadw'r gyfrinach yn gwbwl gwbwl gyfrinachol.

Iau y 5ed

Wrth gwrs, pan mae rhywun yn dweud peth fel'na wrthoch chi, yr hyn maen nhw'n ei olygu yw na ddylech sefyll yn stond ganol dre a bloeddio'r wybodaeth fel crïwr tref i ganol y dorf o'ch cwmpas. Mae'n hollol dderbyniol dweud wrth un neu ddau o deulu a ffrindiau agos iawn, ond eich bod chi'n eu siarsio nhw i beidio â gadael y gath allan o'r cwd.

Gwener y 6ed

O.

Dyna wedodd Ler pan wedais i wrthi hi am y datblygiad mawr.

Ac yna mlaen â hi i siarad yn fanwl am yr unig bwnc sy'n ei diddori nawr – y briodas.

Fel ffrind da, wrandawais i am hydoedd a dweud llawer o 'wel, wels', 'jiw, jiws', 'grêts' a 'gwychs' brwdfrydig.

Roedd hi'n wên o glust i glust, yn ôl ei harfer dyddiau 'ma. Mae hi i weld yn hapus iawn, fel petai hi ar brescriptiwn nwy chwerthin. *Nodyn:* ffeindio mas pwy neu beth yw'r meddyg gwên er mwyn i mi gael dos fy hun.

Wrth gwrs, wnaiff yr hapusrwydd yma ddim para, a phan fydd ei bywyd wedi chwalu'n rhacs gan y cwrci Llywelyn Owen 'na, fydd rhaid i mi wrando bryd hynny hefyd. Gwrando a chysuro.

Dyma fy nilema fel ffrind go-iawn. Wy moyn i Ler fod yn hapus yn fwy na dim byd wy moyn iddi hi yn y byd, ac wy'n gwbod nad y Llo yw'r dyn i'w gwneud hi'n hapus. Felly, ydw i'n dweud wrthi'r hyn so hi moyn ei glywed (gan wbod bod 'na bosibilrwydd y bydd hi'n priodi'r Llo p'un bynnag a rhoi cic-owt i mi fel ei ffrind gorau)? Neu ydw i'n dweud dim ac aros i'w bywyd chwalu? Sut fydda i – ei ffrind mynwesol a didwyll – yn teimlo wedyn pan ddaw y chwalfa? A beth petai hi, bryd hynny, yn ffeindio mas 'mod i 'di rhag-weld yr annibendod o'r cynta? Beth fydd ei hymateb hi wedyn? Cic-owt, sbo!

Sul yr 8fed

6am. Newydd ddihuno mewn chwys oer. Nage alcohol pur yw'r chwys, oherwydd wedi yfed gormod o win, ond gwaeth fyth – cofio antics neithiwr! Mae'r ddilema wedi ei datrys. O. Me. God.

8am. Do'n i ddim wedi bwriadu dweud dim. Ond, ar ôl potel o win ar stumog wag cafodd fy mrên ei ddadgysylltu wrth fy nhafod a chlywais fy hun yn brasgamu i ganol tir peryg,

'Wy 'di bod yn meddwl . . . 'byti'r briodas . . . wyt ti'n siŵr?' meddwn i'n wyllt.

'Y balŵns? Rhy *tacky*?' meddai Ler, yn nodio'i phen yn ormodol, fel petai hi'n cytuno i'r dim.

'Na–ge. Nage jest y balŵns . . .'

'Wy'n gwbod. Cino o'n i moyn, ond ma' mam Llew – hen sguthan – yn mynnu ca'l bwffe. Rhyw hen anti ffaelu iwso cyllell a fforc achos MS . . .'

'Nage'r cino, Ler. Sdim ots am fwyd, o's e? Y briodas sy'n bwysig.'

'Yn gwmws!' meddai Ler yn gwenu fel giât. 'Wy'n lyfo Llew.'

Aeth yn swp o gigyls fel croten ysgol.

'Wyt ti?'

'Odw,' meddai mewn llais plentyn bach a thorri gwynt yn uchel. 'Sgiws me,' meddai.

Roedd hi'n mynd ar fy nerfau nawr. Fyddai'n rhaid i mi ddweud wrthi!

'Ody'r Llo, y . . . y . . . Llew'n caru ti?'

'Ody,' meddai'n gwenu. 'Gallwn ni siarad 'byti'r ffrog nawr?'

'Na, Ler! Wy moyn siarad ambytu Llew . . .'

153

'A fi,' meddai'n gigyls.

'Sa i'n credu ddylet ti briodi fe!'

Edrychodd arna i'n syn. Am y tro cynta wy'n credu ei bod hi'n dechrau sylweddoli nad sgwrs neis-neis oedd hon,

'Yn y capel, ti'n feddwl?' gofynnodd, ei llais yn llawn gobaith.

'Nage. Sa i'n credu ddylech chi briodi o gwbwl. Ffwl-stop. Camgymeriad mowr.'

Ochneidiais yn ddwfn. Ro'n i wedi dweud wrthi'n blwmp ac yn blaen. Gallai hyd yn oed Ler ddim camddeall nawr. Edrychodd Ler arna i fel petai hi wedi drysu'n lân a dechrau hicyp-ian yn uchel. Fuodd hi sbel cyn siarad er iddi wneud sawl ymgais ddewr, yn agor a chau ei cheg fel pysgodyn aur.

'Ond ma' rhaid i ni briodi,' meddai. 'So Mam mor fodern â dy fam di. Se hi fyth yn folon i ni fyw mewn pechod fel ti a Marco.'

Wedi blino. Mynd nôl i'r gwely am awren.

12pm. Omegod. Amser cinio!

Sa i'n teimlo'n euog o gwbwl. Wy wedi treial gweud wrthi nawr. Fe ddewisodd hi fy anwybyddu'n llwyr ac felly fydd rhaid i mi gefnogi'r ffolineb trwy nodian yn frwdfrydig pan fydd hi'n traethu (am orie) am liwiau napcins, miwsig telyn, *meringues* sidan a feils. Dyna fy nyletswydd, fel prif forwyn. Roedd yn rhaid i mi gytuno i ymgymryd â'r swydd honno. Wel, chi'n gwbod beth maen nhw'n 'weud am y priodfab a'r forwyn … Sa i'n trystio'r Llo i gadw'i bawennau brwnt iddo'i hun. Ond, feiddie fe ddim treial dim byd 'da fi.

Llun y 9fed

Dim ond Mam oedd yn ddigon dewr i ddweud yr hyn oedd, mae'n debyg, yn amlwg i bawb.

Roedd hi'n rhoi *massage* pan gyrhaeddais i, ac roedd yn rhaid i mi aros. Roedd y cwsmer yn cael *massage* llawn dros y corff i gyd. Ych a pych!

Trois y sain ar y teledu i'r eithaf i fyddaru unrhyw synau amheus. Do'n i ddim moyn clywed dieithryn yn ochneidio mewn pleser o deimlo dwylo fy mam ar ei groen garw.

Ymhen rhyw hanner awr rhoddodd y gweinidog ei ben rownd y drws. Sut wy'n mynd i esbonio'r Sodom a Gomora lan sta'r? meddyliais.

'So Mam 'ma,' poerais i.

'Paid bod yn sili, Cats. Wy fan hyn,' meddai Mam wrth gwt y gweinidog. 'Wela i chi wthnos nesa,' meddai wrtho.

Mae'n debyg ei fod yn diodde o *lumbago* ers blynyddoedd mawr.

'Ma 'da fi bach o newyddion,' meddwn i. Wy'n siŵr ei bod hi 'di edrych ar fy mol, yn chwilio am arwyddion o dyfiant.

'Finne 'fyd,' meddai'n tanio sigarét a chwythu tusw o fwg i'm hwyneb. 'Ma' lot yn dod i weld y tŷ. Fyddwn ni fowr o amser yn gwerthu, medde Alan o'r Asiantaeth Dai.'

'Siarad am dai,' meddwn i'n newid y pwnc er mwyn esbonio beth oedd yr heddlu wedi'i ddweud am yr allwedd.

'Wyt ti'n oreit?' meddai gan ddangos rhwbeth tebyg i gonsyrn. Diffoddodd y sigarét heb ei smocio a rhoi ei braich amdana i'n gysurlon. Roedd fy mreichiau innau'n stiff fel cardfwrdd. Mae fy nghalon yn galed o hyd oherwydd gwerthu'r tŷ.

'Ti'n siŵr dy fod ti'n oreit? 'Se fe'n fi, 'sen i'n eitha ypset,' meddai.

'O'n i'n ypset pan ddigwyddodd e, ond so hyn yn newid pethe, go wir,' meddwn i.

'Wel, ody bach,' meddai'n edrych arna i'n syn. 'Ma' hyn yn newid popeth. Ma' rhyw jawl 'di rhacso dy gatre di. Ond ma' hyn yn meddwl dy fod ti'n 'i nabod e.'

Mercher yr 11eg

Mewn sioc o hyd. Cymryd mantais o barodrwydd Julie i weithio yn y siop i gael seibiant bore fory. Hynny'n meddwl 'mod i'n gallu cael botel o win heno. (Sdim byd yn wa'th na wynebu cwsmeriaid pan mae gennych chi *hangover*.)

Yr ofn gwaetha ar wyneb y ddaear yw ofni'r hyn so chi'n ei adnabod. Felly, Marco'n ceisio codi fy nghalon trwy wneud rhestr o ddihirod posib. Rhaid bod yn drylwyr wrth lunio'r rhestr, meddai Marco. Ystyried pob posibilrwydd. Hyd yn oed yr anystyriol a'r diystyr.

Yn y ffrâm (Dihirod drwg Cats a Marco)

Rhif Un: Eleri Williams
Alias: Ler
Perthynas: Ffrind gorau (Rhaid ystyried pob posibilrwydd. Hyd yn oed ffrind gorau o dan amheuaeth.)

156

Cyfle: Gwaith fel rep siocled yn golygu nad yw'n atebol i neb yn ei gwaith bob dydd. Hawdd trefnu gweithio'n lleol ar y diwrnod o dan sylw. Statws fel ffrind gorau yn cynnig cyfleoedd lu i ddod i gyswllt â fi – a fy allweddi.

Motif: Arian ar gyfer y briodas + eiddigedd cyffredinol ata i dros nifer o flynyddoedd (oherwydd 'mod i'n bertach a mwy siapus na hi, meddai Marco!) yn dod i'r berw gyda fy statws newydd fel menyw fusnes lwyddiannus a chyfoethog. Fy statws newydd, diolch i haelioni fy nhad. Tad Ler wedi ei gadael pan oedd yn bedair oed ac wedi gwneud yffach o ddim drosti erioed.

Sgôr: Isel. Fel pob ffrind da, ry'n ni'n ymladd fel ci a hwch ond ry'n ni'n caru'n gilydd yn y bôn. Hefyd, digon o dosh gan deulu'r Llo a nhw sy'n talu am y briodas i gyd.

Rhif Dau: Llywelyn Owen
Alias: Y Llo
Perthynas: Dyweddi ffrind gorau (gweler uchod)
Cyfle: Sefyllfa deuluol (uchod) yn golygu'r Llo yn gallu fforddio bod 'rhwng swyddi' eto fyth. Pob diwrnod yn frith o gyfleoedd.

Motif: Pasio amser, pwdryn dan-din (barn Cats). Amlwg yn fy nghasáu – oherwydd fy statws fel ffrind gorau a phrif elyn am sylw Ler. Un gair drwg wrtha i a gwdbei Llo. Felly, y rhacso yn rhybudd i gau fy ngheg (barn Marco).

Sgôr: 4 allan o 10. Rhy ddiog i disian (barn Cats). Y lladrad yn fenter fawr. Beth petai Ler yn dod i wbod? (barn Marco)

Rhif Tri: Brenda Jones

Alias: Y Fenyw 'Na *a.k.a.* 'Gredi di fyth beth ma'r fenyw 'na 'di neud nawr!'

Perthynas: Mam

Cyfle: Mewn sefyllfa ariannol gref i ddewis a dethol faint o 'waith' (*massages*) mae'n ei wneud bob dydd. Nabod y ddioddefwraig yn dda.

Motif: Ffordd eithafol o fy nenu'n ôl at y nyth.

Sgôr: 3 allan o 10. Bydde hyd yn oed Mam (gwerthwr fy mebyd) ddim mor dan-din â hyn.

Rhif pedwar a phump: Y Parchedig J.J. Jones a'i wraig

Alias: Y Parch/Arch-bregethwr a Mam-gu

Perthynas: Dat-cu a Mam-gu

Cyfle: Er eu bod yn nabod y ddioddefwraig yn dda, roedd y Parch yn ei waeledd – ond ddim yn ddigon gwael ei feddwl i ganiatáu i Mam-gu ddreifio'r car.

Motif: Ariannol pur. Mae'r Parch yn daer dros brynu gorsaf deledu a darlledu *Parch TV* a Mam-gu yr un mor daer dros brynu *condeaux* yn Miami.

Sgôr: 1 allan o 10. Mae'r ddau'n weision Duw. Mam-gu sy'n sgorio'r 'un'. Mae hi'n daer dros cael y *condeaux* 'na.

Rhif Chwech: Simon Tucker

Alias: Y Cwrci

Perthynas: Hen sboner

Cyfle: Stiwdent ac felly dim byd gwell i'w wneud.

Motif: Cynddaredd am fy mod i'n gwrthod yn deg â rhoi ail gyfle iddo. Amlwg yn teimlo'n euog ac felly'n anfon blodau ac anrhegion eraill di-ddim (barn Marco).

Sgôr: 3 allan o 10 (sgôr Cats). 9 o 10 (sgôr Marco. 'Paid â bod mor blydi naïf, Cats!')

Marco yn daer dros ystyried pob posibilrwydd. Hynny'n golygu ystyried hyd yn oed Marco a fi!

Rhif Saith: Marco Rhydderch
Alias: Secsi pants
Perthynas: Sboner presennol (Jôc! Ffrind da)
Cyfle: Digon. Gweithio fel cyfrifydd yn y dre. Byw fwy na heb drws nesa i'r ddioddefwraig.
Motif: Cariad obsesiynol! (Mae Marco hefyd yn ddoniol iawn.)
Sgôr: 2 allan o 10. (Sgôr Cats. Sut allai dyn mor dyner fod mor dan-din?)

Rhif Wyth: Catrin Jones
Alias: Y siwpermodel!
Perthynas: Y ddioddefwraig (honedig)
Cyfle: Gwnaeth y llanast ben bore cyn gadael am y siop. Ymddangosiadol ddiniwed er mwyn taflu llwch i lygaid y cops.
Motif: Ariangarwch yn ei bwyta'n fyw. Llwyfanu'r lladrad er mwyn cael arian yswiriant. Hefyd, yn dyheu am sylw.
Sgôr: 9 allan o 10. Mae hyd yn oed fi'n amau fy niniweidrwydd!

Iau y 12fed

Ffonio Marco yn swyddfa'r cyfrifydd i ofyn a ddylwn i fynd â'r dystiolaeth newydd at yr heddlu. Dim sôn am Marco Rhydderch. Penderfynu dal fy nŵr. Sa i moyn rhoi'r cart o flaen y ceffyl, fel petai, a hala Marco'n grac.

Gwener y 13eg

Nôl o'r siop tua 9pm ar ôl cyfrif stoc.

Marco wedi mynd i ginio gwaith. Cynnig i mi ddod gydag e, ond meddwl am dreulio'r noson yn trafod arian gyda giang o gyfrifwyr yn ddigon i hala fi deimlo'n gysglyd iawn. Yn ei absenoldeb, wedi gwahardd fy hun rhag ffonio'r heddlu – rhag ofn iddyn nhw fy arestio i!

Ler yn cael swper gyda'r ddraig-yng-nghyfraith. Penderfyniad mawr i'w wneud ynglŷn â beth i'w ddefnyddio i stwffo'r *vol-au-vents*.

Dim hyd yn oed gwaith cartre barddonol! (Gwyliau dros yr haf.)

Dim byd ar y teli. Felly cyfle perffaith i ddarllen llyfr. Llawer o lyfrau gan Marco. Fe'n ddyn diwylliedig iawn. So fe wedi darllen pob llyfr sy ganddo, ond sdim posib i bobol brysur y mileniwm newydd ddarllen pob llyfr ar eu silffoedd llyfrau. A-ha! Salman Rushdie. Wy 'di clywed amdano fe. Mae pob darllenydd gwerth ei halen wedi darllen Salman Rushdie . . .

Hmmm. Gallai hyd yn oed Salman Rushdie ddim dweud 'mod i heb ymdrechu i'r eithaf. Wy 'di darllen y dudalen gynta tair gwaith – a wy dala ffaelu gwneud pen na chynffon o beth mae e'n treial ei ddweud . . . Tro nesa, angen i S.R. feddwl am sgrifennu'n glir a stori gref. Fel mewn opera sebon. A-ha! *Brookie*.

Sadwrn y 14eg

Mam-gu'n galw yn y siop amser cinio. Dod â blodau i mi.

Blodau Mam-gu'n hala i mi feddwl am Simon Tucker. Heb glywed siw na miw oddi wrtho ers tro. Rhaid ei fod wedi deall y dalltins. Diolch byth.

Hmm. Mae'n rhaid nad oedd ei gariad mor danbaid ag oedd e'n honni neu fyddai ei galon heb oeri mor sydyn. Wrth gwrs, y peth dwetha fyddwn i eisiau fyddai ei weld yn torri ei galon drosta i. Ond ar y llaw arall . . .

Mam-gu wedi clywed am ddirgelwch yr allwedd trwy Mam. (Roedd y dwpsen i fod i gadw'r peth yn dawel!) Rhybuddio Mam-gu i gadw'r gyfrinach. Y peth dwetha wy moyn yw i'r wybodaeth allweddol (fel petai) ddod yn destun trafod tu fas i gapel Bethania.

'O'dd Mam yn eitha *wrong*, t'wel. O'dd, o'dd, yn gwbwl *wrong*. T'wel, wy'n gwbod beth sy 'di digwydd, bach . . .'

Haleliwia. Mae'r dirgelwch sy wedi drysu'r heddlu mwya profiadol wedi ei ddatrys gan bensiynwraig heb iot o hyfforddiant. Ffoniwch yr heddlu. Glou.

'Ma fe 'di iwso un o'r allweddi sbeshial 'na. *Sceptical keys*.'

'*Skeleton keys,* chi'n feddwl?'

'Ie, ie. 'Na beth wedes i! Gronda tro nesa, ferch. Ma' *sceptical keys* 'da'r lladron 'ma i gyd. Ma'n nhw'n gallu iwso nhw i agor unrhyw ddrws yn y byd.'

'Unrhyw ddrws?'

'Falle dylet ti weld doctor am y problem clyw 'na.'

'*Buckingham Palace*?'

Edrychodd Mam-gu fel petawn wedi ei thowlu oddi ar ei hechel am ennyd ac yna atebodd gyda sicrwydd pendant,

'Synnen i fochyn.'

O leia alla i gysgu'r nos nawr heb boeni bod fy nheulu a fy ffrindiau agosa moyn fy mrifo.

Mawrth yr 17eg

Cyfarfod gydag Wncwl Barry i drafod y busnes a fy sefyllfa ariannol. *Nodyn:* petai e ddim yn ffrind teuluol mynwesol (iawn) fyddai e ddim yn dod yn agos i unrhyw gyfrifon o fy eiddo i.

'Ma'r busnes yn neud yn dda, whare teg i ti,' meddai e'n nawddoglyd iawn. Oedd fy ymgynghorydd ariannol fy hun yn amau y byddwn i'n llwyddo, 'te?

'Ti'n dilyn dy fam, ma'n rhaid.'

Hynny'n fy nghythruddo fi'n gacŵn. So rhywun yn gallu torri ei gŵys ei hun yn y byd 'ma heb ffeindio bod eu llwyddiant yn ffrwyth geneteg yn hytrach na chwys a llafur?

'Mae'n dda am beth mae'n neud, t'wel. 'Na'r

gyfrinach mewn busnes, ondefe. Mae'n joio fe 'fyd a ma' hynny'n bwysig iawn 'to. Aaaaaa! Pan mae hi'n rhoi ei dwylo ar fy nghefen i . . .'

Caeodd Barry Brwnt ei lygaid a suddo i ecstasi orgasmig.

'Treth ar Werth. O'n i moyn siarad ambytu Treth ar Werth,' meddwn i'n wyllt.

'Wrth gwrs,' meddai Wncwl Barry wedi'i syfrdanu ac yna fy anwybyddu'n llwyr. ''Na beth od, y diwrnod o'r bla'n, o'n i'n siarad 'da dy fam am dreth ar werth. Fydda i'n gweld isie dy fam. Wy'n folon gweud 'nny. Ar goedd.'

O, Dduw, plîs peidiwch dweud wrth Mair y Post neu fydd y byd yn grwn yn gwbod.

'Sneb fel 'ddi am roi dipyn o dân mewn hen enjin . . .'

' . . . Ar wahân i Anti Helen.'

Roedd y geiriau mas cyn i mi anadlu. Ro'n i bron yn ofn edrych ar Wncwl Barry. Ond ar ôl ennyd, dechreuodd e chwerthin yn braf,

'Catrin fach, ma' Anti Helen a finne'n briod ers saith mlynedd ar hugen.'

Fel petai hynny'n egluro'r cwbwl. Mae'n rhaid ei fod wedi sylwi arna i'n dishgwl yn dwp.

'Fyddi di'n dyall rhyw ddydd. Ma'r tŷ newydd yn werth ei weld. Pob dim yn mynd trwyddo'n iawn. Lwc 'mod i'n nabod Eric Victor mas yn Playa de Las Americas. Hen ffrind Coleg. Fydd hi mas 'na cyn Dolig . . .'

'Ma Mam 'di prynu tŷ . . .?!' meddwn i'n gegrwth. Bron i mi deimlo fy ngên yn taro fy mhen-gliniau'n glatsh.

'Ody, ody . . .' meddai. Yna, gwelodd yr olwg syfrdan ar fy wyneb. 'Wel, nagyw. Ddim 'di prynu fe 'to. Ddim 'di penderfynu ar unman heb siarad 'da ti gynta, wrth gwrs. Mae'n dishgwl, t'wel.'

Dishgwl ar dai, gobeithio, yn hytrach na dishgwl babi.

Gwnaeth Wncwl Barry ymdrech ddewr i godi'n calonnau drwy gasglu'r llyfrau at ei gilydd yr un pryd. Roedd hyd yn oed Barry'n gweld ei fod wedi gwneud digon am un diwrnod.

'Gwylie rhad i ni gyd! Fydd Anti Helen ddim yn gallu dod. So 'ddi'n lico hedfan. Ond jest y peth i bawb arall. Grêt, on'd yw e?!' meddai e wrth ffarwelio.

O, ody. Blydi grêt.

Iau y 19eg

Rhaid bod Barry Brwnt wedi cael gair yng nghlust Mam. Fe alwodd hi yn y siop heddiw a phrynu gwerth dau gan punt o ddillad haf hollol anaddas i'w hoed a'i statws (fel fy mam).

'Neis iawn,' meddwn i'n gelwyddog wrth gyfrif y gost wrth y til. Daliais bâr o siorts denim, byr at y golau. 'Bydd rhein jest y peth yn Tenerife.'

'Ti 'di clywed, 'te,' meddai.

'Do. Wrth Wncwl Barry.'

'Yr hen geg!'

'*Chi* ddyle fod wedi gweud wrtha i.'

'Wy'n gwbod, bach. Ond ma' Barry 'di rhoi'r cart o fla'n y ceffyl, fel arfer. Sa i 'di arwyddo dim byd 'to. Gweud y gwir, licen i ofyn ffafr. Licen i ga'l dy farn di gynta.'

Dychmygais noson ddiflas yn edrych ar gatalogs gyda Mam yn chwilio am y *villa* perffaith (fydd hefyd, gyda llaw, yn ddiwedd ar ein perthynas ni fel mam a merch).

'Wy moyn neud yn siŵr bod y *villa*'n siwto ti 'fyd. Wy'n gobeithio fyddi di'n dod i 'ngweld i'n amal.'

Aml? So'r *villa* ma'n Cwmsgwt! Teimlais fy nghalon yn toddi. Roedd hi newydd wario deugain punt ar siorts denim cwbwl anaddas. Rhaid, felly, bod fy mhlesio i'n fater pwysig iawn. Ac mae hynny'n meddwl rhwbeth, on'd yw e?

Gwener yr 20fed

Penderfynu bod yn rhaid i mi wneud ffrindiau a chysylltiadau newydd i wneud yn iawn am golli Mam. Felly, gofyn i Pelydren a fyddai'n hoffi mynd am ddrinc heno. Yna, cofio. So Pelydren yn yfed alcohol. Hyn yn beth da (am unwaith) oherwydd rhaid i mi weithio fory hefyd. Cytuno i fynd am bryd o fwyd llysieuol – oherwydd mae Pelydren yn fîgan a wy inne hefyd wedi addunedu i fwyta'n iach.

Unwaith mae rhywun yn cyfarwyddo â chlust-dlysau anarferol Pelydren, mae hi'n gwmni hawdd iawn. Mae ganddi ddigon i'w ddweud ac mae hi'n benderfynol o ymarfer ei Chymraeg. Da iawn. Pelydren yn gwmni mor rhwydd, ffeindio fy hun yn adrodd hanes fy mywyd wrthi.

'Mae'r datrysiad yn syml,' meddai'n plycio gair o'r *Geiriadur Mawr*. 'Mae . . . hmm . . . sut alla i weud? Sut mae dweud *negative flow* yn Gymraeg?'

'Fflow negatif,' cynigiais i.

Edrychodd Pelydren arna i'n anghrediniol,

'Mae y fflow negatif ddim yn iawn yn bywyd ti. Mae eisiau i ti cael *balance . . . balance*?'

'Balans,' meddwn i'n gymwynasgar.

'. . . y balans yn iawn. Wyt ti'n gwybod am Yin a Yang?'

'Wrth gwrs.'

Mae pawb yn gwbod am Yin a Yang er, efallai, ddim yn gwbod yn gwmws beth ydyn nhw.

'Mae eisiau i ti cael balans yn Yin a Yang ti.'

Hawdd! Dim ond un problem fach. Sut yn y byd mae gwneud hynny?

'Paid becso. Rydw i'n helpu ti. Yn y tŷ newydd. Fydd pethau da yn dy fywyd di gyd.'

Wehei!

Sadwrn yr 21ain

Yn ôl Pelydren, nage Feng Shui ond Ffyng Shwei yw'r geiriau hud.

Mae'n mynd i fy helpu i osod Ffyng Shwei trwy'r tŷ. Wedi cyffroi'n lân. Ffyng Shwei yn mynd i newid fy mywyd. *Nodyn:* rhaid prynu llyfr – i ffeindio mas beth yw Ffyng Shwei. *Nodyn dau:* peidio â dweud wrth y Parch. Fe'n meddwl mai gwaith Satan yw Ffyng Shwei.

Mercher y 25ain

Mam-gu'n llawn cyffro heddiw. Mae'n bwriadu gwneud cwrs haf mewn cyfrifiaduron!

Bydd sgiliau cyfrifiadurol yn ei helpu hi a'r Parch i ledaenu'r newyddion da o gapel Bethania.

Mae'n bwriadu rhoi'r cyfrifon a'r amserlenni i gyd ar y cyfrifiadur a chreu cylchlythyr rheolaidd am ddigwyddiadau'r capel! Bydd hyd yn oed y Parch yn gallu sgwennu ei bregethau ar y cyfrifiadur a rhoi lluch i'r teipiadur gwichlyd am byth.

Mae cynlluniau Mam-gu yn uchelgeisiol iawn. Yn rhy uchelgeisiol, efallai? Wrth gwrs, doedd Mam-gu ddim yn cytuno,

'Ma'r compiwters ma'n *fabulous*, t'wel. Ti'n gwasgu un botwm a ma'n nhw'n neud y cwbwl.'

Hmmm.

Iau y 26ain

Un broblem fach. Os nad yw hi'n deall y fideo, sut yn y byd mae'n mynd i ddeall rhwbeth mor gymhleth â chyfrifiadur?

Ffoniodd hi fi heno. Argyfwng. Roedd hi wedi tapio *Pobol y Cwm* ond doedd dim byd yn dod ar y sgrîn. Roedd Dat-cu yn yr ysbyty yn ymweld â rhyw hen gono ar ei wely angau. Roedd Mam-gu wedi treial pob botwm ar y fideo. Dim byd.

Gwasgais y botwm *eject* a disgwyl i'r fideo chwydu'r tâp o'i grombil. Dim.

'Ble ma'r tâp?' gofynnais i.

'Pwy dâp?' meddai hi'n bigog, mwya c'wilydd iddi.

'Y tâp chi 'di tapo *Pobol y Cwm* arno.'

'Sdim isie tâp, bach. Jest tapo,' meddai'n ddiamynedd.

'O's, ma' isie tâp.'

Nawr ro'n *i'n* colli amynedd.

'So Dat-cu byth yn iwso tâp a ma' fe'n tapo pethe trw'r amser. Paid â becso os na ti'n dyall e, gaiff Dat-cu sorto fe pan ddaw e gatre.'

Fentra i ddeg punt na welith hi mo *Pobol y Cwm* heno. Bydd raid iddi wylio'r omnibws dydd Sul.

Sadwrn yr 28ain

Rhagor o 'newyddion da' heno.

Priodas wedi ei chanslo yng Ngwesty'r Bont. Y briodferch wedi rhedeg bant gyda dyn roedd hi wedi ei gyfarfod ar y We. Hynny ddim yn newyddion da, wrth gwrs, yn arbennig i'r priodfab. Druan bach. Ond, hyn yn golygu y gall Ler a Llew briodi'n gynt nag o'n nhw 'di feddwl. Gorfoledd i'r goruchaf!

'Cynta gyd gore gyd pan ti mewn cariad . . .'

Priodi ar hast, difaru am oes, feddyliais i. Cnoais fy nhafod.

'Ni'n priodi ganol Ionawr,' meddai Ler.

Cyffrous iawn i Ler, wy'n siŵr. Ond mae'n argyfwng i mi. Wy ar ddeiet. Dim siocled na chacs tan Dolig.

Wedi penderfynu, wy 'di cael digon o 'newyddion da' i bara blwyddyn.

Llun y 30ain

Amlen ar y mat pan gyrhaeddais i adre heno. Llythyr i mi. Nage bil na chynnig arbennig na llythyr yn fy llongyfarch am ennill cystadleuaeth ffug, ond llythyr go-iawn! Rhwygais yr amlen yn llawn cyffro. Darllenais,

'Mae'r iâr unig yn pigo'r had yn llon, heb wbod ei bod hi'n cael ei gwylio.

Gwylia di dy hun, del – Cadno.'

Meddyliais am funud mai 'wrth Gary Rhys oedd y llythyr. Roedd e wedi bod yn sôn am ddechrau tîm Talwrn a chyda fy nhalent i fyswn i'n saff o fod ar y tîm. Efallai mai dyma'r tasgau.

Ar ôl archwilio'r llythyr, Marco'n dweud bod rhaid mynd ag e at yr heddlu'n syth. Bwriadu gwneud hynny ben bore fory.

Mawrth y 31ain

Bydd raid i'r llythyr a'r heddlu ddishgwl. Argyfwng newydd wedi codi sy'n golygu y bydd fy *cred* penstryd yn diflannu am byth.

Hon oedd y noson fawr pan o'n i fod i roi sêl fy mendith ar gartre newydd Mam yn Tenerife. Ro'n i'n benderfynol o dreial rhoi barn onest a chytbwys – yn hytrach na phigo beiau ar bob un yn fwriadol er mwyn cadw Mam yn y wlad yma. Erbyn ffeindio, bydde hynny'n jobyn amhosib! Ro'n nhw i gyd yn fendigedig. Fel breuddwyd ym mharadwys. Roedd dewis un y tu hwnt i ni, a ninnau yng Nghymru fach. Felly, fe lunion ni restr fer o ffefrynnau i Mam ymweld â nhw er mwyn dewis yn derfynol. Wedi'r cwbwl, ei chartre hi fydd e . . . O leia, dyna ro'n i'n feddwl ein bod ni wedi'i wneud.

Roedd Mam wedi clirio'r catalogs ac yn arllwys glasiad o siampên yr un (anrheg gan y gweinidog am leddfu ei *lumbago*).

169

'Cam nesa. Bwco dou docyn i fynd ar 'yn gwylie!' meddai'n gyffro gwyllt.

Blydi Wncwl Barry, meddyliais. Dim rhyfedd ei fod e'n clochdar am wyliau rhad. Mae'n siŵr ei fod e adre nawr yn pacio ei gês a breuddwydio am wythnos yn yr haul 'da Shirley ffaffin Valentine!

'Ma' Julie 'da ti yn y siop, nawr. A fydde Mam-gu'n gallu help 'se 'ddi'n mynd yn sgrech. 'Se gwylie'n neud byd o les i'r cro'n gwyn 'na.'

'Gwylie?' gofynnais i.

'Whilo *villa* gyda'n gilydd. 'Na beth gytunon ni, ondefe?'

Erbyn hyn, wy'n gwbod yn well na dweud 'na' wrth fy mam. Unwaith eto, wy'n bymtheg mlwydd oed ac yn mynd ar fy ngwyliau 'da Mami.

AWST
Dŵr a Thân

Mercher y 1af

Rhoi tystiolaeth y llythyr mewn bag rhewi plastig (fel pob ditectif fforensig da). Mynd ag e at yr heddlu ben bore tra bod Julie'n gwarchod y siop.

Mr Plisman yn fy nabod i'n syth a rhoi gwên siriol, braf. (Ydy fy wyneb mor adnabyddus â hynny yn swyddfa'r heddlu?)

'Dim newydd, mae arna i ofn Mrs Jones,' meddai'n llon.

'*Miss* Jones,' meddwn i'n synnu dim bod y casglwr tystiolaeth yma heb ddala neb. 'Ma' 'da fi newyddion i chi.'

Cododd ei aeliau'n syn. Rhoddais yr amlen ger ei fron fel petawn i'n cyflwyno'r llo pasgedig. Crymodd ei sgwyddau ac edrych arna i'n ddisgwylgar.

'Llythyr 'wrth y lleidr,' meddwn i'n falch.

'Beth mae e'n 'weud?' hisiodd. Oedd e'n amau fy nhystiolaeth?

'Rhwbeth ambytu iâr a chadno. Cerwch i nôl y'ch menig rwber a gewch chi ddarllen e dros y'ch hunan.'

Mr Plisman yn codi ei aeliau eilwaith. PC Bŵts yw ei enw. (Welinton Bŵts. Ha, ha!)

'O's rhywun ar wahân i chi wedi byseddu'r

amlen?' gofynnodd, wedi estyn ei lyfr nodiadau erbyn hyn.

'Neb ond fi a Marco. Rhydderch . . . a'r postman, wrth gwrs.'

Do'n i ddim eisiau tynnu trwbwl am ben hwnnw.

Manteisio ar bresenoldeb Julie yn y siop i fynd am baned ar y ffordd nôl. Angen caffîn i fy sadio ar ôl bore trawmatig.

Diolch i Julie am warchod y siop. Julie'n ateb fod hynny'n bleser. Bydde Julie'n hoffi agor siop ddillad ei hun, meddai hi. Jest fel hon. Gobeithio'n wir nad yw Julie'n bwriadu agor siop fel hon mewn tref fel hon. Sa i moyn honna'n whalu fy musnes gydag un gic.

Iau yr 2il

Ler yn meddwl ei fod e'n ddoniol iawn 'mod i wedi gofyn i Mr Plisman Welinton Bŵts estyn menig rwber. Ler yn hogan ddrwg.

'Ody fe'n ifanc?'

'Ody,' atebais i.

'Pishyn?'

'Sa i'n meddwl amdano fe yn y ffordd 'na. Mae e'n un o swyddogion y gyfraith a wy 'di dioddef gan law dihirod.'

'Ie. Reit. Salw, ody fe?' meddai hi.

'Ma' fe'n oreit, actiwali. Ta beth, ddylet ti ddim fod yn meddwl am ddynion yn y ffor'na. Ti'n fenyw briod.'

Wel, mae hi! Un fantais: fydd y dynion golygus i gyd i mi!

Gwener y 3ydd

Falle ei bod hi dipyn bach yn gynnar i ddewis beth i'w wisgo i barti nos Ler. Mae ganddi bum mis i newid ei meddwl a phenderfynu yn erbyn y weithred wallgofus o briodi'r cwrci y Llo

Mantais dewis dillad nawr. Os bydd hi'n penderfynu bwrw mlaen i strywo gweddill ei bywyd, fydda i'n osgoi'r panig beth-i'w-wisgo-munud-dwetha. Ac os bydd y briodas wedi ei chanslo? O leia galla i ddod nôl â fy ngwisg i fy siop fy hun a'i rhoi ar y sêl blwyddyn newydd.

Wy yn y lle delfrydol i ddewis dillad i dynnu sylw – ond nage, wrth reswm, oddi wrth y briodferch ei hun. A thrwy ddewis fy ngwisg fy hun yn gynta, galla osgoi'r sefyllfa hunllefus o ffeindio rhywun arall yn y briodas yn gwisgo'r un peth â fi. Os bydd un o'r gwestai eraill yn meiddio treial yr un wisg, fydda i'n awgrymu'n garedig bod y wisg 'arall' yn gweddu'n well 'i'w llun a'u siâp arbennig nhw' ac felly plannu'r hedyn bod fy ngwisg *i*'n gwneud iddyn nhw edrych fel hipopotamws sy newydd sglaffio pob pei yn y popty.

Er gwaetha ei wendidau lu, rhaid cyfadde *bod* Llywelyn Owen *yn* dipyn o bishyn. Falle y bydd ganddo fe ffrindiau cudd sy yr un mor olygus ag e. Ffrindiau y bydde ond yn gwrtais i mi ddod i'w 'nabod' yn ystod y wledd. Wedi'r cwbwl, beth yw priodas heb gusanu? Fel y brif forwyn, siawns na fydd hynny'n rhan o fy nisgrifiad swydd. Cadw'r gwestai'n hapus, fel petai. Nawr, 'te. Trowsus tyn i ddangos fy mhen-ôl, neu sgert hir gyda hollt hyd fy nghluniau?

Licen i petai hi mor hawdd dewis dyn!

Sadwrn y 4ydd

Dechrau poeni o ddifrif am fy sefyllfa diffyg dyn parthed y briodas. Yffach o ots 'da fi fod yn sengl, o dan amgylchiadau arferol. Ond priodas yn sefyllfa anarferol iawn. Mewn priodas, y weithred o, wel, 'briodi' yw'r uchafbwynt, yr eisin ar gacen pob dyn – ac, yn sicr, pob dynes. Dyma arwydd sicr eich bod wedi esgyn i uchelfannau bywyd ar y ddaear ac yn ymuno â gweddill cymdeithas wâr. Yn achos pentre bach, di-ddim fel Pont-dawel gallwch luosogi'r *cliché* bach 'na ganwaith.

Galla i eu clywed nhw nawr yn clochdar,

'A pryd wyt *ti*'n priodi 'te, Catrin?'

Byth, os fedra i helpu. Oeddech chi'n gwbod bod un o bob tri chwpwl yn ysgaru? Ond, mewn pentre bach, di-ddim fel Pont-dawel, gwnaiff ateb fel hynny mo'r tro o gwbwl.

'Wel, fydd rhaid i fi ga'l sboner gynta,' atebaf yn ysgafn.

'Sdim sboner 'da ti?' medden nhw'n syfrdan. Gallech chi dyngu 'mod i newydd gyhoeddi 'mod i'n diodde o glwy dynol BSE. Yna, gwaeth na syndod – cydymdeimlad,

'Paid â phoeni. Ma' brân i bob brân. Ffindwn ni rhywun i ti nawr.'

So nhw'n deall. Petai e'n fater o ffeindio jest 'rhywun', fyddwn i 'di priodi ers oes pys.

Mas gyda Ler a Nia a Nia heno. Nia (priod) a Nia (priod, plentyn a disgwyl eto) bellach yn gweithio mewn ysgolion tu hwnt i Glawdd Offa ac felly byth yn eu gweld. Hyn yn fendith oherwydd noson mas gyda Ler (darpar wraig briod) yn ddigon i mi; bydde nosweithiau rheolaidd gyda thair priod yn ddigon i'n lladd i.

7.00pm. Ler newydd ffonio. Methu dod heno. Wedi cael gwŷs i dŷ ei mam-yng-nghyfraith. Cyfarfod brys i drafod rhestr y gwahoddedigion. Dishgwl bod yno tan yr oriau mân.

Sa i *byth* yn priodi.

Sul y 5ed

Mae Mam-gu ar ben ei digon gyda'r We fyd-eang – neu Wî, fel mae Mam-gu yn ei alw *à la Royal 'We'* a'r la-di-da 'na. Waeth i chi heb â dadlau â'r fenyw. Os oes ganddi asgwrn rhwng ei dannedd . . .

'Wî,' meddai hi.

'We,' meddwn i.

'Nage,' meddai hi'n gadarn. 'W-E. Wî. Wy'n neud cwrs. Dylen i wbod, bach.'

Dylech, sbo. Dyn a ŵyr beth ma'r Wî yn dda i ddynes yn ei hoedran hi.

'Wthnos nesa ni'n mynd i ddysgu serfo ar y Wî,' meddai wrth ei bodd.

'Syrffio' oedd hi'n meddwl ond wedes i ddim byd. Sdim pwynt.

'Ma'r Wî yn *wonderful. Fabulous*. Chi'n gallu ffindo mas ambytu unrhyw beth.'

Nodyn i rybuddio'r Parch bod modd gael 'Wî Watch' i stopio plantos anghyfrifol rhag syrffio safleoedd amheus.

'A beth 'ych chi'n mynd i whilo ar y Wî?' gofynnais i.

'Wel, sa i'n gwbod 'to. Ond, wy'n siŵr o feddwl am rwbeth.'

175

Llun y 6ed

Llythyr arall.

'Pigo, pigo had mae'r iâr fach. Mae'r llwynog yntau yn barod am swper.

Cadno.'

Ych.

Mawrth y 7fed

'Sdim priodas 'da ti i drefnu neu mam-yng-nghyfreth i'w thagu,' meddwn i pan welais i Ler yn dod mewn i'r siop jest cyn cinio.

'Paid â siarad ambytu'r jaden 'na. Allen i dagu 'ddi! Nage 'na pam wy 'ma. Ti 'di gweld y *Journal*?'

'Naddo.'

Wy'n berchennog siop ddiwyd a hynod gydwybodol. Sdim amser 'da fi i bori trwy racsyn fel y *Journal*. Ta beth, dim ond punt o'dd 'da fi pan o'n i'n WH Smiths gynne fach. Doedd dim digon 'da fi i brynu'r *Journal* a *Heat*.

'Gredi di fyth . . .'

'Beth? Gwed 'tha i nawr cyn i mi ddechre dychmygu Mam a'r gweinidog a phob math o hunllefe.'

'Shgwla!' meddai'n trywanu stori fach ar waelod tudalen saith gyda phicell o ewin. 'Dy hen fos di. Wedi ca'l *nervous breakdown*! 'Na pwy yw e, ondefe? Deiniol Daniel? Ma' fe'n gweud man hyn ei fod e yn y lwni bin!'

Darllenais . . . O. Me. God. Mewn du a gwyn. Mae Daniel Diflas mewn 'sbyty meddwl!

176

'O'n i'n meddwl 'set ti'n joio honna,' meddai Ler yn gwrido mewn cyffro.

'Joio? Druan ag e,' meddwn i'n dawel.

'O, *come on*! O't ti'n casáu e 'da cas perffeth. Wy'n cofio pan gest di'r sac, o't ti moyn ei ladd e!'

'Ar y pryd, falle. Ond wy 'di symud mla'n. Porfeydd brasach ac ati . . .'

'Ma'n rhaid bod e'n dy gasáu di.'

'Beth?!'

'Wel, i neud beth na'th e. Nage jest y lladrad ond y difrod 'fyd. Bydd raid i ti fynd at yr heddlu, ti'n gwbod,' meddai Ler yn benderfynol.

Ges i sioc ar fy nhin.

'Ti'n meddwl ma' fe o'dd e?' meddwn i.

'Wel, odw. Ma' fe'n amlwg, on'd yw e?'

Mercher yr 8fed

Nawr, sa i'n mynd i wastraffu amser fy hun yn esgus 'mod i a DD yn ffrindiau mynwesol. Roedd e'n dân ar fy nghroen i pan o'n i'n gweithio (slafio, fwya tebyg) iddo fe a'i gwmni PR dwy-a-dime. Roedd e'n llwytho fy nesg gyda thomen o waith a thalu ceiniog a dime o gyflog. Diolch? Doedd y gair ddim yng *Ngeiriadur Mawr* DD ac roedd edrych ar ei wep ddiflas o fore gwyn tan nos yn ddigon i yrru rhywun i'r seilam.

Ond . . . so hynny'n meddwl 'mod i'n dal dig yn ei erbyn. Ac yn sicr sa i (plentyn ysgol Sul dda) yn dymuno'n ddrwg iddo. Wedyn, mae e'n fy nanto i'n ofnadw i feddwl y galle fe wneud tro mor frwnt â mi.

Iau y 9fed

'Ti 'di ffono nhw?'

Ler yn y car ar y mobeil. Yng nghanol pwl o *road rage*.

'Pwy?'

'Yr heddlu. Blydi hel, Cats!'

'Nagw. Sa i'n lico.'

'Paid â bod mor *soft*. Ma'n rhaid i ti!'

'Beth os yw e'n ddiniwed?'

'A beth os yw e'n euog? . . . *Symud! Dat-cu jawl!* . . .* Jest meddylia, galle fe neud rhwbeth gwa'th i rywun arall. Shwt fydde ti'n teimlo wedyn? . . . *Be ti'n dreifo? Hers?!*'

DD yn rhacso bywyd Rhian Haf . . . Hmm . . . Heb droi'n Santes 'to.

'Neu beth 'se fe'n jengyd o'r seilam a dod ar dy ôl di . . . Wy'n mynd *off* y ffôn. Ffona nhw nawr!'

Ffonio Welinton Bŵts i osgoi stŵr arall gan Ler. Gwneud hyn gerfydd fy nhin. Dim ond *swots* sy'n prepian.

Yr heddlu wedi ychwanegu enw DD at fy rhestr o elynion posib.

Ydw i'n dychmygu, neu a oes blas wermod yn fy ngheg?

Gwener y 10fed

'*Mmm, meddai'r Cadno a'i weflau'n wlyb gan sawr.*

Cadno.'

Wy'n dechrau becso o ddifri.

1.00am. Wedi bod mas. Mas mewn tafarn. 'Di meddwi. Teimlo lot yn well . . . Wps. Wedi cwmpo. Sa i ofan llythyr. Sa i ofan cadno. Sa i ofan neb!!!

'Catrin! Cera i'r gwely! Ti'n *pissed*!'

Dwbwl wps! Marco yn *pissed* hefyd. Marco yn *pissed-off*! Ha, ha. Jôcs fi'n ddoniol iawn. Jôcs fi'n dwbwl ddoniol pan wy'n feddw. Pam?

Ssh! Rhaid bod yn dawel iawn, iawn. Rhaid bod yn dawel neu Marco'n gweiddi. Eto! Torri llythyr yn ddarnau bach, bach, bach. I'r jawl â'r blydi cadno!

Sadwrn yr 11eg

Bore prysur iawn. Nôl a mlaen i'r tŷ bach. Teimlo tamed bach yn sâl.

Gorfod ymdopi ar ben fy hun er gwaetha salwch. Wedi anfon Julie i nôl asprins.

Ar ôl i Julie ddod nôl, canolbwyntio ar riparo llythyr gyda selotêp. Oedd rhaid i mi ei dorri'n ddarnau cweit mor fân? Gwaith riparo yn achosi pendro. Rhaid eistedd lawr. Mynd â'r llythyr at yr heddlu. Gadael cyn iddyn nhw ddechrau holi am seicoleg y seicopath sy'n rhwygo llythyron yn bishys bach.

Mawrth y 14eg

Digwydd bwrw mewn i Welinton Bŵts ar y stryd. Ers ein cyfarfod dwetha, mae wedi dechrau fy ngalw i'n 'ti'.

'Dere 'da fi i'r orsaf heddlu,' meddai'n gynllwyngar. Roedd ei lygaid yn pefrio. Os oedd e'n gofyn i mi am ddêt, gallwn i feddwl am lefydd gwell i fynd.

Yno, hwyliodd baned a *digestive* i mi. Gwrthodais y *digestive*. Wy dal ar ddeiet.

'Ni 'di dala fe!' meddai'n ddiseremoni.

'Pwy?' gofynnais yn ddiniwed.

'Y dihiryn dorrodd mewn i'r tŷ.'

'Naddo!' meddwn yn gwenu'n fras. Yna, cofiais 'mod i'n nabod y 'dihiryn' a bod hwnnw'n gyn-fos arna i. Daniel Diflas. Ciliodd y wên.

'Sydyn iawn,' meddwn i.

'Fel'na ti'n 'gweld hi. Un ai mae dihiryn yn cael ei ddal yn syth neu mae e'n cael ei draed yn rhydd am byth.'

Ond hyd yn oed wedyn . . .

'Jason Parry yw ei enw. Pedair ar hugen. Di-waith. Cyffurie. Dim byd newydd . . .'

'Pwy?!' meddwn i wedi drysu'n lân.

'Wy'n siŵr ei fod e'n sioc i ti. Yf y baned 'na. Mae'n baned dda. Fi na'th hi fy hun. Roies i ddwy lwyed o siwgr ynddi. I'r sioc.'

Petai e ddim yn aelod cyfrifol o'r ffôrs, fe fyddwn i'n siŵr ei fod e'n fy ffansïo.

'Jason?' meddwn i.

'Ie. Mae e 'di syrthio ar ei fai a chymryd cyfrifoldeb am nifer o achosion o fyrgleriaeth yn yr ardal. Mater o amser yw hi nawr cyn iddo gyfadde ei ran yn ysbeilio dy gartre di.'

Mercher y 15fed

Teimlo fel petawn i wedi fy ngolchi'n lân yn nyfroedd y Môr Marw. Teimlo mor ysgafn â phluen yn esgyn yn yr awel.

Dim llythyr heddiw.

Iau yr 16ain

Dim llythyr. Wehei!

'Fydd ddim esgus 'da ti nawr i feddwi'n dwll,' meddai Marco â wyneb sugno lemwn.

Wps.

Gwener yr 17eg

Sgwrs ffôn hir gyda Mam-gu am orthrwm eliffantod gwyn ym mhellafoedd Ethiopia a sut i baratoi pinafal heb sleisio croen eich bysedd. Mae'r rhain, wrth gwrs, i gyd yn bethau y mae wedi eu dysgu ar y Wî.

'Ma' Da-cu a fi'n meddwl prynu compiwter,' meddai'n falch.

'Chi'n bwriadu ca'l help, gobitho,' meddwn i. Mae prynu cyfrifiadur yn fater dyrys ac yn gwbwl tu hwnt i ddau ddigidol anllythrennol fel y Parch a Mam-gu.

'Help? I beth?'

'I chi ga'l dewis y compiwter iawn. Ma' fe'n lot o arian, cofiwch.'

'Wy'n neud cwrs, cariad. Jiw, jiw siawns na alla i ddewis compiwter bach 'yn hunan.'

Synnen i fochyn 'se nhw'n mynd i brynu 'compiwter' a dod nôl gyda meicrodon.

Sul y 19eg

Ffaelu aros! Dishgwl Pelydren pnawn 'ma. Mae'n mynd i drawsnewid fy mywyd. 'Na beth wedodd hi, no. Mae'n mynd i aildrefnu'r egni yn y tŷ, meddai hi.

A sut mae'n mynd i gyflawni'r gamp ymhlith campau yma? Trwy symud y celfi, mae'n debyg. Yna, bydda i'n hapus, yn gyfoethog ac yn iach. Wehei!

Llun yr 20fed

Ocê, mae e'n swnio tamaid bach yn rhy hawdd, falle. Rhaid cyfadde, 'na beth o'n i'n meddwl ar y dechrau. Ond roedd hynny cyn i Pelydren esbonio crefft Ffyng Shwei i mi.

Mae'n fater o aildrefnu celfi, cyflwyno ambell i beth newydd a gwared ar ambell hen beth. Trwy hynny bydd Yin a Yang yn byw yn gytûn.

Mawrth yr 21ain

Wy'n mynd i cael nodwedd dŵr! Bydd e'n cyflwyno sain soniarus a dod â lwc ariannol. Gobeitho fydda i ddim yn codi'n rhy aml i fynd i bî-pî.

Mercher yr 22ain

Ffyng Shwei yn amhosib!
1. Rhaid gochel rhag heolydd syth. Hyn yn cynnwys yr heol syth o flaen y tŷ. Defnyddio coed i warchod rhag teigrod yn y nos. Coed hefyd yn stopio pobol sy'n pasio rhag pipio ar yr ardd ffrynt.

2. Corneli bach yn ddrwg.
3. Gadael dillad ar y lein dros nos yn ddrwg iawn.

Heb sôn am y tŷ bach. Tŷ bach yn beth gwael. Ffwl-stop. Ond rhaid ei gael, yn arbennig nawr bod gen i nodwedd dŵr. Pelydren yn awgrymu cau caead y toiled a chau drws y tŷ bach. Ond, beth os bydd hi'n argyfwng?

Iau y 23ain

Posib iawn fod Pelydren yn tynnu fy nghoes – oherwydd eiddigedd o fy llwyddiant yn y siop.

Mae wedi llunio rhestr siopa ryfedd iawn i mi:
1. Broga teircoes – i roi ger y drws ffrynt.
2. Dwy hwyaden – ar gyfer y stafell wely. Hyn yn mynd i wella fy mywyd carwriaethol a rhoi lwc dda (yn y gwely, gyda lwc), felly'n bwysig iawn.
3. Pysgodyn – un byw. Mae'n creu Ffyng Shwei da mewn tŷ gwag.

Gwener y 24ain

Hefyd, mae Pelydren wedi cynnig tri gair o gyngor:
1. Gofala am yr wrn reis.
2. Cadwa brwsys a mops o'r golwg.
3. Gwrthoda'r darn dwetha o fwyd ar y plât. Rhaid gwastraffu'r cnoaid dwetha o ginio a'r sleisen ola o gacen rhag creu tlodi! Hyn yn dda oherwydd hefyd yn llesol i'r ddeiet.

Sadwrn y 25ain

Wedi bod i brynu gupi yn y ganolfan arddio. Wedi ei fedyddio'n Ffyng Shwei.

Sul y 26ain

Ffyng Shwei yn gallu gwneud pob peth, gan gynnwys gwella bywyd cymdeithasol a ffeindio dyn.

I wella bywyd cymdeithasol, wy wedi gosod golau llachar a grisial *quartz* yn y lownj. Nawr, aros i'r gwahoddiadau lifo. *Gofal:* rhaid bod yn amyneddgar, meddai Pelydren.

Prynu golau mwy fyth i ddenu cymar. Gobeithio na fydd rhaid aros rhy hir am hwn. Mae priodas Ler mewn pum mis.

Golau newydd yn bert iawn.

Nodyn: posib fydda i'n rhegi Ffyng Shwei pan ddaw'r bil trydan.

Llun y 27ain

'Gobeeeithio bod ti ddim yn talu hiii,' meddai Marco, sy ddim yn rhannu fy mrwdfrydedd parthed Ffyng Shwei.

'Mae e ond yn deg. Mae'n rhedeg busnes,' meddwn i.

'Faint mae eee 'di costio? Pelyyydren, y llyfre, y pysgodyn aur? Y cwbwl i gyd?'

'Dim lot. Byti hanner can punt,' meddwn i'n gelwyddog.

'Hanner can punt! O's cnoc ynot ti, feeerch?!'

'Cŵl 'ed, Marco,' meddwn i. 'Ti'n llygru'r aer gyda dy egni negyddol.'

'Sa i'n lico'r ddelwedd newydd 'ma, Caaatrin. Ti'n dechre swno fel rhyw hen hipiii.'

Ac rwyt ti, Marco Rhydderch, yn dechrau swno fel rhyw hen ffôgi!

Mercher y 29ain

'Stedda lawr a paid â gweud dim byd,' meddwn i'n gadarn wrth Marco. Roedd e newydd ddod mewn trwy'r drws ac yn dal i wisgo siaced ei siwt a chario'i *briefcase* trilliw. Ro'n i'n gwbod bod yn rhaid i mi siarad gydag arddeliad neu fe fyddai'n siŵr o fy mherswadio i aros gyda'i eiriau cain. Trawodd fy ngeiriau cadarn e fel awel o wynt a slympiodd i'r gadair eistedd.

'Wy'n symud mas a sdim byd allu di weud i stopo fi!' meddwn i. Daeth y dadleuon yn rhwydd fel rhaeadr. 'Ma'n nhw 'di dala'r seico 'na, wedyn sdim rheswm pam na alla i fynd nôl i 'nghartre 'yn hunan a chario mla'n 'da bywyd. Wy'n ddiolchgar a phob dim ond, 'na ni, wy wedi penderfynu.'

Roedd 'na ennyd o dawelwch,

'Os 'na beth ti moyn . . . iawn,' meddai Marco'n ddigynnwrf. Yna, cododd yn dawel a martsio lan stâr. O fewn munudau ro'n i'n clywed dŵr y gawod yn taranu.

Chwarae teg, so fe 'di sôn am y peth ers hynny. Dyna beth o'n i moyn, ondefe? Felly, pam wy'n teimlo mor annifyr?

Iau y 30ain

12am. Paco! Ciwed o gathod bach yn chwarae ym mhwll fy mola. Teimlo fel plentyn bach yn cael anrheg fawr. Sa i'n credu gysga i heno.

Reit. Paco!

Gwener yr 31ain

Dim llythyron cas ers dyddiau.

Dim amser i sgwennu. Mynd adre prynhawn 'ma. Braaaaf!

MEDI
Medi a Hau

Sadwrn y 1af

(Oriau mân dydd Sul – a bod yn fanwl gywir.)
Methu Cysgu.

Ar ôl codi a chario trwy'r dydd, ro'n i'n sicr y byddwn yn syrthio i swyngwsg cyn gynted ag y glaniai fy mhen ar y glustog . . . Ond na. Wy'n effro fel gwiwer. Yn fwy effro nawr na fûm i erioed yn ystod deunaw mlynedd o ysgol.

Wy wedi treial pob dim. Darllen (cylchgrawn *Heat*. Da iawn wthnos 'ma). Gwylio Jerry dwbwl ar HTV (*I'm too scared to live* + *I married a pony*). Meddwl am bethau neis . . . picnics yn y parc . . . sgwish, sgwish fy nhraed ar y tywod twym . . . blew coesau Robbie Williams yn cosi fy nghluniau . . . Dim.

Wy methu canolbwyntio ar ddim ond hyn . . . clustfeinio, rhag ofn. Wy'n clustfeinio am bob gwich a sgrech – ac maen nhw'n frith, pan ry'ch chi'n gwrando amdanyn nhw. Mae'n hala fi feddwl sut gysges i fyth. Ymhell o fod yn ffilm dawel, mae'r nos yn un ochenaid hir.

Sul yr 2il

Ddim o gwmpas fy mhethau heddiw. (Cwestiwn: ydw i fyth?)

187

Yng nghysgod noson-heb-gwsg-neithiwr, ro'n i wedi anghofio popeth 'mod i wedi gwahodd y teulu i ginio. Do'n i'n cofio dim nes eu gweld nhw'n sefyll yn eiddgar ar y rhiniog, yn rhwbio'u boliau eisiau bwyd.

'Ma gwynt ffein 'ma,' meddai'r Parch yn ogleuo'r Pot Pourri yn hytrach nag unrhyw fwydach.

Snwffiodd Mam-gu yr aer yn uchel. 'So ti 'di anghofio? . . . 'to,' meddai'n gyhuddgar.

Anlwc oedd anghofio unwaith. Roedd anghofio dwywaith yn anniben ac anystyriol.

'Twt, twt,' meddai Mam-gu. 'Bydd Mam yn siomedig.'

Roedd Mam yn fwy na siomedig, roedd hi'n greulon.

'Sa i'n gwbod shwt wyt ti'n rhedeg busnes. Wy'n synnu bo ti'n dod i ben â rhedeg tap!'

Ar ôl hynny, do'n i ddim dros fy nghrogi am gyfadde 'mod i 'di anghofio'n lân.

'Shwt allen i anghofio amdanoch chi,' meddwn i'n gwenu'n ffals. 'Ar ei hôl hi, 'na gyd. Fydda i fawr o dro 'da'r bwyd. Gwin yn iawn i bawb?'

Caeodd glasaid mawr o win yr un gegau Mam a Mam-gu, a so'r Parch ar ei newydd wedd yn un am gonan. Tra'u bod nhw'n dyfalu beth o'n i'n dda â ffynnon ddŵr yn y parlwr gorau, ges i lonydd i roi dwy *pizza* fawr yn y ffwrn a gwagu potiau salad Tesco mewn i ddisgle crochenwaith.

Pizza a salad. Nid y cinio dydd Sul mwya traddodiadol – nac ysbrydoledig. Ond, mae pobol yn fwy cyndyn i gwyno pan mae eu boliau nhw'n llawn.

'Ti'n dishgwl yn *awful*,' meddai Mam-gu wedyn, hyd at ei phenelin mewn Fairy Liquid. Roedd fy llestri gorau'n clindarddach yn y sinc a finnau yno i ddal unrhyw blatiau gwerthfawr fyddai'n slipo rhwng ei bysedd sebon.

'Gysgest di neithiwr?' meddai drachefn.

'Naddo,' meddwn i. 'Ond peidwch gweud wrth Mam. Sa i moyn iddi fecso.'

Sa i moyn iddi fusnesa, o'n i'n feddwl. Wy'n credu bod Mam-gu'n gwbod 'nny ond wedodd hi ddim byd.

'Ti'n gwbod beth nele fyd o les i ti . . .?'

Na.

'*Nightnurse*.'

'Nage fe i annwyd ma' *Nightnurse*?' gofynnais.

'Jiw, jiw, nage!' meddai. 'Ma' fe'n helpu ti gysgu 'fyd. Wy'n cymryd tamed bach bob nos, gyda *chocolate bonbon*. So bach o *Nightnurse* 'di neud drwg i neb ario'd.'

Llun y 3ydd

7.00am. Sa i 'di cysgu chwinc.

'Ma'r babi wedi cyrra'dd,' meddai Mam-gu'n groch dros y ffôn.

Aeth llawer o bethau trwy 'meddwl i yn yr eiliadau nesaf . . . Wyddwn i ddim bod y fenyw'n dishgwl. Roedd Mam-gu hyd yn oed yn hŷn na'r hen nain 'na o Ogledd Cymru gafodd fabi ar drothwy oed yr addewid. Roedd genedigaeth naturiol yn amhosib. Yna, cofiais am y Wî. Falle ei

189

bod wedi mabwysiadu babi llwyn a pherth (yn llythrennol) o Affrica. 'Babi?'

Mae'n rhaid ei bod yn nabod y tinc o gonsyrn yn fy llais.

'Y compiwter-w,' meddai'n ddiamynedd.

Diolch byth.

'Chi 'di ca'l un yn barod?' gofynnais.

'Do, do. Ma' miliyne o gîg-abaits 'da fe a chof fel eliffant. Ond un bach yw e, t'wel. Un tene, tene fel llyfr. Byddwn ni'n gallu cario fe i bob man. I'r capel a chwbwl. 'Na beth ma'r *execs* 'ma i gyd yn neud pan ma'n nhw'n mynd i gyfarfodydd pwysig.'

Doedd hynny ddim yn egluro beth oedd e'n dda i wraig gweinidog wyth deg oed.

'*Laptop*?' gofynnais.

'Nage,' meddai'n ddiamynedd. 'PC World.'

'Sdim annwyd arnot ti, o's e?' gofynnodd Julie amser paned.

Beth oedd yn bod ar y ferch? Wy'n iach fel cneuen. Ar wahân i'r cylchoedd tywyll fel bagie te dan fy llygaid.

'Gweld y *Nightnurse*,' meddai, gan bigo fel ar hen grachen. Roedd hi'n edrych yn denau fel rhaca – mwya c'wilydd iddi – mewn trowsus o ledr ffug.

'Sa i'n cysgu'n dda iawn,' meddwn i. 'Bydd y *Nightnurse* yn help. Shgwla – *Warning. Could result in drowsiness*.'

'Sa i'n credu dylet ti,' meddai'n edrych fel 'sen i newydd blymio nodwydd llawn heroin i wythïen dew.

'Pam? Os fydd e'n help fi gysgu, sdim drwg yn 'nna,' meddwn i'n adleisio rhesymeg Mam-gu.

'Gallet ti fynd yn gaeth,' meddai. '*Nightnurse* heddi. *Valium* fory.'

Gwaeth. Gwnaeth Julie brepian wrth Pelydren. Edrychodd honno arna i'n amheus, fel petai'n llygadu arweinydd cell cyffuriau mwya Cymru.

'Mae e'n well i ti gymryd medd-y-gin-iaeth naturiol na cyffuriau chaled.'

'Beth am dreial paned Camomile neu Peppermint cyn dy fod ti'n troi at ddryge erill?' meddai Julie'n hunangyfiawn iawn.

'Mae Julie'n iawn. Mae'n eisiau i ti fod yn cryf a dweud na wrth cyffuriau.'

'Dim ond blydi *Nightnurse* yw e!' sgrechais i.

Mae Pelydren mewn penbleth. Mae'n poeni bod y ddwy hwyaden seramig yn rhy agos at fy ngwely ac felly'n fy nghadw ar ddihun gyda phwysau disgwylgarwch am berthynas. Roedd e ar flaen fy nhafod i ofyn iddi bai pwy yw hynny! Wy'n golygu gofyn am fy arian nôl os bydda i'n disgwyl lot hirach am gwmni yn y gwely.

Mawrth y 4ydd

Ymweld â'r 'babi' newydd.

Wy'n falch iawn i adrodd yn ôl nad yw'r 'babi' yn fabi go-iawn ond yn gyfrifiadur. Gallaf hefyd gadarnhau mai cyfrifiadur yw'r cyfrifiadur ac nid microdon na sosban tsips.

Iau y 6ed

4.00am. Methu cysgu neithiwr. Methu cysgu heno.

Nightnurse yn dda i ddim. (*Nodyn:* byddwn i'n gofyn am fy arian nôl petai *Nightnurse* ddim mor sbondanllyd o ffein.)

Wy wedi cael ofan. Sa i moyn sgwennu. Mae rhoi'r ofn mewn geiriau ar bapur fel ei osod mewn concrit. Gwell gen i roi fy mhen yn y tywod nes bydd yr ofan wedi pasio. Methu gwneud hynny tro yma, oherwydd yr hyn ddigwyddodd y tro dwetha.

Heddiw, roedd rhywun yn fy ngwylio. Welais i neb. Ond, wy'n gwbod ei fod e yno. Deimlais ei lygaid fel dau loyn eiriasboeth yn fy llosgi a 'nghrino. Ond, welais i neb.

Sut wy'n gwbod? Sut wy mor dam siŵr? Sa i'n gwbod. Teimlad yw e . . . Mae 'na rwbeth arall yn treial mynd dan fy nghroen.

Sa i'n meddwl mai Angel-Dad oedd yno. Doedd y teimlad ddim fel awel iach ganol haf ond fel chwip o wynt iasoer.

4.00pm. Ges i ginio gyda Ler.

'Wy'n credu bo fi'n mynd yn cracyrs,' meddwn i'n ddiflas.

'Wy 'di meddwl 'nny ers blynydde,' meddai hi'n llawen. Ers y dyweddïad, so hi'n meddwl am ddim byd ond ei hapusrwydd hi ei hun. Fedrith rhywun ddim hyd yn oed bod yn ddiflas yn ei chwmni heb brocio gwên ar ei gwefus.

'Wy o ddifri!' Ro'n i'n codi fy llais. Wy'n codi fy llais ar yr esgus lleia ers 'mod i ffaelu cysgu.

'Sori.'

192

Ond doedd hi ddim yn edrych yn sori iawn, a barnu wrth y gigyls.

'Beth sy'n bod?' meddai.

'Sa i'n gallu gweud 'thot ti.'

'Gallu neu pallu?'

'Fyddi di'n meddwl 'mod i'n boncyrs.'

'Wy'n meddwl 'nny ta p'un. *Come on* . . .'

' . . . Ma' rhywun ar fy ôl i.'

Poerodd Ler gegaid o goffi dros fformeica'r bwrdd.

'Wy o ddifri, Ler. Wy'n credu bo Jason Parry'n ddiniwed a bo'r person nath e â'i gyllell yno' i o hyd.'

'Shgwl. Sdim byd diniwed iawn am Jason Parry. Ma 'da fe record hirach na HMV . . . Ma fe 'di cyfadde, er mwyn Duw!'

'Ga's e'm dewis, dofe?'

'Dim dewis,' meddai'n snichlyd.

'Yr heddlu na'th orfodi fe . . .'

'Shwt? Trwy 'i guro fe, ife? . . . Fel dy ffrind gore, mae ond yn iawn i mi dy rybuddio di nawr dy fod ti'n siarad *shit.*'

'Ti'n meddwl 'mod i'n boncyrs?'

'*Paranoid* yn hytrach na boncyrs. Ond sa i'n credu bod e'n *serious* iawn. 'Na gyd sy isie 'not ti yw noson dda o gwsg.'

Yn y gwely. Breuddwydio mor braf fydde cripian o dan y cwrlid at Marco Rhydderch a chysgu yno am byth.

Gwener y 7fed

'Beth yw e?' meddwn i'n llygadu'r amlen yn amheus.

Mae'n nerfau i'n rhacs. Ro'n i'n dychmygu pob math o ddryge.

'Agor e,' meddai Mam.

'Paid whare gême,' poerais i.

'Paid ti siarad â dy fam fel'na! . . . Dere mla'n. Wy ffaelu aros i weld dy wmed di.'

Wy'n siŵr bod fy wyneb i'n bictiwr. Rhwygais yr amlen fel Rottweiler. Ynddi, roedd tocyn awyren.

'Syrpreis!' meddai Mam yn wên o glust i glust.

Doedd dim diwedd ar y syrpreisis.

'Shgwles ti ar y dyddiad?'

'Dydd Llun! Alla i ddim mynd ddydd Llun. *Christ*!'

'Catrin!'

'Sori. Sa i'n cysgu'n dda.'

''Na pam ma'n *rhaid* i ti fynd dydd Llun. Shwgla 'not ti. Ti angen brêc. Ymlacio am wthnos. Pan ddei di'n ôl alli di anghofio am y busnes brwnt 'ma am byth.'

'Amhosib. Ma' 'da fi siop i'w rhedeg.'

Mae'n rhaid nad oeddwn i'n gwbod beth o'n i'n weud, neu fyswn i fyth yn gwrthod gorchymyn gan Mam.

'Ma' Julie'n hen ddigon abal i redeg y siop. A cyn i ti weud dim, wy *wedi* gofyn iddi. Ma' popeth 'di'i drefnu.'

Ro'n i moyn gweud 'na' yn y fan a'r lle. Ond gallen i fyth, fyth gwrthod y llygaid taer. Er gwaetha pob dim, mae hi'n dal yn fam i mi.

194

Wy'n mynd ar fy ngwyliau ddydd Llun. Sdim troi'n ôl. Mae pob dim wedi'i drefnu. Hedfan i Tenerife yw'r bwriad. Ond dyn a ŵyr ble laniwn ni. Mam-gu archebodd y tocynnau ar y Wî.

Sadwrn yr 8fed

Gweithio'n hwyr heno. Cyfrif stoc a rhoi trefn ar y llyfrau i mi gael mwynhau'r gwyliau. Mae sêl haf Cat-alog yn dechrau ddydd Llun. Cyfle i Julie wneud argraff ar bawb – ond fi – trwy werthu llond cratsh a thrwy hynny brofi ei bod hi'n werthwraig o fri.

Dylwn i fod yn falch, wrth gwrs. Mae Mam nid yn unig wedi trefnu'r gwyliau ond mae'n talu amdanyn nhw hefyd. Hyn ond yn iawn, wrth gwrs, gan mai hi sy'n mynnu 'mod i'n mynd.

Jawl lwcus. 'Na beth fydd pobol yn fy ngalw i, mae'n siŵr. Ond sa i'n teimlo'n lwcus. Bydda i'n mynd ar yr awyren 'na gerfydd fy nhin.

Wy'n bump ar hugain oed ac yn llawer rhy hen i fyw fy mywyd yn ôl amserlen Mam.

Beth nesa, gwedwch? Amlen ac ynddi wahoddiad i 'mhriodas fy hun?

Sul y 9fed

Pacio.

Beth mae rhywun yn ei bacio i fynd ar ei gwyliau gyda'i mam?

Wel, fydd dim angen condoms. Alla i fyth fflyrtio gyda'r *waiters* o flaen Mam! (C'wilydd mawr.)

Pacio pob dilledyn mae Mam wedi ei brynu i mi erioed. Hyd yn oed y ffrog khaki hyd fy migyrnau sy'n gwneud i mi edrych fel lwmp o lysnafedd.

Nodyn: cofio pacio cardigan a phâr o sanau gwlân, er mwyn osgoi stŵr.

Llun y 10fed

Freuddwydiais i ddim.

Ro'n i'n meddwl ei bod hi'n dod yn gwmni yn y car. Hoe fach. Trip! Feddyliais i'm llai pan oedd dim lle ym mŵt y car. Bu raid i mi gario fy nghês ar fy nglin oherwydd roedd pedwar yn y car, gan gyfrif Wncwl Barry oedd wedi cynnig gyrru.

Ro'n i fel y gŵr drwg ac yn treial fy ngorau i anwybyddu Mam-gu rhag ofn i mi gael fy nhemtio i'w thagu. Diolch i'r drefn, roedd yr awyren yn brydlon a ddaeth hi'n amser ffarwelio toc. Camodd Wncwl Barry ymlaen yn barod i'm cofleidio.

Cusan mawr, wlyb i mi. Ych.

Cusan fwy fyth i Mam. Ych a pych. (Ond, wy'n amau nad oedd Mam o'r un farn.)

Ac yna . . . ? Cusan i Mam-gu! (Gafodd e fawr o ddewis, druan, gan bo Mam-gu wedi gweld ei chyfle. Gafaelodd fel gefail yn sgrwff ei wddw a'i dynnu tuag ati gyda'i holl nerth.)

'Ta-ra, Mam-gu,' meddwn i'n ei chofleidio.

Chwarddodd honno'n uchel ac yn ffals.

'So ti'n dod, 'te?' meddai'n wên o glust i glust.

'Odw, wrth gwrs. Ond, *chi'*n mynd gatre.'

Roedd hi'n amlwg wedi drysu.

'Wel wrth gwrs bo fi'n dod, bach. Oni bai

amdano fi a'r Wî, 'se ddim un 'non ni'n mynd i Tenerife.'

Buais i bron â phango yn y man a'r lle.

'O't ti'n gwbod?' hisiais wrth Mam ar yr awyren. Roedd Mam-gu – oedd yn eistedd ger y ffenest – wedi mynd i'r tŷ bach am y pumed tro mewn hanner awr. Petai hi ddim yn yfed cymaint o jin rhad, fyddai ddim cymaint o straen ar ei phledren. (Heb sôn am y straen ar fodiau fy nhraed bob tro roedd ei stiletos yn gwasgu heibio.)

'Mmm,' meddai Mam yn gwrido.

'Pam na wedest di 'tha i, 'te?'

'Achos o'n i'n gwbod mai fel hyn fyddet ti.'

'Mwy o reswm i weud 'tho i, so ti'n meddwl?'

'O'n i ddim yn gwbod tan ar ôl iddi fwco'r tocynne. A 'sen i 'di gweud 'tho ti 'set ti ddim 'di dod. O'n i moyn i ti ddod yn fwy na dim byd.'

Sgwn i alla i wneud cais arbennig i'r Goruchaf i ofyn am fy ngwobr *cyn* y nefoedd?

Mawrth yr 11eg

Helô, Catrin!

Roeddet ti wedi gadael hwn ar yr awyren. Rwyt ti'n mynd i golli dy ben un diwrnod, groten . . .!

Sdim ots. Mae Mam-gu wedi dod i'r adwy. Fydd hwn yn syrpreis bach neis i ti pan fyddi di'n ôl yng Nghymru. Swfenir o wyliau bythgofiadwy.

Day One

End of our first day in Tenerife – or as the locals say Tenerif-eh.

A friend of the family kindly agreed to drive us to the airport. Very nice man, Wncwl Barry. Nothing is too much trouble for him. And what a wonderful driver! Barely felt a bump or jolt from Pont-dawel to plane – which is more than I can say for the pilot! Oh my goodness! I thought we were going to die. Had one small drink to steady the nerves. Regretted it instantly as it must have triggered my weak bladder. (Pity too that the plane was so small. And as for the toilet. Well, you couldn't swing a cat!)

The room – or apartment, as Brenda calls it – is also small but, mercifully, clean. We have three clean towels each and there are two toilets in the bathroom. Catrin has re-named the second toilet, 'the bead-eh'. What a cês.

We have a kitchen with a fridge, stove and cooker. There is even a mop, which is very reassuring. We will be able to use all once Brenda gives them a good scrub. Presently, she is too tired to clean and cook (though, goodness knows why as she hasn't done a stroke all day), so we'll be dining out this evening.

Day Two

What a night!

I spent the early hours rushing back and forth to the bathroom – the bead-eh was a godsend. I am sure it was something I ate. Well, these foreigners. They just don't have the same standards of cleanliness as us. Both Brenda and Catrin are adamant it was something I drank. This cannot be true as I only drank one small glass of wine. Or was it two? Wine is safer than water – which we have to drink out of a bottle! Still, it's nice to see those two agree on something for once.

What a lot of fuss about nothing! Brenda and Catrin wanted to spend the morning by the pool. Sunbathing, if you please. I was only reading last week on the World Wide We about the dangers of too much sun. Even half an hour in the sun can cause long-term damage and, probably, cancer of the skin and death. But do they care? As long as they are nice and brown they are happy.

They suggested I stayed in the apartment to recover from my food poisoning – which they refer to as 'my hangover'. But I refused. After all I am on holiday and intend to enjoy myself.

Feeling much improved. Brenda has bought Calamine Lotion which she is using on the affected areas. (Mainly my chest and upper arms.) Tomorrow, we will be visiting the proposed 'new family home'. I have offered to stay put and take charge of the post-cards. But they insist on my company. Beginning to think they don't trust me alone!

Day Three

Wel, I'm sure it's all very nice if you like that sort of thing. Modern some would call it, although it was

199

not to my taste. Mercifully – as Brenda pointed out – I won't have to live there.

To its credit I would say that it is light and airy. Although such an abundance of light will surely bring on one of Brenda's heads – which she calls 'migraines', to give them medical authenticity in my view. The house – which Brenda calls 'the villa' – has everything. If everything is described as a kitchen with a hole for a stove, bathroom with no bath and only shower, copious rooms (but not a stick of furniture) and a JCB digger in the garden.

Brenda describes the look as 'unfinished', which may be a big word in modern interior design but to me, just looks as if they haven't finished building! Obviously, I didn't want to upset Brenda by expressing this opinion aloud. But Catrin agreed with me, I suspect, as she was very tearful throughout the whole visit.

Day Four

A quiet day by the pool. Brenda insisted on my wearing 'suntan lotion' which seems to be a contradiction in terms. Far from giving you a suntan it seems this lotion acts as a barrier between the sun's rays and skin. I didn't disagree, of course, but it was all a bit unnecessary as I intended to keep my cardigan on all day following Wednesday's débâcle.

Going out again! I don't like to say anything, but it seems to me that all this holiday nonsense is making the girls a teeny bit lazy.

Day Five

Hot as cakes!

All this heat has given me a headache. Catrin insists I must drink more in case I dehydrate. This is very unlikely as I made a point of drinking copiously last night. I have become very partial to a local drink called 'Sangria' which I find very refreshing. Catrin says it contains alcohol but she must be mistaken as it is actually very similar to Ribena.

We have all become friendly with a local man called San Miguel, which Catrin says is a local beer. Again, I'm sure she is mistaken and I'm beginning to find her preoccupation with alcohol disturbing.

San Miguel is very amusing – although I cannot understand a word of what he says as he is foreign. Very amusing man whom I found increasingly amusing as the evening wore on.

This afternoon we are all going camel riding – although not quite sure what camels are doing in Tenerif-eh. Perhaps, they were imported from the Sahara with the sand. I personally will not be riding a camel myself. Well, can you imgaine!

Perhaps, as Catrin suggested, it would have been wiser to wear trousers for camel riding. Both legs are very sore, particularly inner thighs. I am, however, very glad that I was able to persuade Brenda to partake of this quaint local custom. She seemed very apprehensive until I took the lead and then she was right behind me.

Camel riding is very similar to a plane ride. Very bumpy, take-off and landing being particularly distressing.

Day Six

Can barely move today. My backside is particularly sore and sitting down is torture.

Brenda is also very sore and not in the best of moods. She was very terse when I suggested she had better get used to a bumpy ride. When she moves to Tenerif-eh she will have to forgo the MGF for a two-humped camel, which she could park in the garden by the JCB.

I have failed to make headway regarding camels in Tenerif-eh. It is not a form of local transport as I previously believed. San Miguel has no camel just a motorcycle moped and a Porsche boxter GTI.

We will be travelling to the airport early this evening – mercifully by coach and not by camel. I must say despite a very restful holiday I will be very glad to get home. And although the girls and myself have not seen eye to eye during the duration, this is one point on which we all agree.

Mawrth y 18fed

Ddyddiadur, ddyddiadur! Fy annwyl ddyddiadur!

Man hyn oeddet ti . . . a minnau'n meddwl 'mod i 'di tsiecio fy mag ganwaith. Ond, dyma ti . . .! Awwwwww. Wedi colli ti!

Adduned. Sa i fyth, fyth, fythoedd yn mynd i

unman heb fy nyddiadur eto. Hyd yn oed os bydda i'n picio i Spar i nôl llaeth neu bapur newydd, bydd dyddiadur yn fy mag. Colli dyddiadur fel colli coes neu fraich.

Hold on! . . . Ma' rhywun wedi bod yn sgwennu yn fy nyddiadur *I*. (Mam-gu, weden i, wrth y Saesneg crand). Gobeithio'n fawr nad yw hi hefyd wedi bod wrthi'n darllen. Na. Roedd hi wedi anghofio ei *reading glasses*. Dyna'i hesgus, fodd bynnag, am yfed llond casgen o win a'i alw e'n 'tonig'.

Reit. Gwely cynnar a darllen beth mae'r fenyw ddwl 'di sgwennu.

Mercher y 19eg

Swfenîr. Myn asgwrn i.

Iau yr 20fed

Nôl yn y gwaith ers deuddydd. Ych a pych. Nôl yn y gwaith yn ddigon i godi'r felan. Y peth gwaetha am fod yn fos eich hun yw na allwch chi wared eich rhwystredigaeth at artaith gwaith trwy ladd ar y bos.

Julie wedi gwneud gwaith penigamp o redeg y siop yn fy absenoldeb. Chwarae teg i fi, wy wedi canmol ei hymdrechion yn hael a rhoi anrheg iddi hi – bag lledr drudfawr o Tenerife. (Fi'n fos perffaith.) Hyn yn golygu nad wyf yn golygu gwrando arni hi'n crawcian na mynd mlaen am ei gwaith da.

Sadwrn yr 22ain

'Beth yw 'i enw fe, 'te?'

'Pwy?'

'Y bachan roiodd y wên 'na i ti?'

'Miguel. Ond o'dd Mam-gu'n mynnu galw fe'n San Miguel. Ti'n gwbod, fel y cwrw. Sa i'n credu o'dd hi'n dyall gair o'dd e'n gweud. Ond o'dd hi wrth 'i bodd yn fflyrto 'da fe.'

'Gest di fonc?'

'. . . Falle.'

'Haleliwia! Bonc cynta'r flwyddyn.'

Sul y 23ain

Iyc! Pen-blwydd fory. Sa i'n dishgwl mlaen – y tro cynta erioed i mi. Wy'n mynd i fod yn hen. Yn hen, hen, hen. Man a man i mi ddewis plot yn y fynwent nawr.

Fory bydda i'n chwech ar hugain. Ta-ra ieuenctid ffôl. Helô, byd oedolion diflas. Bydd rhaid rhwygo'r pas bws pobol ifanc a chofleidio canol oed. Hmmm.

Llun y 24ain

Pen-blwydd hapus i fi! Pen-blwydd hapus i fi!

Anrheg ben-blwydd anghonfensiynol iawn 'wrth Mam-gu. Hyd yn oed fwy anghonfensiynol nag arfer, ddylwn i ddweud.

Mae hi wedi trefnu i 'arbenigwr ar ddiogelwch' (h.y. un o aelodau'r capel sy hefyd yn dipyn o handi Andy) i roi cloeon ar bob drws a ffenest.

Nodyn: peidio â dweud wrth Pelydren. Sa i'n siŵr sut fydd hyn yn effeithio ar fy Yin a fy Yang.

Trefnu mega sesh ar gyfer heno. We-he-hei!

Mawrth y 25ain

8.00am. Ughhhh.
Wy'n marw!!!!!!!!!

9.30am. Ffonio Julie (sy heb damed o ben. Santes jawl!) a gofyn iddi garco'r siop. Wy'n sâââl! Ond wy'n credu, erbyn hyn, fydda i byw.

12.00pm. Odw. Wy'n teimlo'n well. Gadewch i mi dreial codi . . . Na, falle ei bod hi braidd yn gynnar ar gyfer codi. Gwell gorwedd yn llonydd.

3pm. Shit! Newydd weld cip ar fy llaw a chofio am neithiwr.

5pm. Pizza tec-awê ar ei ffordd. Rhaid 'mod i'n gwella.

9.00pm. Blydi modrwy dal yn sownd.

Mercher y 26ain

Galw cyfarfod brys gyda Ler amser cinio.
'Shgwla,' meddwn i gan bwyntio at fy mys.
Edrychodd arna i'n syn.
'Noson y parti. So ti'n cofio?'
'*Shit*. Odw.'
'Ma' fe'n sownd fel blydi siwpergliw!'
'*Shit* . . . Ti 'di treial sebon?'
'Do.'

'Trex?'

'Do.'

'Vaseline?'

'Do . . . wy hyd yn o'd 'di treial Baby Oil a KY Jelly.'

'Sdim byd amdani, 'te. Rhaid i ti fynd i *casualty* a torri fe off.'

'Alla i fyth neud 'nny. Beth wedith Marco?'

'Oni bai am Marco 'set ti ddim yn y cawlach 'ma i ddechre.'

Ro'n i'n dangos y fodrwy i Ler yn nhai bach Niki's Nitespot. Roedd y fodrwy (nid modrwy briodas, wrth reswm) yn anrheg gan Marco. Roedd hi'n ddigon o ryfeddod – arian a charreg las fel llygaid babi.

'Treia 'ddi, treia 'ddi,' meddai Ler yn fy mhrocio.

Roedden ni'n dwy yn dablen dwll erbyn hyn.

'So 'ddi'n ffito. Ma' 'mysedd i'n rhy dew.'

'Gweda wrth Marco. Falle galle fe ga'l un fwy.'

'Gweud 'tho fe 'mod i'n rhy dew?! Ti *yn* jocan!'

'So fe'n ffito dim un bys?'

'Dim ond bys bach a hon,' meddwn, gan osod y fodrwy ar bedwerydd bys fy llaw chwith, gan feddwl dim. Dyna ble mae hi 'di bod byth ers hynny. Wedi ei sodro'n dynn ar fy mys dyweddïo.

Gwener yr 28ain

Wps.

Trwy ryw ryfedd wyrth, wy wedi llwyddo i osgoi Marco trwy'r wthnos. Tan heddiw, hynny yw.

206

Y sgwrs yn araf iawn. I lenwi bwlch, rhoi fy llaw ym mhoced fy siaced a diolch iddo am y fodrwy. (Methu cofio a oeddwn wedi diolch iddo ishws er mae'n siŵr fy mod i wedi, oherwydd fy mod yn blentyn ysgol Sul).

Ofynnodd e a o'n i'n ei hoffi hi. Dwlu arni, meddwn i. Wyt ti'n ei gwisgo?, gofynnodd. Mae'n rhy fawr i fy mysedd main, meddwn i.

Wel, o'n i methu cyfadde bod y blydi peth yn sownd ar fy mhawennau mawr. Ta beth, roedd yr ateb wedi ei fodloni oherwydd roiodd e gusan ben-blwydd i fi. Ar fy ngwefus. Chwarae teg!

Sadwrn y 29ain

Noson bath a fideo. (Mae wedi bod yn fis drud rhwng gwyliau a phen-blwydd.)

Ro'n i'n meddwl am redeg bath pan oedd 'na drybowndian mawr ar y drws. Neidiais o 'nghroen. Ond wy'n teimlo'n glyd a diogel ers bod 'da fi gloeon newydd ac ro'n i'n hollol sicr allai neb ddod mewn yn ddiwahoddiad.

'Pwy sy 'na?' gofynnais gan dreial swnio'n ddewr.

'Fi!' meddai Ler mewn llais deffro'r meirw.

Agorais y drws a rhuthrodd i mewn fel llew yn gwynto gwaed.

'Bits fach,' hisiodd.

Ro'n i mewn gormod o lewyg i ddweud gair.

'Wy ffaelu credu ti! Ti'n gwbod beth sy waetha? . . . Y celwydd!'

Gredais i am funud ei bod ar fin fy nghyhuddo i a'r Llo o affêr.

'Ti'n mynd i weud rhwbeth, 'te? Neu ti'n mynd i gadw'n dawel ambytu hyn 'to?'

'Beth sy'n bod?' gofynnais.

'Beth sy'n bod?! Beth sy'n bod?!!'

Crymais fy sgwyddau. Do'n i ddim yn deall.

'Weda i beth sy'n bod . . .'

Roedd hyn yn dipyn o ryddhad oherwydd ro'n i'n dechrau meddwl bod y fenyw'n honco.

'Y blydi briodas 'ma!'

Aha. Roedd hi'n callio o'r diwedd.

'Wy wedi treial gweud 'thot ti. O't ti pallu grondo,' meddwn i.

'Pryd? Amser cino, ife. Y stori dwp 'na am y fodrwy. O'n i ffaelu credu 'se hyd yn o'd ti mor dwp â cha'l anrheg ben-blwydd yn sownd ar dy fys dyweddïo.'

'Sori?' Unwaith eto, ro'n i yn y niwl.

'Ti'n priodi!' amneidiodd.

'Ugh?'

'Ti . . . a . . . Marco blydi Rhydderch. A so ti hyd yn o'd 'di gweud wrth dy ffrind gore. Jest gobeitho i dduw dy fod ti 'di gweud wrth dy fam!'

Eisteddodd lawr yn un swmp a dechrau crio.

'Ler, dim ond un menyw wy'n nabod sy'n priodi, a *ti* yw honno. Onest.'

'Wir?' gofynnodd yn dawel.

'Ar fy marw.'

Ond nid dyna oedd y si ddaeth i glustiau Ler pnawn 'ma. Ac mae'n debyg bod y stori'n dew yn dre.

Sul y 30ain

Dyweddïad sy-ddim-yn-ddyweddïad yn ddoniol iawn. Chwerthin yn braf am y cawl potsh.

Sa i'n deall pam oedd Ler mor grac. Y sgimren ddwl!

Jest gobeithio na fydd Marco'n meddwl mai fi sy'n lledaenu'r si achos 'mod i'n despret i briodi.

HYDREF

Bwci-bo

Llun y 1af

Taro tra bo'r haearn yn boeth. Dyna ddylwn i wedi ei wneud, wy'n gwbod. Ond, beth mae rhywun yn ei wneud? Cnocio ar ddrws y tŷ a dweud yn larts,

'Hia, Marco, wy'n clywed 'yn bod ni'n priodi . . .'

Gallai'r dyn gael harten yn y fan a'r lle.

'Hia, Marco, gredi di byth beth glywodd Ler dros y penwthnos. Ni'n priodi . . .!'

Gweler uchod, a hefyd sa i moyn i'r dyn feddwl am eiliad 'mod i'n lledu'r si ac felly'n drist iawn, iawn.

'Ha, ha, hia, Marco. Gredi di fyth, ha, beth glywes i, ha, ha . . .'

Beth os nagyw Marco'n rhannu'r jôc oherwydd fod priodas, iddo fe, yn fater difrifol iawn? (Cofier: so fe'n credu mewn secs cyn priodi.)

'Beth os taw Marco ddechreuodd y si?' gofynnodd Ler. Ro'n ni'n cael cyfarfod brys ac un drinc bach.

'Wrth gwrs!' meddwn i'n sarcastic. 'Ond, un cwestiwn bach. Pam gythrel fyse fe'n neud shwt beth?!'

'Achos 'i fod e mewn cariad 'da ti,' meddai Ler, mor cŵl â chiwcymbyr.

'O, ie. 'Run peth â phob dyn secsi, ife?'

'*Ma*' fe'n ffansïo ti. Wedodd e 'tho i ache'n ôl.'

'Ga's e ddigon o gyfle pan o'n i'n byw 'da fe. Ond, nath e ddim twtsh â fi . . . Yn anffodus.'

'Falle bod e'n parchu ti . . .'

'Wedyn, dyle fe barchu'n hawl i i ga'l secs gwyllt.'

Mawrth yr 2il

So bywyd yn deg!

Dyma fi yn chwech ar hugain oed ac yn byw fel lleian (oherwydd argyfwng diffyg rhyw). Ond, os 'ych chi'n credu Ler (peryg mawr), mewn gwirionedd wy mor brydferth a secsi nes bod pob dyn (wel, dau, ta beth) ar fy ôl i.

Dynion secsi sy ar fy ôl i: un – Simon Tucker (Methu gwadu o gofio tystiolaeth blodau a tedi-bêr.)

Dynion secsi sy ar fy ôl i: dau – Marco Rhydderch (Anodd credu er gwaetha'r sïon am y briodas.)

Dyma wy methu deall. Os ydw i y fath atyniad i ddynion, pam, pam, pam mae'r flwyddyn yma (namyn un noson) wedi bod yn ddiffeithwch di-ryw llwyr?

Mercher y 3ydd

Hmmm. Hyd yn oed Mam-gu yn cael mwy o ryw na fi! (Mwya c'wilydd iddi. Nid yw'r un peth o reidrwydd o wir am y Parch.)

Mam-gu wedi ffeindio ffordd fodern iawn (ac amheus iawn) o ledaenu'r Gair. A ffordd fodern (ac amheus) Mam-gu o ledaenu'r gair? Trwy syrffio mewn *chat rooms* ar y Wî.

Yn wir, mae gan Mam-gu Wî-ffrind newydd (a gyfarfu mewn *chat room*). Enw'r 'ffrind' yw Hank Dougan, gwas ffarm ugain oed o Tecsas. Mam-gu'n mynnu eu bod nhw'n treulio oriau hapus, braf yn cyfathrachu am grefydd. Hyn, hyd y gwela i, ar sail un frawddeg o eiddo Hank sef, *'I shall write to you religiously . . .'*

Unwaith iddo yngan y geiriau yma caiff ryddid i siarad am bob peth dan haul gan gynnwys problemau perthynas Hank a Joline. (Esgus i siarad am ddim byd ond rhyw, os gofynnwch chi i fi.)

Ocê. Rhyw mae Mam-gu yn ei gael yn seiber-secs. Ond seiber-secs yn well na dim secs, glei.

Iau y 4ydd

Mae pethau'n mynd o ddrwg i waeth.

Nid yn unig mae Mam-gu'n cael mwy o ryw na fi, ond wy wedi llwyddo – trwy fy neiet newydd – i roi dau bwys mlaen! Sut?!

Gwaeth. 'Nes i ddim darganfod yr hylltra yma nes 'mod i yn fy mra a nicers, o flaen Ler a'i mam, yn treial gwasgu mewn i ffrog forwyn briodas rhy fach.

Wy'n ei galw hi'n 'ffrog'. Mewn gwirionedd, mae'n debycach i dusw o bais biws. (*Nodyn:* wy'n edrych fel pech mewn piws.)

'O diar,' meddai Angela (mam Ler).

'Bydd rhaid i ti golli cwpwl o bownds,' meddai Ler yn gellweirus.

'Wy *yn* treial,' poerais i.

'O diar, diar,' meddai Angela.

''Set ti'n stopo lysho, 'se'r powndi'n cwmpo off,'

meddai Ler gan wneud i mi swnio fel aelod nesa'r AA. Wy'n siŵr i mi glywed y weinyddes yn sniffian am gwrw. Ond, wy'n meddwl mai fy ngheseiliau oedd yr oglau sur 'na, oherwydd ro'n i 'di dod yn syth o'r gwaith a heb gael cyfle i molchi.

'Mae'r camera'n rhoi ugen pownd arnoch chi,' meddai'r weinyddes (sy'n sicr ddim ar fy rhestr cardiau Dolig).

'Dim lysh tan Dolig, 'te,' meddai Ler. 'Neu fydd ddim lle i ti yn yr albym briodas.'

Cês yw Ler. Ond, weithiau, weithiau, gallen i dagu 'ddi!

Gwener y 5ed

Wedi cael llond bol o ofan.

Cerdded i'r gwaith mewn ymdrech i golli pwysau cyn priodas. Erbyn 'mod i 'di cwpla cyfrif stoc, roedd hi'n tywyllu.

Ro'n i'n berffaith hapus yn cerdded trwy'r dre. Roedd pobol ar eu ffordd mas am sesh diwedd yr wythnos, a'r goleuadau stryd yn gwynnu'r corneli tywyll.

Ond pan drois i lawr Ffordd y Dŵr am y bont deimlais i chwa o awyr oer. Yna, ro'n i'n gwbod. Roedd e yno. Drois i'm rownd i edrych. Feiddien i ddim. 'Sen i 'di'i weld e, 'sen i 'di rhewi'n gorn yn fy unlle. Bydde dim dianc i'w gael.

Cyflymais fy ngham. Cerdded yn gyflym i ddechrau, yna sgipio a throtian, cyflymu bob gafael nes 'mod i'n carlamu rhedeg nerth fy ngwynt. (Ie. Fi'n rhedeg!)

Roedd e yno. Wy'n gwbod. Mae'n cymryd ymdrech fawr i 'nghael i i redeg a 'sen i ddim wedi gwneud hynny ar sail chwa dychymyg.

Rhedais adre bob cam (a cholli pwysi, synnwn i ddim). Sa i erioed 'di bod mor falch i droi mewn i'r clos a gweld y cysgod tywyll y tu ôl i garej rhif pedwar.

'Marco!' meddwn i'n rhedeg tuag ato a'i glofleidio.

'Caaat-riin. Beth syyy?' meddai, gan fy nghofleidio innau mewn chwinc chwannen. Unrhyw esgus ac mae'r cyfandirwyr 'ma'n cwtsho.

'Dim byd,' meddwn i. 'Wy jest mor falch i fod gatre.'

Do'n i ddim yn twyllo Marco. Gallwn weld cyffro yn nyfroedd tywyll ei lygaid.

Sul y 7fed

Wedi rhoi'r gorau i yfed alcohol. Nawr, dim ond yn yfed jin a *slimline tonic* a fodca a *diet coke*. Mae 'da fi hawl hefyd i gael gwin spritser cyn belled 'mod i ddim yn yfed y botel gyfan. (Santes.)

Neithiwr, mynd mas gyda Marco a brawd Marco (sy'n Gymro croenwyn a gwritgoch ac felly'n edrych dim byd tebyg i Marco. Fel eu mam, so fe chwaith yn siarad ag acen Eidalaidd – oherwydd nad yw'n cofio ei dad, meddai Marco).

Ddim yn gyfarwydd ag yfed jin na fodca ac felly'n teimlo'n benysgafn iawn erbyn canol nos. Marco wedi dala hi hefyd, weden i, oherwydd roedd e'n sili a sentimental,

'Beth syyy'n bod, Caaatrin? Pam wyt ti mor driiist?'

Ffaelu helpu fy hun ond cyfadde,

'Mae pobol yn gweud pethau amdanon ni,' meddwn i.

'Beth maen nhw'n gweud, fy nghaaariad?'

'Gweud 'yn bod ni'n priodi . . .'

Meddyliodd Marco am ennyd,

'Sdim ots 'da fi beth mae pobol yn gweud. Niii'n gwbod y gwiiir,' meddai'n gadarn.

Roedd e mor garedig ro'n i ffaelu helpu fy hun,

'Nage 'na beth yw e . . . Wy'n credu bod rhywun ar f'ôl i o hyd. Wy'n gwbod bod e'n swno fel nonsens . . . ond, wy ofan e . . .'

Edrychodd Marco arna i'n gegrwth,

'Paaam ti'n meddwl hyyyyn?'

'Wy'n gwbod. 'Na gyd,' meddwn i.

Un cam ar y tro, dechreuais i leisio fy ngofidiau dwmbwldambal. Rywffordd, yng nghanol y mwdl, fe drodd y sgwrs at DD.

Llun yr 8fed

Marco'n fy hebrwng o'r gwaith heno, rhag fy mod i ofn. Roedd e'n digwydd pasio, meddai e, ond wy'n 'i nabod e'n well na hynny.

Mae Marco'n dechrau hala ofan arna i. Y ffordd mae e'n siarad am DD sy ar fai. Doedd dim gripsyn o ots 'da fi feddwl am DD fel dyn diflas a phennaeth pwdwr. Ond, mae meddwl amdano fel dihiryn sy am fy ngwaed . . . wel, mae hynny'n degell gwahanol o bysgod, ys dywed y Sais.

215

'Mae'n rhaid i tiiii beidio meddwl amdaaano fel person normaal. Pan oedd e'n berson nooormal fyse fe fyyyth 'di gwneud hyn i ti. Ond naaawr mae ei feddwl e weeedi dryyysu. Sooo fe'n meeeddwl fel tii a fiii.'

Mawrth y 9fed

Y mwy wy'n meddwl am y peth, y mwy mae e'n gwneud synnwyr perffaith. Roedd 'na dipyn o grinc yn DD erioed, hyd yn oed pan oedd e'n gwbwl gall. Mae e'n eiddigeddus ohona i, 'na'r unig esboniad call. Gafodd e ei ddedfrydu i redeg cwmni PR dwy-a-dime gyda chywion syth-mas-o'r-ysgol, di-foes a di-sgert fel Rhian Haf, tra 'mod innau ar frig y don yn rhedeg fy nghwmni fy hun. Byw fy mreuddwyd o fod yn berchen siop ddillad!

'Wy'n moyn mynd i'w weld e . . . yn yr ysbyty,' meddwn i wrth Marco, wrth gerdded adre heno.

'Wyyyt tii'n siŵr bod hyyynny'n syniad daaa?'

'Nagw. Ond wy'n mynd, ta beth. Fydda i'n gwbod wedyn, on'd fydda i? Os mai fe sy'n neud y pethe 'na i fi, fydda i'n gallu gweld 'nny yn ei wyneb.'

Mercher y 10fed

'Dere miwn, dere miwn,' meddai Mam yn gwenu'n deg. Yna, hisiodd. 'Ma' 'da ni fisitors.'

'Marged . . . David . . . Dyma Catrin Helen, fy merch . . . Ma' Catrin yn rhedeg siop yn y dre. Hi yw'r perchennog. So 'ddi'n byw 'ma. Mae'n berchen tŷ 'i hunan. Tŷ mowr yn y dre. So 'ddi'n briod 'to – er gwaetha'r fodrwy 'na ar ei bys. Ond ni'n byw mewn gobeth, on'd 'yn ni bach? Y merched ifanc 'ma! Pan o'n i'n ifanc o'ch chi'n priodi er mwyn priodi. O'dd ddim o'r nonsens 'ma am aros am y dyn perffeth.'

Marged yn nodio'i phen fel petai'n cytuno. (*Nodyn:* sa i'n siŵr ble mae hyn yn gadael David.)

'Ma'r fodrwy'n sownd,' meddwn i.

''Dach chi 'di trio sebon?' meddai Marged. Mae hi'n nyrs, mae'n debyg, ac felly mae ganddi ateb i bopeth.

'Wy 'di treial popeth ond llif,' meddwn i. 'Ond ges i'r fodrwy gan ffrind. *So*, sa i moyn ei thorri hi. Wy'n dala i obeitho, gyda'r deiet 'ma, bydd hi'n slipo ffwrdd yn rhwydd fel dŵr.'

Marged a David yn gwpwl neis iawn, erbyn ffeindio. Fuon ni yno am ache yn yfed coffi, byta pice bach (dim ond un i fi) a sgwrsio am hyn a'r llall. Maen nhw'n dod o Fangor yn wreiddiol.

'Beth chi'n neud ffordd hyn?' meddwn i.

'Ma' David 'di cael swydd, on'd o? Mae o'n ymgynghorydd IT i Ymddiriedolaeth Myrddin.'

Pwysig iawn, meddyliais.

'Roedd tad Catrin yn wych 'da cyfrifiaduron, sa i 'di gweld neb tebyg iddo fe,' meddai Mam. Rhag ofn i neb gael y llaw uchaf arni.

Falle fod Mam tam' bach yn gystadleuol yn ei sgwrs. Ond, doedd David a Marged ddim fel petaen nhw'n poeni rhyw lawer. Roedd hi'n braf cael rhannu baich sgwrsio gyda Mam. Dim ond ar ôl i mi gyrraedd adre gofiais i 'mod i heb ofyn beth yn gwmws ro'n nhw'n dda 'na.

Iau yr 11fed

Chwilfrydedd parthed Marged a David yn fy lladd, felly ffonio Mam ben bore. Rhaid ei bod ar y ffôn symudol, oherwydd ro'n i'n clywed slap, slap olew a chroen ac ochneidio a chwyrnu arswydus.

'Ma'n nhw'n gwpwl bach neis, on'd 'yn nhw?'

'Neis iawn,' atebais i.

'Wy'n falch bod ti'n meddwl 'nny,' meddai. 'T'wel, ma' fe'n bwysig bod ti'n lico nhw.'

Ody fe? Pam?

'Wel, cariad, achos mai nhw sy 'di prynu'r tŷ!' meddai mewn tôn oedd yn awgrymu y dylwn i wbod hynny, siŵr Dduw.

Gwener y 12fed

Gwastraff amser oedd treial cael Mam-gu a'r Parch ar fy ochr i. Maen nhw wedi cymryd at Marged a David yn ofnadw ers clywed eu bod nhw'n Annibynwyr ac felly'n frodyr yn y ffydd. David, yn ogystal â bod yn Ymgynghorydd IT Pwysig Iawn, yn flaenor capel a Marged, y nyrs gwbod-pob-dim, yn drysorydd ac athrawes ysgol Sul.

Cof pysgodyn aur gan Mam-gu.

Mae'n ymddangos ei bod wedi ei hudo gan yr haul – er gwaetha ei phregeth am y peryglon. Mae hefyd wedi anghofio pob dim am wendidau – honedig – y *villa*, a bellach yn breuddwydio am wyliau lu ger y lli.

Y Parch tamed gwell. Megis ddoe, roedd e'n paldaruo am bwysigrwydd cadw'r cartref teuluol er cof am Dad. Nawr, mae'n pregethu am bwysig-

rwydd y cof fel ceidwad atgofion ac am adael i fynd
a golchi'r hunan yn lân o'i alar.

Ar ôl dwyawr, ro'n i wedi laru ac es i adre.
Lwcus i mi wneud oherwydd roedd *Big Brother* ar y
bocs.

Sadwrn y 13eg

Pelydren wedi cyflogi staff Sadwrn ac felly roedd
hi'n bosib i ni fynd am ginio gyda'n gilydd heddiw.

'Wyt ti ar *Nightnurse* o hyd?' gofynnodd wrth fy
ngweld yn agor fy ngheg.

'Na. Wy'n siŵr bod e'n grêt i annwyd a ffliw ond
o'dd e'n dda i ddim i helpu cysgu.'

'Sut mae Yin a Yang?' gofynnodd drachefn.

'Dal yn ffrindie, mor bell â wy'n gwbod.'

Pelydren a fi'n siarad am y busnes a'r tŷ newydd
ac am Mam yn gwerthu'n cartre. Yna, Pelydren yn
dweud hyn,

'Pe bydde cartref ti yn fwy o gartref, fyddai ti
ddim yn poeni tatws am yr hen gartref.'

Ar ôl i mi gymryd eiliad i weithio mas beth
gythgam roedd hi'n treial dweud, sylweddolais i ei
bod hi'n siarad yn synhwyrol iawn. Wy 'di symud
nôl i fy nghartre ond, bellach, so fe'n teimlo fel fy
nghartre i. Mae pob dim yr un peth, ond yn
wahanol. Mae'r celfi gafodd eu rhacso wedi mynd
i'r sgip, a chelfi newydd gwmws yr un peth yn eu
lle. Dyna'r broblem. Mae popeth yn *rhy* newydd.
Mae'r ymdeimlad o gartre, sy ond yn dod gydag
amser, wedi mynd.

Mae hynny heb sôn am Ffyng Shwei. So hwyaid

seramig a brogaod teircoes yn 'fi' rywffordd. Sori, Pelydren. Gaiff Ffyng Shwei (pysgodyn) aros, ond mae'r geriach arall am gael ffluch.

Sul y 14eg

1.30am. Sgwennu'n gam. Mae'n dywyll iawn. Wps! Dim golau! . . . Goleuo lamp. Lamp yn ffrind gorau. Yn arbennig mewn argyfwng e.e. tywyllwch. Sa i'n lico tywyllwch.

Wedi bod mas ac wedi gweld Gary Rhys. Ler yn treial ca'l fi i gusanu Gary Rhys . . . neu ife siarad wedodd hi? Dim ots. Ler yn ddrwg.

Beth yw'r sŵn 'na?! Sŵn y gwynt. Gwynt yn ddrwg. Codi ofan. Mynd i gwato dan y cwilt ac aros 'na tan bore.

Wy'n siŵr bod Marco'n meddwl 'mod i'n honco! Wy 'di clirio tri llond bag o bethau newydd o'r tŷ. Yn eu lle, ma' 'da fi ddau focs llawn o hen bethau o dŷ Mam a Dad. Wel, fydd Mam ffaelu mynd â'r cwbwl i Tenerife. Cwilt brethyn hen-fam-gu . . . cwpwrdd llyfrau o stydi Dad . . . lamp Portmeirion o'r lownj . . . llun o fowlen ffrwythau o'r cyntedd (pan o'n i'n fach ro'n i arfer meddwl bod y fanana'n edrych fel angel).

Wy'n gwbod na fydd y pethau 'ma'n trawsnewid y lle. Ond maen nhw'n rhan o'r ymdeimlad yna o gartre oedd gen i'n groten fach ac mae hynny'n ddechrau. Ffyng Shwei wedi mynd i ebargofiant. Wel, so dwy hwyaden a broga fyth fythoedd yn mynd i newid fy mywyd dros nos.

11.00am. Newydd gofio. Ro'n i 'di meddwl mynd i'r 'sbyty i weld DD. Mae'r gwynt yn udo heno, eto. Wy'n swatio yn y gwely. Rhag ofan. Chi'n gweld, heno mae'n noson hollol fwyn.

Mercher yr 17eg

'Aaaah, Catrin! Sut mae'r maip?'

Dyna'r peth cynta wedodd DD wrtha i pan welodd e fi. Roedd hi 'di cymryd tridiau i mi fagu ddigon o blwc i'w wynebu. Tridiau o bendroni a fyddai e'n fy nghofio, heb sôn am fy nghydnabod.

'Dw i isio cynllun deg pwynt a'r datganiad i'r wasg cynta ar fy nesg cyn cinio . . . A thyrd â choffi i mi. Snam sôn am y glomen wirion Janice 'na.'

Oedd, roedd e'n fy nghofio i'n glir fel grisial. Ond roedd ei gof ohona i wedi rhewi mewn amser pan o'n i'n dal i slafo i'r cythrel bach.

'Shwt y'ch chi, 'te?' gofynnais. Roedd e wedi heneiddio tu hwnt i'r ddwy flynedd ers i mi ei weld ddwetha. Roedd ei wallt bellach yn haen denau dros gorun sgleiniog, a'i freichiau cyhyrog gynt yn esgyrn brau.

'Dan y don, fath ag arfer. Yli, fydd rhaid i mi ofyn i ti am dy help hefo Tail Cymru. 'Swn i'n gofyn i Rhian Haf, ond mae ganddi hi ddigon ar ei phlât, 'sti.'

'Dim problem,' meddwn i. Roedd hi'n hawdd cytuno. Mae'n hawdd cytuno i rwbeth pan 'chi'n gwbod na fydd fyth rhaid ei wneud.

Roedd yr ysbyty'n debycach i gartre oddi cartre. Eisteddai'r cleifion yn un rhes yn erbyn y wal, yn aros eu tro fel petan nhw mewn syrjeri doctor. Cyn dod, ro'n i'n ysu i ddweud wrth DD am fy musnes llwyddiannus ac edliw ei gwymp i'r gwaelodion. Ond byddai sôn am y siop wedi golygu egluro nad oeddwn bellach yn gweithio iddo. Doedd e'n cofio dim mai ganddo fe ges i'r sac.

'Sut hwyl gest di'r hefo'r ffermwyr ifanc? Gafon nhw flas ar dy faip organig?'

Ble roedd dechrau egluro?

'Well i mi fynd nôl at fy nesg. Gwaith yn galw!' meddwn i. Am y tro cynta erio'd, ro'n i'n teimlo dros y creadur.

'Ffwrdd â chdi, 'ta. Dyna ferch dda,' meddai'n fodlon. Edrychai ar ben ei ddigon.

Wrth i mi fynd, clywais e'n gweiddi'n groch, 'Erfyniwch am erfinen!'

Wy'n teimlo'n fodlon. Os oes 'na rywun ar fy ôl, nid DD yw'r un. Sa i'n siŵr pam, ond wy'n falch sobor o 'nny.

Gwener y 19eg

Ler yn dweud 'mod i'n rhy ffysi, pan mae'n dod i ddynion.

Mae'n dweud oni bai bod dyn yn Brad Pitt neu'n Robbie Williams, sa i'n edrych unwaith arnyn nhw, heb sôn am ddwywaith.

Hyn yn gelwydd noeth, oherwydd personoliaeth yw'r peth pwysica i mi.

Ler yn chwerthin nes ei bod yn dost ac yn pwffian pwldagu. Serfio hi'n reit, weda i.

Sadwrn yr 20fed

Wedi cael fy ngwahodd i barti. Parti Calangaea! Hyn yn grêt oherwydd yn gyfle i wisgo lan a meddwi'n dwll. Wy'n hoffi'r syniad o fynd fel cath y wrach, ond yn methu oherwydd sefyllfa pen-ôl.

Gary Rhys sy'n trefnu'r parti. Ler yn procio trwy ddweud y bydd yn esgus perffaith i fi a Gary dwco fale.

Wy ddim mor siŵr. Gary wedi newid o fod yn 'bishyn wy'n ffansïo' i fod yn 'bishyn athro wy'n ffansïo'. Sa i'n meddwl y gallwn i ymlacio heb ofni bob gafael ei fod ar fin estyn ei feiro coch.

Llun yr 22ain

Pen-blwydd Dad.

Yr unig anrheg oedd ei hangen oedd eich presenoldeb a photel win. Mam wedi troi swper pen-blwydd (bellach yn achlysur blynyddol er cof am Dad) yn swper-y-crafu. Roedd hi am wneud yn siŵr ei bod hi heb ddigio neb cyn ffarwelio am Tenerife. Fe wnaeth hyn gyda swper tri chwrs gan gynnwys *crème brûlée* a llond gwinllan o win.

'Helô ac *au reuoir*,' meddai wrth gynnig llwnc-destun. Roedd hi'n amlwg wrth y sgert fini a'r top fest (cwbwl anaddas i'w hoedran a'r amser o'r flwyddyn) bod ei wardrôb ishws yn y Canoldir.

'Ffarwel i Mam-gu a Dat-cu. Ond falle fydd hi ddim yn ffarwel i bawb,' meddai a throdd pawb i edrych arna i a gwenu.

Beth o'dd ystyr 'nny, sgwn i?

Iau y 25ain

Ystyried mynd yn ôl ar y *Nightnurse*. Mae'r gwynt yn fy nghadw i'n effro rhyw ben bob nos. Sa i'n siŵr ai amser y flwyddyn yw hi neu beth, ond wy'n amau bod sŵn ysbrydion yn y gwynt.

Gwener y 26ain

'Se rhaid i mi ddisgrifio'r udo, 'sen i'n gweud hyn – cyfuniad o riddfan poenus fel dyn â'r ddannodd, a chlanc, clanc hen drên ar draciau rhydlyd. Os na fydda i'n cysgu'r nos cyn hir, fydd ddim angen gwisg ar gyfer y parti Calangaea. Fydda i'n gallu mynd fel fi fy hun. H.y. drychiolaeth.

Sul yr 28ain

Achwyn fy nghŵyn wrth Marco dros ginio dydd Sul. Marco yn gariad bach,

'Ti'n berffeth saff, Caaatriiin. Ma' mwy o gloooeon ar y tŷ na banc ffederal yr Eeeidal.'

'Wy'n gwbod. Ond so 'nny'n helpu fi gysgu winc.'

'Wel, gallet ti ddod nôl aaata' iii. Os wyyyt tiii moyn.'

'Na,' meddwn i'n ddygn. Wy'n ei feddwl e 'fyd. Wy'n benderfynol o sefyll ar fy nwy droed fy hun y tro hwn.

Teimlo'n sobor o falch ohonof fy hun heddiw. Wedi llwyddo i gadw at fy egwyddorion er gwaetha dau wydraid mawr o win.

Llun y 29ain

Marco wedi pwdu oherwydd so fe 'di ca'l gwahoddiad i'r parti. Wedes i gallai Marco ddod 'da fi ac fe fywiogodd e drwyddo. (Wy'n ffrindiau mynwesol â'r person parti ac felly mewn sefyllfa ddelfrydol i gael gwahoddiadau i bawb a'i gi.)

Fuodd e hefyd yn gofyn lot o gwestiynau am Gary Rhys. Wel! Gallech chi feddwl ei fod e'n fy ffansïo i.

Mawrth y 30ain

Ler a fi wedi penderfynu ar y gwisgoedd arswydus perffaith.

Ta-raaaaaa. Drymiau, plîs. Ni'n mynd fel y . . . Sbeis Girls.

Ler *fydd* Scary Sbeis. (Mae ei *girl power* gwyrdroëdig yn codi ofn arnon ni.)

Fi *fydd* Posh Sbeis. (Mae hi'n debycach i sgerbwd na menyw.)

Mercher yr 31eg

Gucci ffug (o'r siop)? *Check*.

Gwefus-dlws ffug? *Check*.

Sarong Mam a chlystdlysau diamwnt ffug Mam-gu – i Marco 'Beckham' Rhydderch? *Check*.

Bant â fi am lot o hwyl ysbryd-ol! Hi, hi.

Beth oedd y sŵn 'na? Maen bach yn gynnar i dân gwyllt, glei. Anadl ddofn. Wy'n mynd i weld . . .

TACHWEDD
Mis yn y Tywyllwch

I

Tywyllwch. Dyn a ŵyr pa siâp sy ar fy sgrifen i. Mae mwy o olau mewn bola buwch. Ble ydw i? A ble bynnag ydw i, beth gythrel wy'n neud 'ma?

II

Helô. He-lô!

III

Waliau'n oer ac anwastad fel brics concrid. Pedair wal i gyd. Un ffenest – ond wedi'i gorchuddio gan drawstiau pren sy'n rhwygo'r croen os y'ch chi'n potsian â nhw. Un drws – ar gau, yn naturiol. Un fatras, lle ro'n i'n gorwedd pan ddihunais i, a photel ddŵr. Hefyd, hen foiler yn y gornel bella. Wrth gwrs, so hwnnw'n gweithio achos mae'n ddigon oer i rewi dŵr.

IIII

He-l-ô-ô!

IIIII

Ffaelu gweld wats. Sa i'n siŵr faint o'r gloch yw hi na pha mor hir wy 'di bod 'ma. Ond amser hir mae'n rhaid. Sa i'n un i gonan moyn bwyd, ond wy'n staaar-fo.

IIIIII

Wedi pendwmpian. Düwch yn chwarae triciau. Wy'n crafu 'mhen yn treial meddwl . . . ond wy'n cwmpo i gysgu cyn cofio.

ᚻᚻᚻᚻ

Un cysur. Dim bwyd yn dda i'r ddeiet.

ᚻᚻᚻᚻ I

Byrger a chaws a plât o tsips a sos coch a tharten fale a hufen iâ. O, 'mol bach i. Anghofio deiet. Mynd glou neu 'di marw o newyn.

ᚻᚻᚻᚻ II

Brechdan. Sa i'n siŵr ydw i'n breuddwydio neu beidio, ond mae'n teimlo'n real. Mae'n gwynto'n real. Mmmm. *Mae* hi'n real.

ᚻᚻᚻᚻ III

Nage brechdan yw'r unig beth sy yn y boiler. Ond boiler ddim yn foiler. Boiler yn ffrij ac yn llawn o bethau neis-neis-neis. Ddim am fyta popeth nawr. Rhag ofn. Ddim yn siŵr pa mor aml ma'r ffrij yn llenwi.

ᚻᚻᚻᚻ IIII

Gobeithio heb wenwyno fy hun. Dim gwbod pa mor hir mae'r iâr wedi bod yn y ffrij. Dim golau. Ffaelu gweld dyddiad bwyta iâr.

Iâr yn gwynto'n iawn. Ond . . . yyyyy! Wy'n drewi!

ɪɪɪɪ   ɪɪɪɪɪ

Dim poeni. Ddim isie poeni. Rhywun siŵr o ddod. Mam? . . . Ler?

ɪɪɪɪ   ɪɪɪɪɪɪ

Beth os neb yn dod? Dim moyn marw fan hyn.

ɪɪɪɪ   ɪɪɪɪ

Beth? . . . Pam? . . . Cwsg . . .

ɪɪɪɪ   ɪɪɪɪ   ɪ

Na! Cysgu digon! Ddim rhoi lan. Pobol gryf ddim rhoi lan. Menyw mileniwm ddim rhoi lan. Menyw fusnes y flwyddyn ddim rhoi lan . . . Wedi blino . . .

ɪɪɪɪ   ɪɪɪɪ   ɪɪ

Drws ar agor! Ar agor? Treial 'to . . . Drws dala ar agor! Wy'n siŵr drws ar gau. Wy'n credu, wy'n siŵr. Sa i'n cofio . . . Sdim ots. Pan sgwennu nesa, bydda i'n fenyw rydd!

*   *   *

Ddes i mas o'r anialwch a ffeindio tacsi. Yn fy nryswch, so'r manylion yn glir. Wy'n cofio un peth. Roedd hi'n ddu bits tu fas. Roedd hynny'n siom, achos ar ôl mis yn y tywyllwch ro'n i'n edrych 'mlaen at weld y golau.

Es i'n syth i fflat Ler a chanu'r gloch yn groch.

'Cats . . . Hia.'

Gafodd hi syrpreis i 'ngweld i. (Ond dim cymaint o syrpreis a fyddai rhywun yn ei ddisgwyl a 'styried ei bod hi heb fy ngweld ers mis a'i bod wedi bod o'i cho'n gofidio am fy niflaniad annisgwyl.)

'Ble ti 'di bod?'

Gwell. Ond doedd dim tinc o bryder yn y llais.

'Sa i'n gwbod,' meddwn i'n onest. 'Ga i ddod mewn?'

'Shgwla ar dy olwg di,' meddai'n ffaelu deall. 'Beth yw'r drewdod 'na?'

'Fi. O'dd yr herwgipiwr 'di anghofio'r *deodorant*,' meddwn i'n treial ysgafnhau'r tensiwn. Edrychodd arna i fel petawn i'n dod o blaned arall.

'Wy mor falch bod gatre. Sa i'n credu bod neb 'di dilyn fi. Ond rhag ofan, ma'n well i ni ffono'r heddlu.'

'Ti'n feddw?' gofynnodd Ler.

'Nagw. Wy jest 'di blino. 'Set ti 'fyd, 'set ti 'di ca'l dy ddala yn erbyn dy ewyllys.'

'Ti 'di bod ar y *Nightnurse* 'to, ondofe!' meddai.

'Wy 'di ca'l 'yn herwgipio!' meddwn i'n flin. Ro'n i wedi dishgwl tipyn bach o gydymdeimlad, wir!

'Gollest ti barti da,' meddai, gan fy anwybyddu. 'O'dd pawb yn gweld dy isie di – yn enwedig Gary . . .'

'Sdim jawl o ots 'da fi am Gary! Ffona'r heddlu!' meddwn i.

Dyna'r tro cynta i mi synhwyro gofid go-iawn.

'Heddlu? . . . Pam?'

'Wy 'di ca'l fy herwgipio!'

'Wyt ti?'

'Wel, do. So ti 'di gweld isie fi? Meddwl ble o'n i?'

'Wel, nagw, gweud y gwir. O'dd e'n od bod ti ddim yn y parti. O'n i'n mynd i ffono ddiwedd yr wthnos, ond wy 'di bod yn fishi 'da'r briodas . . .'

'Paid â gadel i fy niflaniad i darfu ar y briodas!'

Mae eisiau gras weithiau.

'Paid colli dy dymer 'da fi. Dim ond dydd Llun yw hi.'

'Dydd Llun?'

Fy nhro i i swnio'n ddryslyd.

'Dydd Llun dwetha mis Tachwedd?'

'Nage. Dydd Llun y pumed . . .'

'O Ragfyr?'

'Nage . . . Tachwedd.' Roedd ei llais yn llawn pryder. Roedd hi'n amlwg yn meddwl 'mod i 'di'i cholli hi'n lân.

'Na hi. Dydd Llun y 5ed o Dachwedd oedd hi heddiw.

Mawrth y 6ed

Rhaid 'mod i 'di cysgu. Pan ddes i at fy nghoed, ro'n i'n gorwedd yn glyd yng ngwely Ler ac roedd yna angel yn sefyll uwch fy mhen. O edrych yn fanwl, gwelais mai Mam oedd yno,

'Mae'n ddydd Mawrth y chweched,' meddai.

Heb angen, yn fy marn i, achos ro'n i'n dyfalu hynny, on'd o'n i?!

'Lwcus i ti ddihuno. Ma'r doctor ar 'i ffordd,' meddai'n fwyn.

Rhaid ei bod hi'n meddwl 'mod i'n sâl iawn neu fydde hi ddim yn chwarae bod mor neis.

Doedd y doctor damaid gwell yn codi calon rhywun.

'Sdim byd alla i neud . . .' meddai.

Oedd hi cynddrwg â hynny arna i? Wy'n cofio derbyn y newyddion yn dawel. Doedd dim gripsyn o ots 'da fi, wir.

Yna, gallwn glywed ambell air – 'gorffwys' . . . 'dim gwaith' . . . 'bwrw blinder' . . . 'cadw llygad' – oherwydd ro'n nhw'n sibrwd, rhag i'r claf glywed, dybiwn i.

Cadw llygaid mas am bwy sy ger y gwely. Sneb wedi bod yma'n crio. Siawns, felly, nad yw hi'n a-men arna i 'to.

'Ti 'di ffono'r heddlu?' gofynnais. Roedd fy llais yn ddieithr, fel sibrydiad.

'Gorffwys gynta. Heddlu wedyn,' meddai Mam. Sylwais 'mod i'n ôl yn fy ngwely fy hun, yn nhŷ Mam a Dad.

Ro'n i'n ysu am ddweud wrthi nad oedd munud i oedi. Bydde treigl amser yn difa tystiolaeth. Ond pan agorais i 'ngheg, ddaeth ddim smic mas.

Ar ôl hynny, sa i'n cofio llawer o ddim tan Mercher y 14eg. Bryd hynny, dihunais ganol y prynhawn ag awydd sydyn i godi.

Iau y 15fed

10.00am. Mam ym merw *massage.*

Sdim munud i'w golli. Mae gormod o amser 'di pasio ishws. Galla i ddim ymddiried ynddyn 'nhw'. Felly, sdim byd amdani. Bydd raid i mi ffonio'r heddlu fy hun.

10.15am

Llwyddo i gael gafael ar Welinton Bŵts. WB yn cynnig dod i'r tŷ ond wy wedi ei stopio (oherwydd Mam). Jest gobeithio na fydd Mam yn clywed crensh olwynion y tacsi ar y cerrig tu fas.

3pm.

'Ble yffach ti 'di bod, groten?'

Doedd Mam ddim yn falch o 'ngweld i'n ôl.

'Wy 'di ffono'r heddlu a chwbwl.'

Hyn ffaelu bod yn wir oherwydd petai hi 'di ffono'r glas 'se hi 'di ffeindo fi'n syth.

'Ble ti 'di bod?!'

'Yn rhoi manylion yr herwgipiad i'r heddlu,' meddwn i'n ffeindio fy llais.

'So ti 'di *ca'l* dy herwgipio, ferch! Wy'n gofalu ar dy ôl di, 'na gyd.'

'Wy'n gwbod mai 'na beth wyt ti'n neud. Wy'n siarad ambytu *cyn* i fi ddod 'ma. Beth ti'n feddwl achosodd y salwch?'

Atebodd hi ddim, dim ond mynnu 'mod i'n eistedd tra'i bod hi'n paratoi paned. O'r diwedd, roedd hi'n fy nghredu oherwydd roedd llinellau gofid yn bla ar ei hwyneb.

Gwener yr 16eg

Ymweliad gan Welinton Bŵts. Gwelwn wrth yr olwg ddifrifol ar ei wep nad oedd ganddo newyddion da.

'So Catrin Helen 'di bod yn dda. Ydy hi'n gwbwl angenrheidiol i'w holi hi nawr?'

'Fyddwn i'n hoffi gwneud 'nny, gyda chaniatâd Catrin.'

Ro'n i ond yn rhy falch i gydsynio. Rhwbeth fyddai'n help i ddal y dihiryn.

Roedd yr heddlu eisiau tsiecio un neu ddau o fanylion am fy stori. Mewn geiriau eraill, do'n nhw ddim yn credu gair.

'Cer â fi'n ôl i'r amser pan ddihangest ti. Sut yn gwmws ddest ti'n rhydd?' gofynnodd WB.

'Dreies i'r drws ac ro'dd e ar agor.'

Doedd y llall ddim mor glên. Ro'n i'n nabod e fel y moelun oedd wedi fy holi gynt.

'Felly, chi'n dweud bod drws yr adeilad – lle roeddech chi'n cael eich dal yn erbyn eich ewyllys – ar agor?'

'Odw.'

Edrychodd y ddau heddwas ar ei gilydd. Dyna pryd sylweddolais i gynta nad oedden nhw'n fy nghredu.

'Co beth 'dyn ni ddim yn deall. Os oedd y drws ar agor, o't ti rhydd i fynd. Felly, pam ti'n gweud dy fod wedi cael dy herwgipio?' gofynnodd WB.

Hwpodd y moelun ei fys yn y briw,

'Fe ffeindion ni nifer fawr o boteli gwin gwag yn eich cartref. Ar y noson dan sylw, roeddech chi ar eich ffordd i barti. Wy am i chi feddwl o ddifri . . .

233

Dychmygwch, ry'ch chi'n mynd i barti. Ry'ch chi'n cael glased fach o win cyn gadael y tŷ. Mae un yn troi'n ddau ac yn dri . . . Peth nesa, chi 'di meddwi . . .'

'Na!'

'Ond, so chi'n gwadu y'ch bod chi'n hoffi glased fach, Miss Jones. Dyna mae'ch ffrindiau chi i gyd yn ddweud . . . Ry'ch chi'n feddw, ry'ch chi'n mynd mas o'r tŷ a mynd am y parti. Ar y ffordd, ry'ch chi'n teimlo'n flinedig. Mae 'na sied neu garej gerllaw. Ry'ch chi'n mynd mewn i orffwys. Peth nesa, ry'ch chi'n dihuno, yn y tywyllwch, wedi drysu . . . ble 'ych chi? . . . beth chi'n neud 'na? . . . Mae'n dywyll, chi'n gweld dim, mae ganddoch chi ben tost . . . Pan 'ych chi'n sobri, chi'n edrych o gwmpas am ffordd mas . . . aha! . . . mae'r drws ar agor . . . 'Na gyd wy'n gofyn i chi, Miss Jones yw, ydy e'n bosib . . .?'

Sul y 18fed

Mae ymholiadau'r heddlu'n parhau. Sa i'n siŵr erbyn hyn beth maen nhw'n ei ymchwilio – fy adroddiadau am herwgipiad neu achos yn fy erbyn am wastraffu amser yr heddlu.

'Pan agorest ti'r drws, ble yn union oeddet ti?'

Grêt. Rhagor o gwestiynau na allwn i mo'u hateb.

'Wel, 'na'r peth, chi'n gweld,' meddwn i'n ysgafn. 'Sa i'n gwbod. O'n i mor falch o fod yn rhydd, fagles i o'na gynted gallen i, cyn bod neb yn 'y ngweld i'n mynd.'

Wedon nhw ddim byd, ond roedd eu llygaid yn dweud y cyfan.

'O'n i ddim moyn bod 'na funed yn rhagor. O'dd mish yn ddigon.'

'Ond doeddech chi heb fod 'na am fis, oeddech chi, Miss Jones? Yn ôl eich ffrind, Miss Eleri Williams, fe lanioch chi ar stepen ei drws ychydig ddiwrnode ar ôl y parti.'

'O'n i 'di drysu, on'd o'n i?'

'Se'n well 'swn i 'di cau 'ngheg.

'Wyt ti'n cofio unrhyw beth . . . unrhyw beth alle help ni i dy helpu di?'

Ges i fflach o ysbrydoliaeth.

'Tacsi! Ges i dacsi a gweud 'tho fe am ddrifo a'i dro'd ar y sbardun.'

Mawrth yr 20fed

Yes! Mae'r heddlu wedi ffeindio'r gyrrwr tacsi roiodd lifft i mi. A . . . mae e'n cofio rhoi lifft i mi. Mae hynny'n profi y tu hwnt i bob amheuaeth fy mod i'n gweud y gwir. *How'saaat!*

Mercher yr 21ain

Beth mae rhywun yn ei wisgo i fynd gyda'r heddlu i leoliad y drosedd 'honedig' (medden nhw)? Yn arbennig pan mai cyfran o'ch dillad sy ar gael i chi, a chithau heb gael caniatâd i fynd i'r siop am gip ar ffasiwn y tymor.

Ges i sioc i weld bod y gyrrwr tacsi 'na hefyd. Edrychai'n oer mewn jîns a siwmper denau. Ro'n i wedi gwisgo siwmper wlân FCUK a chot aeaf (ordyrs Mam).

Edrychais o 'nghwmpas ac fe gwympodd fy ngheg led y pen ar agor. Beth bynnag oedd yno, doedd e ddim yno bellach. Roedd Jac Codi Baw wrthi'n codi cegeidiau o gerrig a brics.

'Cyfleus iawn,' oedd yr unig eiriau i ddod o enau'r moelun.

Roedd y safle reit ar dop y dre, a thri chwarter milltir dda o fy nhŷ i. 'Sen nhw'n fy nabod i o gwbwl, 'sen nhw'n gwbod na fyddwn i fyth fyth wedi *cerdded* mor bell â hyn.

Iau yr 22ain

'Wy moyn dy helpu . . . *Ni* moyn dy helpu,' meddai Welinton Bŵts. Roedd e ar ymweliad answyddogol ac felly, diolch i'r drefn, heb y terrier bach moel.

'Wy'n gweud y gwir,' meddwn i.

Gwenodd arna i. Wy'n credu ei fod e moyn fy nghredu.

'Chi'n gwbod bod 'na rywun ar fy ôl i, on'd 'ych chi? Wy 'di bod yn gweud 'nny ers miso'dd . . . Y tŷ . . . y llythyre . . . Chi'n meddwl mai fi ddychmygodd nhw 'fyd?'

'Ma' Jason Parry dan glo am ddifrodi'r tŷ. Yn achos y llythyron, o'dd dim digon o dystioleth . . . Shgwla ar bethe o'n safbwynt ni, Catrin. So ti 'di bod yn dda, wyt ti dan arolygeth y doctor . . .'

'Chi'n meddwl 'mod i'n dychmygu pethe?'

'Ma'n rhaid i ni edrych ar y posibiliade i gyd.'

'Ond pam 'sen i'n neud shwt beth? Wy'n biler y gymdeithas. Perchennog siop . . .'

'Sa i'n gwbod. Ond, wy'n deall bod dy fam yn gwerthu'r tŷ a symud dramor – achos gofid i ti, yn ôl y Parchedig a Mrs J J Jones. Falle bod ti'n trio cael ei sylw hi. Falle mai dyma dy ffordd ti o stopo hi rhag mynd.'

Sadwrn y 24ain

'Sdim pwynt gofyn pryd ga i fynd nôl i'r gwaith. Ma'r siop 'di cau, sbo.'

Ro'n i heb fod yno ers wthnose. Roedd yr hwch siŵr dduw 'di mynd trwy'r siop.

'Wedi cau? Paid bod yn sili, Cats.'

Roedd Mam yn whyrrrian ŵy a llaeth yn y prosesydd bwyd. Ro'n i'n gobeithio bod 'na bancws ar y gweill ond yn ofni mai dyma'r tonig diweddara i ddod o lyfr meddyginiaeth oes y tadau.

'Ma' Julie'n gofalu am y siop, on'd yw hi. Wedes i 'na 'thot ti. So ti'n cofio?'

Do'n i ddim.

'A wy 'di bod yn helpu, i roi brêc i Julie . . . a Mam-gu, wrth gwrs. Ni gyd 'di bod yn helpu.'

Mam-gu? Roedd fy iechyd yn fregus o hyd. Oedd rhaid poeri gwybodaeth sensitif yn ddirybudd?

'Ma' Mam-gu yn 'i helfen, whare teg. Mae 'di bod yn helpu 'da'r stoc 'fyd. Wy'n dyall 'i bod hi 'di bod yn helpu archebu dillad . . . ar gyfer Nadolig. Fydd hwnnw 'ma whap . . . Dreiodd Julie stopo 'ddi, ond ti'n gwbod fel ma' Mam-gu!'

O, diar. Wy'n mynd i orwedd.

Llun y 26ain

Roedd Mam yn amlwg 'di rhoi'r gorau i bacio ers fy salwch. Roedd hanner dwsin o focsys llawn yn y stafell fwyta ac un arall ar ei hanner yn y lownj. Ar wahân i hynny roedd pob dim yn ei le ac yn rhyfeddol o debyg i sut oedd pethau pan o'n i'n byw gatre.

'Wy'n teimlo'n well heddi,' meddwn i.

'Wedes i 'se'r tonig 'na'n neud byd o les i ti. Beth 'nes di? Troi dy drwyn fel cath ar hen gig. Ych! Ŵy amrwd!'

'Wy lot yn well.'

'Paid â meddwl bo ti'n mynd nôl i'r gwaith 'na! Ti'n gwbod beth wedodd y doctor. Ma' fe 'di bod yn y coleg i ddysgu'i bethe, cofia. Yn wanol i ti.'

'Nage 'na beth o'dd 'da fi,' meddwn i. Roedd yn rhaid dewis fy ngeiriau'n ofalus, yn enwedig nawr bod mis mêl fy salwch drosto, a nyrs Mam yn mynd yn fwy pigog fesul dydd.

'Ma'n rhaid mynd mla'n 'da bywyd, on'd o's e? Wy moyn i chi fynd mla'n â pethe 'fyd.'

'Ti'n oreit, bach? Ti moyn ca'l cisgad fach?'

Roedd hi'n llawn consyrn mwya sydyn a chasglais ei bod hi'n meddwl 'mod i'n siarad dwli.

'Wy moyn i chi fynd i Tenerife. Wel, sa i moyn i chi fynd. Ond, ma'n rhaid i chi fynd, os mai 'na beth 'ych chi moyn.'

'Ma' digon o amser nes 'nny,' meddai heb edrych arna i.

'Sa i moyn i hyn i gyd stopo chi. Wy *yn* well. A wy'n mynd i fod yn iawn. Fydd digon 'da fi neud yn y siop, a ma' 'da fi ddigon o ffrindie . . .'

'Paid â becso, nawr. Os fydda i moyn mynd, fydda i *yn* mynd.'

Ro'n i wedi dweud y cwbwl o'dd 'da fi i'w ddweud a wedodd Mam ddim byd ar ôl 'nny, chwaith.

Rhyw awr yn hwyrach roedd hi ar ei gliniau ar lawr y gegin yn pacio llestri mewn papur newydd. Ond wrth iddi fynd o gwmpas ei gwaith roedd hi'n canu'n dawel iddi hi ei hun.

Mawrth y 27ain

Mae Mam wedi ymlacio'r rheol dim dynion (ar wahân i'r Parch sy'n weinidog, a Welinton Bŵts sy'n was yr heddlu).

Cafodd Marco ganiatâd i ddod i'm gweld am y tro cynta. Ond roedd Mam wedi gadael y drws ar agor i roi stop ar weithredoedd nwydus.

'Caaatrin. Fy nghaaariad,' meddai'n llawn mwythau. Ac roedd hi'n deimlad braf i swatio yn ei freichiau.

'Wy 'di ffooono bob dydd. Wedodd dy fam 'tho tiii?'

Roedd e moyn gwbod yr hanes i gyd. Pob eiliad, pob munud. Roedd e moyn gwbod sut o'n i'n teimlo a pham ro'n i'n ei deimlo, ac roedd hi'n ryddhad i gael bwrw fy mol.

'Gest di ddigon i fyyyta?'

'Do. O'dd 'na ffrij 'na erbyn ffeindo, a'i lond o fwyd neis, brechdane a siocled a bananas.'

239

Dyma'r tro cynta i mi sôn wrth neb am y ffrij. Roedd yr hanes yn swnio'n rhyfedd hyd yn oed i mi. Bydde unrhyw un call yn meddwl 'mod i'n breuddwydio.

'O't ti yn ddigon cyyynnes?'

'Na, o'n i'n oer. Dim ond ffrog fach dene o'n i'n wisgo.'

Falle 'mod i'n dychmygu, ond wy'n credu bod meddwl amdana i yn y 'ffrog fach dene' wedi codi gwên.

'Ble oedd dy gôôt?'

'Fi o'dd Victoria Beckham, ondefe? Wyt ti ario'd 'di gweld Posh mewn cot?'

'O, Caaatrin,' meddai a 'nghwtsho i fel baban.

'Ma'r heddlu'n meddwl 'mod i'n dychmygu pethe,' meddwn i'n ddagreuol. O gael fy nhrin fel bapa, ro'n i'n dechrau ymddwyn fel un. 'Ond, o'dd y drws ar gau. Wy'n siŵr.'

'Wrth gwrs, roedd e ar gaaau,' meddai.

'Wedyn, un tro o'dd e ar agor . . . Wyt *ti'n* 'y nghredu i?'

Tynnais ei ddwylo oddi arna i ac eistedd lan yn syth fel bollt.

'Ydw, ydw. Wrth gwwwrs,' meddai'n rhwydd, ac roedd e'n dweud y gwir.

'Pam, Marco? Pam hyn?'

Oedodd e ddim.

'Roedd rhywun am ddysgu gweeers i tiiii.'

'A'r gath . . . beth ambytu'r gath? Pwy fyse moyn dysgu gwers i'r gath?'

Edrychodd arna i'n hurt.

'Pwy gath?!'

'Wel, y gath gafodd ei herwgipio 'da fi. Yr un o'dd yn rhannu bwyd y ffrij.'

Aeth Marco yn fuan wedyn. Roedd gwaith prynhawn yn galw.

Mae Marco'n fy nghredu. Does neb arall yn gwneud. Mam, Mam-gu, Ler, yr heddlu. Maen nhw i gyd yn meddwl 'mod i'n sâl. Mae hyd yn oed y doctor sydd wedi bod mewn coleg yn arbennig i allu datgan gydag awdurdod 'mod i'n sâl. Ac mae'r lleill yn dawel eu meddwl o glywed hynny.

Ond roedd Marco'n fy nghredu. A dyna sut wy'n gwbod mai fe yw'r un. Nid 'Yr Un' fydda i'n ei garu a'i briodi. Ond, yr un sy wedi treial gwneud fy mywyd i'n hunlle.

Treial, wedes i, oherwydd so fe 'di llwyddo.

Nodyn pwysig: wy'n gwbod yn iawn bod yr un gath ar gyfyl y lle. Ond, os oedd e'n credu bod 'bananas' yn y 'ffrij', pam nad oedd e'n credu stori'r 'gath'?

Mercher yr 28ain

Ddihunais i bore 'ma ac roedd fy mysedd yn noeth. Wy wedi colli pwysau dros yr wythnosau dwetha ac mae'n rhaid bod y fodrwy wedi slipo bant yn fy nghwsg.

Iau y 29ain

Roedd Welinton Bŵts yn cyfadde, oni bai bod Marco Rhydderch (enw go iawn Marc Preis. Yn wreiddiol o

Gwmsgwt ac nid o'r Eidal o gwbwl!) wedi arllwys ei galon, fydde fe ddim dan glo yng ngharchar Abertawe y funud hon, yn aros am yr achos llys.

Ry'ch chi'n ffeindio hynny weithiau, meddai WB, yn arbennig gyda'r dihirod mwya clyfar. Nid y drosedd yw'r peth anodda iddyn nhw, na chwaith cyflawni'r drosedd heb i neb amau dim. Yr hyn sy'n eu lladd yw gorfod mynd mlaen â'u bywydau bob dydd gan wbod beth maen nhw wedi ei wneud. Dyw hynny, meddai WB, ddim oherwydd eu bod nhw'n teimlo'r euogrwydd i'r byw, chwaith, ond am eu bod nhw'n ysu i rannu eu mawredd gyda'r genedl i gyd.

Mae gwbod hyn i gyd wedi fy siglo i i'r asgwrn. Dyw e ddim, fodd bynnag, yn gymaint o sioc i deulu a ffrindiau. Mae Mam yn taeru ei bod hi wedi fy nghefnogi i o'r cychwyn cynta a Ler yn mynnu ei bod hi wedi amau bod 'na ddrwg yn Marco erio'd. Dim ond fi, mae'n debyg, sy wedi cael sioc . . . a siom. Un peth sy'n drueni. Os oedd y lleill mor sicr o'u ffeithiau, pam na fydden nhw wedi fy rhybuddio ar y pryd?

Ddylwn i 'di amau o'r dechrau, wrth gwrs. Fe oedd y person cynta welais i, pan ddes i i'r tŷ y noson honno, noson y lladrad, a tharfu arno. (Mae WB yn meddwl bod Marco wedi bwriadu llosgi'r lle'n ulw a 'nhwyllo i i fynd i fyw ato am byth.)

Mae WB'n dweud bod Marco mewn cariad â mi. (Syniad sy ddim y tu hwnt i reswm, weden i, wrth y ffordd mae WB wedi rhoi pob asgwrn ar waith ar yr achos yma – ac yn pipo ar fy mronnau bob gafael.)

Cariad (gwyrdroëdig, os gofynnwch chi i fi) oedd y rheswm pam brynodd Marco fodrwy ddyweddïo i mi a dweud wrth bawb ein bod ni'n priodi. Roedd e wedi gobeithio fy mherswadio i symud yn ôl ato – trwy godi ofn arna i i fyw ar ben fy hun. Ond pan welodd e 'mod i'n gryfach na hynny, fe aeth i banic a fy nghipio.

Enillais fy rhyddid oherwydd ei fod e'n meddwl bod ei gariad yn marw. Ro'n i'n edrych mor wael, mae'n debyg. (Hyn yn dangos nad yw popeth mae Marco'n dweud wrth yr heddlu'n wir oherwydd ro'n i'n iawn a gallwn fod wedi byw mewn caethiwed am fisoedd os nad blynyddoedd, wir!) Ar ôl fy rhyddhau, roedd e wedi gobeithio y bydden i wedi dod ato fe o wirfodd ac wedi ei siomi pan drois i at fy ffrind gorau go-iawn i – at Ler.

Nodyn: 'sen i ddim mor lluddedig, 'sen i 'di cyffroi'n lân. Wedi'r cwbwl, wy fel cymeriad mewn nofel Agatha Christie!

Gwener y 30ain

Cyffro mawr!

Daeth llythyr trwy'r drws bore 'ma. Dyma beth mae e'n ddweud (sy'n ailadrodd o 'nghof oherwydd wy wedi darllen cymaint arno, wy bellach yn ei wbod air am air):

Persones Fusnes y Flwyddyn

Annwyl Mrs Catrin Jones,

Ysgrifennwch i'ch llongyfarch chi'n dwymgalon am gael eich enwebu ar gyfer gwobrau mawreddog a chlodfawr Persones Fusnes y Flwyddyn.

Mae'r gwobrau'n cael eu cynnal yn flynyddol gan fenter Busnesa i gydnabod personau a busnesau sy wedi codi i frig y diwydiant busnesau bach a mawr.

Gwahoddir chi i fynychu cinio mawreddog ar nos Sadwrn Rhagfyr y 15fed pan ddyfernir y gwobrau uchod.

RSVP

Gwisg ffurfiol yn unig

Yn gywir
Pipi Lewis
ar ran Pennaeth Busnesa

Wwwwwww! Mae ei gael mewn du a gwyn ond yn cadarnhau'r hyn wy wedi ei feddwl ers tro. Yn fy meddwl fy hun, wy wastad 'di bod yn 'Bersones Fusnes y Flwyddyn'!

RHAGFYR
Hwyl yr Ŵyl

Sadwrn y 1af

Diwrnod cynta'n ôl yn y siop. Wehei!

1. Nifer o ddoctoriaid wy wedi eu twyllo i feddwl 'mod i ddigon da i fynd nôl i'r gwaith – a hynny cyn i mi fynd yn dw-lal gartre? = Un

2. Nifer o gwsmeriaid wy wedi eu tagu ar fy niwrnod cynta'n ôl? = Dim un (Da). Er, daeth y Chwip 'na'n agos. Roedd hi'n fy ngalw i'n 'Siop', mynnu help unigol ac yn troi ei thrwyn ar bob peth ro'n i'n gynnig.

3. Nifer o ddiwrnodau llawn a lluddedig wy wedi eu gweithio (gyda help Julie)? = Un

4. Nifer o ddiwrnodau gwaith wy wedi eu mwynhau – er gwaetha'r ffaith eu bod nhw'n llawn a lluddedig? = Un

5. Nifer o enwebiadau am Bersones Fusnes y Flwyddyn wy'n eu cadw'n gyfrinach rhag Pelydren? = Un

8.00pm. Newydd gael ffrae 'da Mam!

Fi – 'Wy'n mynd mas i'r dre.'

Nid gofyn o'n i ond dweud. Chwarae teg i mi am fod mor foneddigaidd â rhannu fy nghynllunie gyda Mam.

Mam – 'Nag wyt ddim.'

Fi – 'Pam?'

Mam – 'So ti'n mynd i unman heno.'

Fi – 'Pam?'

Mam – 'Achos mai heddi o'dd dy ddiwrnod cynta ti'n ôl yn y gwaith. Gwely cynnar i ti heno.'

Fi – 'Ond so fe'n deg!'

Mam – 'Sdim sbel ers o't ti ar dy wely ange. Gwely cynnar heno, a gewn ni weld ambytu nos Sadwrn nesa.'

An – fflipin – hygoel. Pryd gamais i mewn i'r Tardis a theithio'n ôl mewn amser, dwedwch?! Wy'n bymtheg o'd unweth eto, a Mam yr un mor benderfynol o stompio ar fy hwyl i gyd.

9.00pm. Ler newydd ffonio i ofyn ble o'n i. Gorfod dweud 'mod i ddim yn dod mas – achos fod Mam ddim yn gadael fi! (C'wilydd mawr.)

Sul yr 2il

Hoffi'r syniad ohona i ar fy ngwely angau – dim ond 'mod i'n cael gwella'n llwyr wedyn, wrth gwrs, a bod 'na ddim sgil-effeithiau i'r salwch ingol.

Dychmygu pawb wrth fy ngwely yn wylo'r glaw,

'O, Catrin. Ma'n flin 'da fi. Ti o'dd yn iawn. Ddylet ti 'di cael mynd mas i joio dy hun. Ma' bywyd yn rhy fyr i aros miwn. Madde i mi, cariad,' meddai Mam.

'Cats, fy ffrind gore, gore, hyd yn oed pan fydda i'n briod â Llywelyn y Llo. Sori, sori am neud i ti wisgo'r bais biws. Dere'n ôl a gei di wisgo rhwbeth du, fydd yn cwato'r lympie a'r bympie 'na i gyd,' meddai Ler.

'Helô, gaaariad. Pan fyddi di 'di mynd, ga i redeg y siop?' meddai Mam-gu. Hmmm.

Mawrth y 4ydd

Dydd da!

Dydd Da Un: Y bais biws yn rhy fawr . . . Da!

Dydd Da Dau: Mae'n rhaid i fi roi pwysau *mlaen*. Dwbwl da!

Ffitio'r bais biws (y mae Ler yn ei galw'n ffrog forwyn).

Teimlo fel un o'r modelau siwper-tenau 'na yn *London Fashion Week*. (Ar wahân i fod yn siwper-tenau ac yn fodel, hynny yw.) Y bais yn denau fel papur tŷ bach ac yn glir fel *cling-film*. Mae fel un o'r creadigaethau ffasiwn dros-ben-llestri sy'n dangos bronnau a phen-ôl – y math o beth fydde'r fenyw gyffredin fyth bythoedd yn ei gwisgo. Mae Ler wedi gofyn i mi beidio â gwisgo bra na nicers i osgoi VPL a VBL. Bydda i fel yr Ymerawdwr yn ei Ddillad Newydd a neb yn ddigon ewn i ddweud bod man a man i mi fod yn gwbwl noeth!

Nodyn: sa i'n credu bod neb erio'd wedi gweud wrtha i y bydd rhaid i mi roi pwysau MLAEN! (Marco a salwch yn dda i rwbeth, 'te.)

Mercher y 5ed

Pwy laddodd y Nadolig?

Sdim lot o atgofion cynnar 'da fi. Ac mae rhai o'r rheini, wy'n tybio, yn gymysgedd o storïau wy wedi eu clywed a dychymyg pur. Ond, wy *yn* cofio'r funud ffeindies i mas bod 'na ddim Siôn Corn. Sa i'n cofio ble yn gwmws o'n i, na beth arweiniodd at y sgwrs. Ond wy'n cofio pwy wedodd wrtha i. Ei henw oedd Hayley Wilson. Sa i'n gwbod dim am ei hanes nawr. Ond ar y pryd roedd hi'n figan a merch siop meddyginiaethau amgen y dre – cyn bod pethau felly'n ffasiynol – ac felly fel *alien* o blaned arall yn ysgol fach Pont-dawel.

Doedd Dolig ddim yr un peth ar ôl hynny, ond ro'n i'n dal wrth fy modd â thymor yr wŷl. Mae'n dangos nad Hayley Wilson laddodd Dolig i mi. Y ddamwain laddodd Dolig i mi.

Heddiw, digwyddodd rhwbeth annisgwyl. Mae Julie wedi bod ar fy nghefn ers diwrnodau yn fy annog i roi trimins yn y siop.

'Mae'n Nadolig ym mhob siop arall yn y dre ers Medi,' meddai heb or-ddweud. 'Yn aml, mae arwyddion allanol yn cynnau emosiynau mewnol. *Quid pro quo.* Fydd trimins Dolig yn ysgogi pobol i wario.'

Rhyw seicoleg dwy-a-dime felly oedd ganddi. Er mwyn cael llonydd fe gytunais i a hala Julie i Woolworths i brynu tinsel a pheli disglair i lenwi'r lle ag ysbryd yr wŷl.

Rhaid dweud, wedi i ni orffen roedd y lle fel groto Santa ac yn ddigon o sioe! A phan gynnon ni'r goleuadau a sefyll nôl i'w gwylio'n wincio fel llygaid, deimlais i ias fach yn saethu lawr asgwrn fy nghefn. Mae'r Dolig ar y ffordd!

Iau y 6ed

'Ti 'di dechre siopa Nadolig?'

Roedd y geiriau mas o 'ngheg cyn i mi sylweddoli. Hyd yn oed wedyn, ro'n i ffaelu credu 'mod i wedi eu dweud. Ond roedd Mam newydd gyhoeddi na fyddai'n addurno'r tŷ eleni oherwydd bod y bocs trimins ar goll yng nghanol tomen o focsys symud. Ro'n i am ffeindio mas pa mor ddwfn oedd y diogi Dolig 'ma.

'Sdim lot o fynedd 'da fi i Ddolig 'leni,' meddai.

Nawr, mae'n un peth i mi deimlo hynny, ond wy'n dishgwl i Mam ymosod ar y Dolig fel cigydd ar dwrci, nes bod y trimins yn dod trwy'r to a mins peis yn dod mas o'i chlustiau. Ers 'mod i'n groten fach hi oedd Santes Clos, y fenyw oedd yn rhoi hud a lledrith i Ddolig. Doedd Dad ddim yn rhoddwr anrhegion na phrynwr cardiau, ac yn sicr ddim yn bobydd pwdin. Petai e'n gyfrifol am y dathliadau, fyddai Dolig wedi mynd a dod cyn bod y twrci yn y ffwrn.

'Ma' 'da fi ormod ar 'y mhlât 'da Tenerife i neud lot o ffys dros Dolig . . .' meddai drachefn.

Hyd yn oed *mwy* o reswm dros ffys, weden i. Falle mai dyma'n Dolig dwetha ni gyda'n gilydd. Bydd hi'n calamari a choctêls ar ôl hyn.

'Wy'n ffansïo newid byd. Llai o waith, llai o ffys,' meddai'n flinedig.

'Pwy sort o newid?' gofynnais heb ymgais i guddio 'mhryder.

'O'n i'n meddwl 'sen i'n mynd mas am ginio . . . i westy . . . Plas Tawel, falle . . . Ti, fi, Mam-gu a Dat-cu . . .'

Ac wedyn, fel petai newydd feddwl am y peth . . .

'O, a falle lice Wncwl Barry ac Anti Helen ddod 'da ni.'

Nadolig Llawen. Blydi hel.

Gwener y 7fed

Yn ôl ym mreichiau Gary Rhys. (Mewn ystyr addysgol yn unig, wrth gwrs). Mam yn meddwl y bydde'n gwneud byd o les i mi ailgydio yn y gwersi barddoniaeth. Finne'n cytuno i fynd neithiwr, rhag ofn iddi nadu nos Sadwrn yn y dre, 'swn i 'di gwrthod.

Doedd Ler ddim yno (oherwydd mai'r briodas yw ei byd, bellach). Ges i gyfle i fflyrtio'n dawel bach heb bod y sguthan yn gwneud llygaid wy'n-gwbod-be-ti'n-neud arna i.

Gary'n galon i gyd. Fe dreuliodd y rhan fwya o'r wers yn mynd dros yr hyn wy 'di golli. Gwers un-i-un. Hyd yn oed wedi cynnig gwers breifat i mi. Yn y tŷ. Www-er!!!

Sgwn i ydy e yr un mor glên gyda *phob* disgybl yn ei ddosbarth? Neu, dim ond y rhai mae'n 'u ffansïo!

Sadwrn yr 8fed

Ssshhhh! Wedi cael tamed bach, bach, bach gormod i yfed . . .

Hyn yn gelwydd noeth! Ha, ha. . . . Wy'n feddw-feddw dwll-dwll. Hi, hi. Ssshhhhhh! Dim isie dihuno Mam. Mam yn grac os gweld fi fel hyn. Fi dala ar antibiotics . . . Falle mai'r antibiotics sy'n neud i fi deimlo fel hyn?! . . . Mam yn *wrong*. Fi'n ocê. Fi'n gallu ffindo ffordd i gwely. Ar ben fy hun . . . Aaaargh! Pwy roiodd sta'r fan'na?

Sul y 9fed

Ughhh.

Llun y 10fed

Mam-gu wedi cyffroi'n lân gan y syniad o ginio Nadolig 'Mewn Gwesty'. Wrth gwrs, fyddai hi fyth yn cyfadde hynny ar goedd ac fe wnaeth ei gorau glas i gondemnio'r cyfan.

'Fydd e ddim 'run peth. Fydd e mor . . . amhersonol,' meddwn i gan dyrchu'n ddwfn yn y *Geiriadur Mawr*. (Wel, roedd yn rhaid i rywun roi olew ar y sbardun.)

'Na fydd, cariad. Dim 'run peth o gwbwl . . . Ti'n meddwl fydd rhai o'r cracyrs mowr 'na 'da nhw? Www a wy 'di clywed bod cacs bendigedig yn y Plas, y cacs gore ario'd.'

'Wy'n ame os fydd y cwcan cystal â chwcan Mam. Fyddan nhw siŵr o fod 'di aildwymo'r cwbwl yn y meicrowêf,' meddwn i.

'Na, fydd e ddim 'run peth. Cofia, o'dd Mair Post 'di bod 'na a wedodd hi ma' 'na'r bwyd gore o'dd hi 'di ca'l yn unman . . . Ti'n meddwl fydd *sherry* 'da nhw ar y ffordd miwn? Wy'n lico *sherry* fach amser Nadolig.'

'Fydd e'n neis i Mam, cofiwch. Dim cwcan, dim llestri brwnt . . .' meddai'r Parch tra bod Mam-gu'n dal i synfyfyrio am y *sherry*.

'Fi sy wastad yn neud y llestri. A ma' *dishwasher* 'da 'ddi, ta beth,' meddai Mam-gu'n siarp.

'Yn gwmws,' meddwn i. 'A dim ond pedwar bach y'n ni.'

'Gweud o'n i fydd brêc fach yn neis iddi. Mae wrthi'n neud cino Nadolig ers blynydde nawr.'

Typical Cristion. Gwneud i bawb deimlo'n euog hyd yn oed am ddiwrnod Dolig.

Mercher y 12fed

Beth wy'n mynd i wisgo i wobrau Persones Fusnes y Flwyddyn?

Beth mae'r enillydd yn wisgo ar ei noson fawr?! Gwisg sy'n dweud – wy'n llwyddiannus heb fod yn ben bach, neu wy'n ifanc ond yn aeddfed, ynte wy'n rhedeg siop ddillad ffasiwn ond sa i'n slaf i ffasiwn?

Edrych trwy hen gylchgronau i weld beth wisgodd Julia Roberts i'r Oscars. Mmmm. Ffrog *vintage*. Sgwn i a oes hen ffrog i mi yn Oxfam?

Digonedd o ddewis yn Oxfam – os 'ych chi am wisgo smoc crimplîn neu ardd flodau *chiffon*, hynny

252

yw. Save the Children fymryn gwell. Os nad 'ych chi moyn edrych fel creadures y stryd neu hen Fam-gu, wedyn cadwch yn glir.

Mmmm. Yr hen ffefryn fydd hi, fwya tebyg. Slip ddu denau, hyd y pen-glin. Soffistigedig heb fod yn fawreddog. Trwsiadus heb fod yn henaidd. Yn fyr, Persones Fusnes y Flwyddyn. Perffaith.

Iau y 13eg

Dechrau teimlo'n nerfus nawr. Gobeithio na fydda i'n baglu ar y sta'r wrth fynd i gasglu 'ngwobr. Os bydd gofyn i mi fynd lan y sta'r i gasglu gwobr, wrth gwrs. Wrth reswm, dim ond yr enillydd fydd yn mynd lan y sta'r i, yn wir, gasglu gwobr.

'Ma' siawns dda 'da ti, no,' meddai Ler, heb unrhyw brocio gen i, rhaid dweud.

'Ti'n meddwl?' meddwn i. 'Sa i 'di meddwl lot ambytu fe.'

'Ti fydd hi, gei di weld.'

'Paid, Ler! Ti'n hala fi gochi.'

Ond, o bosib, effaith y gwin oedd hynny.

'Jest meddylia. Faint o fen'wod ffor' hyn sy 'di dechre busnese 'leni? Neb ond ti, fentra i.'

Jaden.

'Trueni fydd Marco ddim 'na, ondefe,' meddwn i. Ro'n ni wedi gwagio dwy botel yr un, erbyn hyn. (O ran dyletswydd, wrth gwrs. Mae gen i hanner stôn i'w fagu cyn y briodas.)

Doedd Ler ddim yn cytuno.

'Ti *yn* jocan,' meddai'n sych.

'Na. Wy'n gweld isie fe,' atebais i.

'Gweld isie dyn losgodd dy dŷ, dwgyd dy bethe, hala llythyron cas atot ti a bron dy ladd trw dy gau mewn cwt . . .'

'Na–ge . . .'

'Diolch byth am 'nny.'

'Wy'n gweld isie fy ffrind golygus, o'dd wastad 'na i fi, wastad yn fodlon grondo a rhannu cwtsh.'

'Se ddim isie neb i rondo na rhoi cwtsh oni bai am yr uffern o'dd e'n rhoi ti drwyddo.'

Hollti blew oedd Ler, wrth gwrs. Mae'n bencampwraig am wneud hynny.

Gwener y 14eg

Bron i mi adael y gath o'r cwd wrth Pelydren parthed gwobrau Busnesa.

'Beth ydyw ti'n gwneud am y penwythnos?' gofynnodd.

'Wel, ma' 'da fi noson fowr nos Sadwrn . . .' Yna, cofiais beth oedd y noson fawr ac nad o'n i wedi bwriadu dweud gair wrth Pelydren.

'O. Beth sydd gennyt ti ar?'

'Y . . . y . . . y. Dim byd . . . Sesh . . . 'Na gyd . . . Jest criw o ffrindie yn mynd mas am sesh. Dim byd mwy,' meddwn, gan lwyddo i feddwl yn gyflym.

'Ble dych chi'n mynd i?' gofynnodd. Roedd hi fel gwenynen mewn jam.

'Dre. Jest i'r dre.'

Wy'n credu 'mod i wedi ei hargyhoeddi. Ofynnodd hi'm rhagor.

Trueni. Mae'n hollol amlwg nad yw hi wedi cael

gwahoddiad i'r seremoni fawreddog. Fyddai hi wedi sôn, on'd bydde hi?

Nodyn: difaru agor fy ngheg am Marco. Mam a Ler a phawb wy'n nabod wedi fy ngwahardd rhag mynd i'r carchar i'w weld.

Sadwrn y 15fed

'Annwyl Gyfeillion – a staff Busnesa . . . (saib ar gyfer chwerthin).

'Nôl ym mis Ionawr ro'n i mewn tipyn o bicil. Ro'n i wedi torri fy nhroed . . . (saib i ebychiadau rhyfeddod) ac roedd sefyll arni mor boenus ro'n i'n gorfod cael meddyginiaeth gan y doctor. Falle y bydde meidrolion llai wedi rhoi'r ffidil yn y to . . . (saib dramatig). Ond, nid myfi. Roedd gen i siop i'w rhedeg. (Saib ar gyfer cymeradwyaeth danbaid.)

'Flwyddyn yn ôl, prin fyddwn i wedi dychmygu y byddwn yn sefyll yma heno, yn derbyn y wobr yma oddi wrthych am Bersones Fusnes y Flwyddyn . . .'

Rhag ofn, ondefe. Roedd hyd yn oed William Hague yn ymarfer ei araith fuddugol cyn y Lecsiwn.

Sul yr 16eg

O do, ges i amser da . . . Dyma'r hanes:

Roedd y gwahoddiad i ddau – a rhag bod neb yn meddwl bod fy llwyddiant wedi dod ar draul bywyd personol a bod gen i ddim ffrindiau, ro'n i wedi mynd â Gary Rhys yn gwmni. Pwy well yn asgwrn cefn i mi na bardd y Gadair?

Mae ennill Persones Fusnes y Flwyddyn yn debyg iawn i ennill y Gadair, meddyliais. Ry'ch chi'n swp o nerfau wrth eistedd yn y gwesty-pafiliwn, ry'ch chi'n sefyll lan yng nghanol môr o wynebau a cherdded at y llwyfan i guriad curo dwylo ac yn derbyn eich gwobr i gymeradwyaeth gorfoleddus a haeddiannol.

Yr unig wahaniaeth, wrth gwrs, yw bod bardd y Gadair yn gwbod i sicrwydd mai fe – neu hi – yw bardd/es y Gadair eleni. Mae Persones y Flwyddyn ond yn dyfalu mai hi sy wedi cipio'r parch a'r bri.

Roedd Pennaeth Busnesa wedi methu bod yn bresennol, ond pan oedd ei Dirprwy yn agor yr amlen aur ro'n i'n lathr o chwys. Roedd y ffaith 'mod i ond yn yfed yn gymedrol (rhag gwneud sioe ohonof fy hun ar y llwyfan) yn fwy o hindrans nag o help. Roedd fy nghalon i'n curo mor galed ro'n i'n meddwl fy mod am gael harten.

'A'r enillydd yw . . .' meddai a rhoi saib dramatig affwysol o hir,

' . . . Catrin Jones . . .'

Roedd e'n gymaint ag y gallwn i wneud i gadw fy hun rhag neidio fyny a chwifio 'nwrn yn yr aer. Ond roedd gan y Dirprwy fwy i'w rannu,

' . . . Pelydren O'Haul . . .' meddai, yr un mor egnïol.

Edrychais o 'nghwmpas a gweld cip ar Pelydren yn morio mewn balchder. Roedd yna fwy eto,

' . . . Jennifer Jones . . . Alexis Scuttleworth . . . Xenindrah Khan . . . Melanie Davies . . . Francesca Judd . . . Hannah Mancott . . . Yasmin Dapper . . . Macey Kelner . . . a Helen Angharad.'

Erbyn deall, mae'n debyg bod gwobrau Persones y Flwyddyn yn gwobrwyo *pob* benyw sy wedi agor busnes yn y cyffuniau eleni ac sy hefyd yn aelod o Busnesa.

Mawrth y 18fed

Ar ôl ffiasco'r penwythnos ac yng nghanol prysurdeb y siop, wy'n glynu at un gobaith, sef na fydd ddim lle i chwech ym Mhlas Tawel (trueni!) ddydd Nadolig, a fydd yn golygu (o diar!) bod rhaid i ni dreulio'r diwrnod adre (fel pob teulu call).

Mercher y 19eg

Taclo Mam ynglŷn â'r argyfwng diffyg lle yn y Plas. Ond, yn anffodus, mae Mam wedi sicrhau lle trwy fwcio bwrdd rai wythnosau'n ôl. Grêt. Os yw hyn yn wir, mae'n rhaid bod Mam wedi mynd yn ei blaen a bwcio'r bwrdd a hynny heb yn gyntaf ofyn i ni!

Iau yr 20fed

Wy'n credu fydd Ler yn cael *nervous breakdown* os na fydd hi'n priodi glou. Mae priodas leia Pont-dawel (ers Lyndon Morgan, ei wraig, Beti, a'r ci) wedi troi'n briodas y ganrif. Bydd 'na ddau gant o wahoddedigion, dau ffotograffydd a dau ddyn fideo, siampên am ddim trwy'r dydd a thân gwyllt gyda'r nos. Mae Ler yn gandryll.

Roedd Ler wedi paratoi ei hun ar gyfer Angela (mam Ler) a mam y Llo yng ngyddfau ei gilydd trwy gydol yr holl drefnu. Yr hyn doedd hi ddim yn barod amdano oedd y ddwy drwyn yn nhrwyn, yn cynllwynio sut fedren nhw droi achlysur preifat rhwng dau berson yn bantomeim llwyr.

'Stwffo'r blydi briodas. Yr unig beth wy'n edrych mla'n ato yw'r *hen night*,' meddai Ler.

Roedd hi'n anodd dangos cydymdeimlad ar y pryd, achos roedd ei dagrau'n cwympo o fewn dim i ddau grys-t Miss Sixty yn y siop. Trwy lwc, fe ddiflannodd y dagrau o feddwl am y noson iâr.

'Sa i'n lico gofyn achos wy'n gwbod bod e fod yn syrpreis a chwbwl, ond shwt ma' trefniade'r *hen night* yn mynd?' gofynnodd.

Ro'n i 'di anghofio pob dim.

'Cwbwl, cwbwl gyfrinachol. 'Sen i'n gallu gweud 'thot ti ond fyse'n rhaid i mi dy ladd di wedyn,' meddwn i'n glou.

'Gwd. Cofia, gwyllta'n byd gore gyd. Ond 'se 'na *stripper* 'sen i'n marw.'

Wy'n ei nabod hi ddigon da i wbod, os na fydd 'na *stripper* dyna pryd fydd hi'n marw mewn siom.

Ble mae rhywun yn cael gafael ar *stripper* dyddiau 'ma? Aha! *Yellow Pages*. 'S' am *stripper* . . . gewn ni weld.

Gwener y 21ain

Aaargh! Pum diwrnod tan Dolig a sa i 'di prynu dim un anrheg. Sut?!

Hyn yn warth ychwanegol eleni oherwydd wy bellach yn berchen siop!

Wedi penderfynu arbed amser – ac arian – trwy brynu'r anrhegion i gyd o'r siop. Hyn yn sialens fawr gan ei bod hi'n siop i ferched ifanc. Hyn yn gwneud ffeindio anrhegion delfrydol i Mam a Mam-gu yn anodd. Gwneud ffeindio'r anrheg ddelfrydol i Dat-cu (dyn a hefyd gweinidog) yn nesa peth i amhosib. Fydd neb yn gallu fy nghyhuddo o beidio meddwl am ba anrhegion wy'n rhoi i bwy.

Sadwrn yr 22ain

Aros mewn heno i gynllunio noson iâr gwerth chweil i Ler, ffrind gorau. Falle, falle wedi gadael hi tam'bach bach yn hwyr yn dechrau'r trefniadau – y parti penwythnos nesa a Dolig yng nghanol y mwdl. Os dechreua i trwy lunio rhestr, fydd popeth yn ocê. Reit, te. Rhif un . . . bws . . .

Ler newydd ffonio. Mae'r giang yn 'dre . . . Digon o amser i drefnu fory, sbo. Wel, wy ffaelu siomi'r giang. Ac mae *yn* Ddolig.

Sul y 23ain

Ugh.

Rhaid, rhaid, rhaid rhoi hwb iawn i'r trefniadau heddiw.

Wy'n bwriadu gwneud hynny, cyn gynted ag y bydda i'n teimlo tipyn bach yn well.

Llun y 24ain

Blacmêl emosiynol gan y Parch a Mam-gu i 'mherswadio i i ddod i ganu carolau gyda'r capel. Y Parch a Mam-gu yn gyfrifol am y trefniadau ac yn unol â'u swyddi newydd fel Arch-Bregethwr a Meistres y Wî, ro'n nhw moyn i ddathliadau eleni ragori ar bob ymdrech cynt.

Mam-gu: ''Se Dat-cu wrth ei fodd 'set ti'n dod.'

Y Parch: ''Se Mam-gu wrth ei bodd 'set ti'n dod.'

Fi: 'O's dewis 'da fi?'

Mam-gu/Parch: 'Da'n merch i! Bigwn ni ti lan am whech.'

Ar wahân i bwl o fyddaredd posib (wedi ei achosi gan soprano ffalseto Mam-gu), roedd hi'n noson o lew. Roedd digon o egni yn y canu a godon ni dros ddou gan punt. (Roedd Mam-gu a'r Parch yn fodlon iawn gan mai'r record gynt oedd cant a hanner.) Fel bonws, roedd llond gwlad o fins peis a hambwrdd o *sherry* yn ôl yn y festri.

Roedd Mam-gu a'r Parch wrth eu bodd yn dangos eu hwyres ifanc i'r byd. Trist iawn – a minnau bellach dros fy mhump ar hugen – mai dim ond ymhlith pobol capel wy'n dal i gael fy ystyried yn berson ifanc.

Mawrth y 25ain

Ro'n i wedi bwriadu gwneud ymdrech i beidio bwyta gormod (o gofio y bydda i'n parêdan mewn pais biws ymhen dim). Ond beth arall mae rhywun yn ei wneud mewn gwesty ond bwyta ac yfed llond ei bol?

'Chi'n cofio'r tro geson ni frechdane i gino Nadolig, achos bod dim trydan 'da ni?' meddai Mam-gu ar ôl dau Fartini. ''Na beth o'dd Nadolig diflas. 'Na ni, o leia o'n ni gatre pry'nny.'

260

Doedd hwyliau'r Parch fawr gwell.

'Sdim ceinog yn hwn,' meddai, gan balu'r pwdin fel petai'n agor bedd.

'O leia fydd ddim rhaid i neb neud y llestri,' meddai Wncwl Barry gan chwythu corn tegan fel tafod.

'Ma' 'da ni *dishwasher* i neud 'nny,' meddai Mam-gu gan daro'r Martini bang-bang ar y bwrdd i ddangos ei bod hi'n barod am un arall.

'O's. Fi,' meddai Mam gan wenu ar Wncwl Barry.

'Mae wastad 'run peth. Ni fenwod sy'n goffod neud popeth,' meddai Anti Helen yn gwynfanllyd. Roedd ganddi wep fel giâr yn dodwy ŵy trwy'r dydd.

'Ry'n ni ddynion yn dda i rwbeth,' meddai Wncwl Barry'n chwyrnu chwerthin. 'Beth ti'n weud, Brends?'

Brends. Wir! Ac o flaen Anti Helen.

'Beth am i ni agor yr anrhegion?' meddwn, i dreial codi hwyl.

Roedd hynny'n gamgymeriad.

Roedd Wncwl Barry ac Anti Helen wedi prynu bag i Mam ar gyfer y daith. Ac roedd Wncwl Barry (cês a hanner) wedi prynu anrheg ychwanegol – dwy fotel dew o olew *massage*.

'I'r car?' gofynnodd Mam-gu.

'Ie,' meddai Mam yn gwrido. Dyn a ŵyr shwt olwg oedd ar Anti Helen achos roedd hyd yn oed Mam yn ofan pipo.

'*Boyfriend* Catrin,' meddai Mam-gu'n uchel ac yn gwbwl anghywir wrth i mi dynnu anrheg Gary o'r sach. Wy'n un o'i ddosbarth. Mae'n gwbwl naturiol iddo brynu anrheg bach i mi.

'Agora i fe nes mla'n,' meddwn i a gafael yn anrheg Ler cyn i neb gael cyfle i gwyno. O ystyried, roedd hi'n gamgymeriad i agor hwnnw o flaen pawb. (Cofier y fibrator.) Ond sut o'n i fod i wbod beth oedd tu fewn?

'Hat fach. 'Na neis!' meddai Mam-gu gan roi'r *peep-hole* bra ar ei phen a chlymu'r strapiau am ei gwddf. 'A ma' dou dwll fan hyn . . . i'ch clustie. Wel, na handi, ondefe?'

Edrychodd pawb yn syfrdan ar Mam-gu gyda bra coch am ei phen, ac yna arna i.

'Sa i'n gwbod pryd ga i gyfle i wisgo fe,' meddwn i, i lenwi gwacter.

'Wel, tro nesa fydd hi'n bwrw glaw, ondefe,' meddai Mam-gu.

Mercher y 26ain

Gan fy mod i wedi fy amddifadu o gartre ddoe, hala trwy'r dydd yn bwyta *Milk Tray* a chnau, yfed gwin ac edrych yn euog ar y bowlen ffrwythau lawn. Sa i'n teimlo pip o g'wilydd chwaith gan fod hyd yn oed Cristnogion pybyr fel y Parch a Mam-gu yn gyd-datws soffa ar y diwrnod gorffwys swyddogol ar ôl yr Ŵyl.

Gwener yr 28ain

Gallen i 'di neud rhwbeth. Newyddiadurwraig . . . model . . . astronawt. Felly, pam jawl benderfynais i redeg siop? Pan mae'n amser ymlacio ar bawb arall, mae'n amser prysura'r flwyddyn i mi.

Dim ots. Noson iâr fory. Wy'n bwriadu mynd yn gwbwl, gwbwl rhemp.

Sadwrn y 29ain

Tri deg *party popper* – *check*.
Dau focs o Bacardi Breezers – *check*.
Fêl yn diferu o condoms (i Ler) – *check*.
Macyn (wel, ma' fy ffrind gorau'n priodi) – *check*.
Pymtheg *feather boa* – *check*.
Dwsin o condoms (ond dim i Ler. Ha, ha) – *check*.
Mini bws – *check*.
Rhif ffôn *stripper* – *check*.
Yr ieir – *check*.

Wehei! Bant â ni!

Sul y 30ain

9pm. Newydd gyrraedd nôl. Cwbwl, cwbwl *knackered*. Cofio dim ar ôl gadel Pont Abraham. Ar wahân i *stripper*. Cofio *stripper* yn glir fel grisial! Yr ieir yn tyngu llw ar y bws. Noson iâr yn gyfrinach gyfrinachol. Caws caled y Llo.

Llun y 31ain

Galw i 'weud blwyddyn newydd dda wrth Mam pnawn 'ma. Wel, fydda i ddim mewn cyflwr i'w ffonio hi nes mlaen.

'Wy'n falch bod ti 'di galw. O'dd 'da fi rhwbeth i drafod 'da ti,' meddai hi. Roedd hi'n amlwg wrth y ffordd roedd hi'n chwarae â'i *highlights* newydd ei bod hi'n nerfus iawn.

'Beth sy'n bod?' meddwn i, gan ofni'r gwaetha.

'Wy 'di bod yn meddwl,' meddai gan roi ei llaw am fy mhen-glin. 'Shwt fyset ti'n lico dod 'da fi i Tenerife? I fyw?'

'Am byth?' meddwn i wedi fy syfrdanu. Ro'n i'n gweld Haul . . . Tywod . . . Sangria a San Miguel.

'Os lici di,' meddai hi. 'Gallet ti werthu'r siop ddigon rhwydd. Drefne Barry 'nny. Ne ca'l rhywun arall i'w rhedeg hi, wrth gwrs. Wy 'di siarad â Julie a ma' diddordeb 'da hi . . .'

'Chi *wedi* siarad â Julie?'

Heb ofyn i mi.

'Wel, do. Sdim muned i wastraffu. Wy'n symud dechre'r mis a licen i i ti ddod 'da fi.'

Edrychai'n wirioneddol eiddgar, fel petai hi'n gwneud ffafr â mi.

'Na,' meddwn i. 'Ma' 'da fi fywyd 'yn hunan fan hyn.'

A wy'n bwriadu ei fyw e 'fyd, achos pwy a ŵyr beth fydd yn digwydd fory.